Es beginnt wie ein orientalisches Märchen, ein Hauch von Heiterkeit und Jugend liegt über der Geschichte. Frühling in Wien – die glanzvolle Metropole Österreich-Ungarns ist zur Legende und zur Parodie ihrer selbst geworden. Als der Schah von Persien um die Jahrhundertwende seinen «Amtskollegen» Franz Joseph I. besucht und eine Dame der Gesellschaft, in die er sich auf den ersten Blick verliebt hat, als Gastgeschenk für eine Nacht verlangt, erhält der Rittmeister Baron Taittinger den Auftrag, diesen peinlichen Zwischenfall auf delikate Weise zu lösen. Doch in die heiter erscheinende exotische Fabel bricht langsam und unabweisbar die «fade» grausame Wirklichkeit ein.

Hašek hätte aus diesem Stoff eine Burleske gemacht, Weiskopf eine literarische Anekdote, Kisch eine materialreiche soziale Analyse über das Offizierskorps der untergangsreifen k.u.k.-Monarchie, bei Josep Roth (1894–1939) entsteht ein ironischer Abgesang auf ein unwiderruflich zu Ende gegangenes Zeitalter, über das die Geschichte ihren Schuldspruch gefällt hat – ein wenig märchenhaft, ein wenig nostalgisch, aber letztlich doch recht bitter.

Neben den Romanen «Hiob», «Radetzkymarsch» und «Kapuzinergruft» ist diese 1939 im Exil erschienene Geschichte eine der beachtlichsten Leistungen des antifaschistischen Schriftstellers.

Joseph Roth

Die Geschichte der 1002. Nacht

Erzählung

25.11.91

Verlag der Nation Berlin

Mit einem Nachwort von Fritz Hofmann

ISBN 3-373-00416-0

I

Im Frühjahr des Jahres 18.. begann der Schah-in-Schah, der heilige, erhabene und große Monarch, der unumschränkte Herrscher und Kaiser aller Staaten von Persien, ein Unbehagen zu fühlen, wie er es noch niemals gekannt hatte.

Die berühmtesten Ärzte seines Reichs konnten seine Krankheit nicht erklären. Der Schah-in-Schah war aufs höchste beunruhigt. In einer schlaflosen Nacht ließ er den Obereunuchen Patominos kommen, der ein Weiser war und der die Welt kannte, obwohl er den Hof nie verlassen hatte. Zu diesem sprach er so:

«Ich bin krank, Freund Patominos. Ich fürchte, ich bin sehr krank. Der Arzt sagt, ich sei gesund, aber ich glaube ihm nicht. Glaubst *du* ihm, Patominos?»

«Nein, ich glaube ihm auch nicht!» sagte Patominos.

«Glaubst du also auch, daß ich schwer krank bin?» fragte der Schah.

«Schwer krank – nein – das glaube ich nicht!» erwiderte Patominos. «Aber krank! Krank jedenfalls, Herr! Es gibt, Herr, viele Krankheiten. Die Doktoren sehen sie nicht, weil sie darauf abgerichtet sind, nur die Krankheiten der körperlichen Organe zu beachten. Was aber nutzt dem Menschen ein gesunder Leib mit gesunden Organen, wenn seine Seele Sehnsucht hat?»

«Woher weißt du, daß ich Sehnsucht habe?»

«Ich erlaube mir, es zu ahnen.»

«Und wonach sehne ich mich?»

«Das ist eine Sache» – erwiderte Patominos – «über die ich eine Weile nachdenken müßte.» Der Eunuch Patominos tat so, als dächte er nach, dann sagte er: «Herr, Eure Sehnsucht zielt nach exotischen Ländern, nach den Ländern Europas, zum Beispiel.»

«Eine lange Reise?»

«Eine kurze Reise, Herr! Kurze Reisen bringen mehr Freude als lange. Lange Reisen machen krank.»

«Und wohin?»

«Herr» – sagte der Eunuch – «es gibt vielerlei Länder in Europa. Es hängt alles davon ab, was man eigentlich in diesen Ländern sucht.»

«Und was glaubst du, das ich suchen müßte, Patominos?»

«Herr» – sagte der Eunuch – «ein so elender Mensch, wie ich, weiß nicht, was ein großer Herrscher suchen könnte.»

«Patominos» – sagte der Schah – «du weißt, daß ich schon wochenlang keine Frau mehr angerührt habe.»

«Ich weiß es, Herr», erwiderte Patominos.

«Und du glaubst, Patominos, das sei gesund?»

«Herr» – sagte der Eunuch und erhob sich dabei ein wenig aus seiner gebückten Stellung – «man muß sagen, daß Menschen meiner besonderen Art nicht viel von derlei Dingen verstehen.»

«Ihr seid zu beneiden.»

«Ja» – erwiderte der Eunuch und richtete sich zu seiner ganzen fülligen Größe auf. «Die anderen Männer bedaure ich von ganzem Herzen.»

«Warum bedauerst du uns, Patominos?» fragte der Fürst.

«Aus vielen Gründen», antwortete der Eunuch, «besonders aber deshalb, weil die Männer dem Gesetz der Abwechslung unterworfen sind. Es ist ein trügerisches Gesetz: denn es gibt gar keine Abwechslung.»

«Wolltest du damit gesagt haben, daß ich dieser bestimmten Abwechslung halber irgendwohin fahren sollte?»

«Ja, Herr» – sagte Patominos – «um sich zu überzeugen, daß es keine gibt.»

«Und dies allein würde mich gesund machen?»

«Nicht die Überzeugung, Herr» – sagte der Eunuch – «aber die Erlebnisse, die man braucht, um zu dieser Überzeugung zu gelangen!»

«Wie kommst du zu diesen Erkenntnissen, Patominos?»

«Dadurch, daß ich verschnitten bin, Herr!» erwiderte der Eunuch und verneigte sich wieder.

Er riet dem Schah-in-Schah zu einer weiten Reise. Er schlug Wien vor. Der Herrscher erinnerte sich: «Mohammedaner waren dort schon vor vielen Jahren gewesen.»

«Herr, es gelang ihnen damals leider nicht, in die Stadt zu kommen. Auf dem Stefansturm stünde sonst heute nicht das Kreuz, sondern unser Halbmond!»

«Alte Zeiten, alte Geschichten. Wir leben in Frieden mit dem Kaiser von Österreich.»

«Jawohl, Herr!»

«Wir fahren!» – befahl der Schah – «die Minister verständigen!» Und es geschah, wie er befohlen hatte.

Im Waggon erster Klasse zuerst, später im rückwärtigen Teil des Schiffes, herrschend über den Frauen, saß der Obereunuch Kalo Patominos. Er blickte auf die rotglühende untergehende Sonne. Er breitete den Teppich aus, warf sich auf den Boden und begann das Abendgebet zu murmeln. Man erreichte unerkannt Konstantinopel. Das Meer war sanft wie ein Kind. Das Schiff schwamm sacht und lieblich, es selbst ein Kind, in die blaue Nacht hinein.

2

Ein paar Tage kreuzte das bräutliche Schiff des Schahs im blauen Meer. Denn man getraute sich nicht, dem großen Herrn zu sagen, daß man auf eine Antwort des persischen Botschafters in Wien warten müsse. Nach anderthalb Tagen schon wurde der Schah ungeduldig. Obwohl er sich um den Kurs des Schiffes nicht kümmerte, konnte er doch nicht umhin, zu bemerken, daß immer wieder das gleiche Stück der Küste auftauchte, die er eben verlassen hatte. Auch ihm schien es allmählich sonderbar, daß ein so starkes Schiff so viel Zeit brauchte, um ein so kleines Meer zu durchqueren. Er ließ den Großvizir kommen und deutete ihm an, daß er unzufrieden sei mit der Langsamkeit der Überfahrt. Er deutete es nur an, er sagte es nicht genau. Denn, traute er schon keinem seiner Diener, solange er sich auf fester Erde befand, so traute er ihnen noch weniger, wenn er auf dem Wasser umherschwamm. Gewiß war man auch zur See in Gottes Hand, aber auch ein wenig in der des Kapitäns. Überhaupt, sooft er an den Kapitän dachte, wurde der Schah unruhig. Ihm gefiel der Kapitän gar nicht, besonders, weil er sich nicht erinnern konnte, ihn schon jemals gesehen zu haben. Er war nämlich äußerst mißtrauisch. Selbst die Männer, die ihm heimisch und wohlvertraut waren, verdächtigte er leicht und gerne; wie erst diejenigen, die er nicht kannte oder an die er sich nicht erinnerte? Ja, er war dermaßen mißtrauisch, daß er nicht einmal sein Mißtrauen zu erkennen zu geben wagte – in der kindischen und mächtigen Herrn oft eigenen Überzeugung, sie seien noch schlauer als ihre Diener. Deshalb deutete er jetzt dem Großvizir auch nur vorsichtig an, daß ihm dies lange Herumreisen nicht ganz geheuer vorkomme. Der Großvizir aber, der wohl erkannte, daß der Schah sein Mißtrauen nicht ausdrücken wolle, gab keineswegs zu erkennen, daß er Mißtrauen spüre.

«Herr» – sagte der Großvizir – «auch mir erscheint es unverständlich, daß wir so lange Zeit brauchen, um das Meer zu überqueren.»

«Ja» – bestätigte der Schah, als ob er selbst erst durch diese Bemerkung des Großvizirs auf die allzu langsame Fahrt aufmerksam gemacht worden wäre – «ja, du hast recht: warum fahren wir so langsam?»

«Man müßte, Herr, den Kapitän befragen!» sagte der Großvizir.

Der Kapitän kam, und der Schah fragte: «Wann erreichen wir endlich die Küste?»

«Großmächtiger Herr» – erwiderte der Kapitän – «das Leben Eurer Majestät ist uns allen heilig! Heiliger ist es uns als unsere Kinder, heiliger als unsere Mütter, heiliger als die Pupillen unserer Augen. Unsere Instrumente kündigen einen Sturm an, so friedselig das Meer auch im Augenblick erscheinen mag. Wenn Eure Majestät an Bord sind, müssen wir tausendfach achtgeben. Was gibt es Wichtigeres für unser Leben, für unser Land, für die Welt, als das geheiligte Leben Eurer Majestät? – Und unsere Instrumente kündigen leider Sturm an, Majestät!»

Der Schah sah nach dem Himmel. Er war blau, straff gewölbt, strahlend. Der Schah dachte, daß ihn der Kapitän belüge. Er sagte es aber nicht. Er sagte nur: «Mir scheint, Kapitän, daß deine Instrumente gar nichts taugen!»

«Gewiß, Majestät» – antwortete der Kapitän – «auch Instrumente sind nicht immer zuverlässig!»

«Ebenso wie du, Kapitän» – sagte der Schah.

Auf einmal bemerkte er ein winziges weißes Wölkchen am Rande des Horizonts. Die Wahrheit zu sagen: es war kaum ein Wölkchen, es war ein Schleierchen, eigentlich nur der Hauch von einem Wölkchen. Auch der Kapitän hatte es im gleichen Augenblick erspäht – und schon hoffte er, ein Wunder sei ihm zu Hilfe gekommen, und er und seine Lüge und seine verlogenen, umgelogenen Instrumente würden in den Augen des Herrn aller Gläubigen plötzlich gerechtfertigt sein.

Aber gerade das Gegenteil war der Fall. Denn: so winzig und hauchdünn das Wölkchen auch war, so verstärkte es doch den Zorn des Schahs. Er hatte sich schon so daran gefreut, daß er Großvizir und Kapitän auf einer niederträchtigen Lüge ertappt hatte – – und jetzt kam die Natur selbst – – gebar ein Wölkchen (und wie leicht konnten richtige Wolken daraus werden!) und gab am Ende noch den lügenden Instrumenten recht! Mit grimmer Aufmerksamkeit beobachtete der Schah die unaufhörlich wechselnden Formen des Wölkleins. Bald lockerte es sich. Der Wind zerfranste es ein bißchen. Dann aber ballte es sich noch fester als vorher zusammen. Nun sah es aus wie ein Schleier, in einen Knäuel verdichtet. Dann dehnte es sich in die Länge. Dann schließlich wurde es dunkler und fester. Der Kapitän stand immer noch hinter dem Rücken des Schahs. Auch er betrachtete die wechselnden Formen der kleinen Wolke, aber keineswegs grimmig, sondern mit tröstlichem Herzen. Ach, aber: wie trog ihn sein Sinn! Jäh und wütend wandte sich der Schah um, und sein Angesicht erschien dem Kapitän wie eine Art gefährlicher violetter Hagelwolke.

«Ihr täuscht euch alle» – begann der mächtige Herr ganz leise, mit einer Stimme, die, beinahe tonlos, aus unbekannten Gründen der Seele kam. «Ihr täuscht euch alle, wenn ihr glaubt, daß ich eure Manöver nicht durchschaue. Die Wahrheit sagst du mir nicht! Was erzählst du mir von deinen Instrumenten? Was für einen Sturm verkünden sie? Mein Auge ist noch lange so sicher wie deine Instrumente. Ringsum ist der Himmel klar und blau, selten noch habe ich einen so klaren und blauen Himmel gesehen. Mach deine Augen auf, Kapitän! Sag selbst, siehst du auch ein einziges, noch so geringes Wölkchen am Horizont?»

Der Schrecken des Kapitäns war groß, aber gewaltiger war sein Erstaunen. Und noch größer als sein Schrecken und sein Staunen war seine Ratlosigkeit. War der Zorn des Herrn echt oder gespielt? Stellte ihn der Herr auf die Probe? Wer konnte es wissen? Er hatte niemals in der Nähe des Schahs gelebt, er kannte nicht seine Gewohnheiten. Der und jener hatte dem Kapitän gelegentlich erzählt, daß der Schah manchmal den Erzürnten spielte, um den Grad der Aufrichtigkeit zu erkennen, dessen seine Diener fähig sein konnten. Unglücklicherweise dachte der arme Kapitän gerade jetzt an diesen einen, im allgemeinen durchaus nicht kennzeichnenden Charakterzug des Herrn, und er entschloß sich, aufrichtig zu sein. «Herr» – sagte er – «die Augen Eurer Majestät haben soeben die Wolke dort am Horizont gesehen.» Und er trieb, der unselige Kapitän, seine Kühnheit so weit, daß er sogar den Finger ausstreckte und nach dem Wölkchen wies, das inzwischen eine richtige schwarzblaue Wolke geworden war, die mit unheimlicher Eile dem Schiffe näher trieb.

«Kapitän!» – donnerte der Schah – «willst du mich lehren, den Himmel anzusehen? Nennst du jenes lichte Nebelchen dort eine Wolke? Spürst du nicht die Strahlen der Sonne?»

In diesem Augenblick aber ereignete sich etwas Unerwartetes. Die Wolke, sie war in einigen Sekunden eine tiefe, regenträchtige, blauschwarze Gewitterwolke geworden, hatte soeben die Sonne erreicht, und sie verfinsterte die Welt.

Der Kapitän streckte beide Arme aus, und über seine zitternden Lippen kam kein Wort mehr. Es sah aus, als wollte er sagen: «Herr, zu meinem Bedauern bin ich gezwungen, den Himmel sprechen zu lassen. Er schickt sich eben an, statt meiner, Eurer Majestät zu antworten.»

Zwar hatte auch der Schah selbstverständlich gesehn, wie sich die Sonne verfinsterte. Noch wußte er nicht genau, ob er sich freuen sollte über die Ehrlichkeit seiner Diener, die ihm in der Tat genauen und wahrheitlichen Bericht über den nahenden Sturm gegeben hatten, oder ob er sich ärgern sollte darüber, daß er seinem eigenen Mißtrauen erlegen war. Er fühlte, daß er in Gefahr war, seine Verwirrung zu verraten. Dies durfte auf keinen Fall geschehen – und deshalb befahl er: «Zeig mir deine Instrumente, Kapitän!»

Während sie das Deck entlang gingen, der Schah voran, der Kapitän hinterdrein, verfinsterte sich der Himmel noch mehr, so weit man sehen konnte, mit Ausnahme eines schmalen blauen Streifens im Nordosten. Im Westen waren die Wolken ganz böse und violett, im Zenit des Himmels wurden sie etwas milder und heller, im Osten lichteten sie sich zu einer geradezu als gütig zu empfindenden Blässe. Der Kapitän, drei Schritte hinter dem Schah, geriet in eine wahrhaftige, ehrliche Furcht. Diesmal war es nicht, wie vorher, Angst vor dem Herrscher und vor der eigenen Lüge, sondern Furcht vor Allah, dem Herrn der Welt, und vor dem Sturm, den er so leichtsinnig vorausgesagt hatte. Zum erstenmal hatte der Kapitän die Ehre, den Schah-in-Schah auf seinem Schiff zu beherbergen. Was wußte er von den Gesetzen der Diplomatie, der brave Kapitän? Seit zwanzig Jahren kreuzte er die Meere, immer auf diesem kaiserlichen Dampfer «Achmed Akbar». Viele Stürme hatte er erlebt, in seiner Jugend war er noch auf Segelschiffen gefahren, und auf Segelschiffen hatte er die Seefahrt zuerst kennengelernt. Niemals seit seinem Regierungsantritt hatte dieser Schah das Bedürfnis empfunden, ein Meer zu überqueren. Ihn, den armen Kapitän, traf die gefährliche Auszeichnung, den mächtigen Herrn zum erstenmal über Wasser zu führen. «Wir dürfen nicht in der vorgeschriebenen Zeit Europas Küste erreichen», hatte ihm der Großvizir gesagt. «Seine Majestät haben einen höchst ungeduldigen Charakter und wollen Ihre Wünsche erfüllt haben, kaum sind sie ausgesprochen. Aber es gibt, verstehn Sie, Kapitän, diplomatische Hindernisse. Wir müssen erst die Antwort seiner Exzellenz, unseres Botschafters, abwarten. Solange müssen wir trachten, nahe der Küste herumzukreuzen. Wenn es Seiner Majestät einfallen sollte, Sie zu fragen, so sagen Sie, daß Sie Sturm befürchten.»

So hatte der Großvizir gesprochen. Und siehe da: Der Sturm war wirklich im Anzug. Und die Instrumente hatten ihn doch gar nicht angekündigt. Einfach die Lüge hatte ihn angekündigt, einfach die Lüge! Gläubig war der Kapitän, und Allah fürchtete er.

Sie kamen in die Kabine des Kapitäns. Es gab da wenig Instrumente, insbesondere aber keine, die etwas vom nahenden Sturm aussagen konnten. Es gab nur eine große Bussole, englisches Fabrikat, festgeschraubt auf einer runden Tischplatte. Der Schah beugte sich darüber.

«Was ist das, Kapitän?» fragte er. «Majestät, eine Bussole!» sagte der Kapitän.

«Aha» – sagte der Schah. «Andere Instrumente hast du nicht?»

«Hier nicht, Majestät, sie sind daneben, im Zimmer des Ingenieurs!»

«Also Sturm?» fragte der Schah. Er hatte keine Lust mehr, andere Instrumente zu sehen, und außerdem wünschte er sich ehrlich einen Sturm herbei. «Wann wird endlich dieser Sturm kommen?» fragte er gütig.

«Ich schätze, nach Sonnenuntergang!» sagte der Kapitän.

Der Schah ging, hinter dem Kapitän. Als sie auf das Verdeck traten, war der Tag bereits fast so finster wie eine richtige Nacht. Der Offizier vom Dienst kam eilig heran, er lief, er galoppierte. Er meldete dem Kapitän irgend etwas, in Ausdrücken, die der Schah noch niemals gehört hatte. Er ging auch weiter, ohne sich um die beiden zu kümmern. Er trat an die Reling und betrachtete mit aufrichtigem Vergnügen den wütenden Gischt der anstürmenden, zurückweichenden und immer wieder anstürmenden Wogen. Das Schiff begann zu schwanken. Die Welt begann zu schwanken. Die Wogen waren grüne, schwarze, blaue und graue Zungen, mit schneeweißen Rändern. Ein gewaltiges Unbehagen ergriff plötzlich den Schah. Ein unbekanntes Ungeheuer wühlte und wand sich in seinen Eingeweiden. Einmal, er erinnerte sich, er war noch ein Knabe gewesen und krank, sehr krank, hatte er ein ähnliches Übel verspürt.

Den Kapitän ergriff eine doppelte Aufregung: erstens war sein Herr unpäßlich; und zweitens näherte sich eben jener Sturm, den er so leichtfertig vorausgelogen hatte. Der Kapitän wußte nicht mehr, um was er sich eifriger kümmern müsse: um den Sturm oder das Unbehagen des Herrn. Er entschloß sich, seine Aufmerksamkeit dem Schah zuzuwenden. Dies war um so eher angebracht, als er ohnehin befohlen hatte, sofort möglichst dicht an die Küste zurückzukehren. Ausgestreckt, in mehrere Decken gehüllt, lag der Schah auf dem Verdeck. Der Leibarzt, den er so haßte und der, seiner Meinung nach, der einzige Mensch war, dem er nie mehr in diesem Leben entrinnen konnte, stand gebeugt über dem kranken Herrn. Er tat, was selbstverständlich war: er flößte dem Schah Baldrian ein. Die ersten schweren Regentropfen fielen auf den weichen Samt des Zelts, das man um den Schah gebaut hatte. Der Wind ließ leise die Ringe erklirren, die des Zeltes Wände mit den drei metallenen Stäben verbanden. Der Schah fühlte sich wohler. Er wußte, daß es draußen blitzte, und den Donner hörte er mit wonnigem Behagen. Seine Übelkeiten verschwanden, kein Wunder! Das Schiff stand still, kaum zwei Seemeilen von der Küste. Nur das Meer klatschte in regelmäßiger Wut gegen die Planken.

Dieser Sturm war dem Großvizir als eine besondere Gnade des Himmels geschickt worden. In hurtigen Booten erreichten Sekretäre Konstantinopel, mitten in der Nacht. In den gleichen hurtigen Booten kehrten sie am nächsten Tage, gegen neun Uhr morgens, zurück. Der Schah schlief noch. Sie brachten das Telegramm des Wiener Botschafters: in Wien erwarte man die Majestät. Alles wäre zum Empfang bereit ...

Auch der Sturm erstarb. Eine neue, gewaschene Sonne leuchtete stark und froh, wie einst, vormals, am ersten Tag ihrer Erschaffung.

Auch der Kapitän leuchtete. Auch der Großvizir leuchtete. Mit Volldampf glitt das Schiff dahin, Europa entgegen.

3

Seine Kaiser- und Königliche Apostolische Majestät empfing die Kunde von dem Besuch des Schahs gegen acht Uhr morgens. Es waren gerade knapp zweihundert Jahre vergangen, seitdem der grausamste aller Mohammedaner gegen Wien herangerückt war. Damals hatte ein wahres Wunder Österreich gerettet. Weit schrecklicher noch als einst die Türken bedrohten jetzt die Preußen das alte Österreich, und obwohl sie fast ungläubiger waren als die Mohammedaner –

denn sie waren ja Protestanten –, tat Gott gegen sie keine Wunder. Es gab keinen Grund mehr, die Söhne Mohammeds mehr zu fürchten als die Protestanten. Jetzt brach eine andere, schrecklichere Epoche an, die Zeit der Preußen, die Zeit der Janitscharen Luthers und Bismarcks. Auf ihren schwarz-weißen Fahnen – beides Farben der strengen Trauer – war zwar kein Halbmond zu sehn, sondern ein Kreuz; aber es war eben ein Eisernes Kreuz. Auch ihre christlichen Symbole noch waren tödliche Waffen.

All dies dachte der Kaiser von Österreich, als man ihm von dem bevorstehenden Besuch des Schahs berichtete. Ähnliches dachten auch die Minister des Kaisers. Man raunte in Wien, man munkelte in den Kanzleien, vor den Türen, hinter den Türen, in den Kabinetten, in den Korridoren, in den Redaktionsstuben, in den Caféhäusern und sogar in den Chambres séparées. Allenthalben bereitete man sich auf den Besuch des Schahs vor.

Am Tage, an dem der Zug des Schah-in-Schah im Wiener Franz-Josephs-Bahnhof einlief, sperrten vier Ehrenkompanien und zweihundert Wachleute zu Fuß und zu Pferde die Straßen ab. Die fürsorgliche Gastfreundschaft Seiner Kaiser- und Königlichen Apostolischen Majestät hatte dafür gesorgt, daß alle Wagen des Zuges, der den persischen Herrscher nach Wien brachte, weiß gestrichen waren, in einem bräutlichen Weiß, wie das Schiff, das der Schah in Konstantinopel bestiegen hatte. Auf dem Perron stand eine Kompanie des Regiments der Hoch- und Deutschmeister. Der Kapellmeister Josef Nechwal befahl die persische Nationalhymne. Tschinellen und Kesselpauke und die sogenannten «Tschandressen» machten mehr Lärm, als die persische Nationalhymne unbedingt erfordert hätte. Die Kesselpauke, aufgebürdet auf dem sonst so geduldigen und musikalischen Maulesel, wollte auch nicht zurückbleiben; und der Maulesel bebte von Zeit zu Zeit, er revoltierte gleichsam; aber weder der Pauker merkte es noch der Kapellmeister Josef Nechwal. Der dachte an die Orden im Schaufenster Tillers.

Der Kaiser fühlte sich unbehaglich in der fremden Uniform. Es war überdies heiß: einer jener frühreifen Maitage, die den Hochsommer vorwegzunehmen scheinen. Das Glasdach über dem Perron glühte. Die Hymne gefiel dem Kaiser durchaus nicht. Mit deutlichem Respekt hörte er sie an – mit ostentativem Respekt . . .

Als der Schah ausstieg, umarmte ihn der Kaiser flüchtig. Der Schah schritt die Ehrenkompanie ab. Der Kapellmeister kommandierte das «Gott erhalte!». Die Perser erstarrten.

Man stieg in die Kutschen, man fuhr ab. Hinter den blauen Mauern der Soldaten schrien die Leute: «Hoch, hoch, hoch!» Die Rosse der berittenen Polizisten wurden böse, und gegen den Willen der Reiter schlugen sie aus und verletzten zweiundzwanzig Neugierige. Der Polizeibericht im «Fremdenblatt» sprach von «drei Ohnmachtsfällen».

4

Diese drei Ohnmachtsfälle störten die Freude der Wiener Bevölkerung an dem großen Schah der Perser keineswegs. Alle Menschen, die seiner Ankunft zugesehen hatten und gesund geblieben waren, auch die der Ohnmacht, kehrten beglückt nach Hause zurück; genauso beglückt, als wenn ihnen persönlich eine Freude beschert worden wäre. Auch die Bahnarbeiter und die Gepäckträger waren glücklich und schwitzten sehr. Denn der große Schah von Persien war mit zahlreichen und schweren Koffern angekommen. Sie füllten nicht weniger als vier normale Lastwaggons, die man aber in Triest vergessen hatte an den bräutlich weißen Hofzug Seiner Majestät anzuhängen. Der Adjutant des Hofzeremonienmeisters, Kirilida Pajidzani, lief den Perron auf und ab. Hinter ihm rannte der Stationsvorstand Gustl Burger einher. Im Amtszimmer des Stationsvorstands steppte unermüdlich der Morseapparat. Der arme Stationsvorstand Burger verstand keinen Ton von dem Französisch, das der Adjutant des persischen Hofzeremonienmeisters daherredete. Der einzige Mensch, der in dieser verzweifelten Situation hätte helfen können, stand beneidenswert gelangweilt vor dem Büfett im Restaurationssaal erster Klasse. Es war der Rittmeister Baron Taittinger, von den Neuner Dragonern, auf unbestimmte Frist von seinem Regiment detachiert und zugeteilt der Hof- und Kabinettskanzlei zur sogenannten «speziellen Verwendung». Der Baron lehnte am Büfett, mit dem Rücken zum Fenster, wandte sich aber von Zeit zu Zeit um und betrachtete mit grausigem Behagen den lächerlichen Stationschef und seinen persischen Kameraden, den Kirilida Pajidzani. Taittinger nannte ihn schon im stillen, für sich, den «Janitscharen». Die Uhr über dem Büfett zeigte schon die dritte Nachmittagsstunde. Um halb fünf war Taittinger mit der Frau Kronbach verabredet, bei Hornbichl. Ihr Mann war Seidenfabrikant, Komerzialrat, sie wohnte in Döbling. Frau Kronbach war seine Leidenschaft, so bildete er sich ein. Er hatte sich einmal gesagt, sie wäre seine Leidenschaft, er hatte sie zu seiner Leidenschaft ernannt, und er bewies es sich selbst, indem er ihr treu blieb. Sie war – um es gleich zu sagen – nicht seine erste, sondern seine zweite Leidenschaft.

Er lehnte also, der Rittmeister Taittinger, am Büfett. Er sah von Zeit zu Zeit durch das Fenster, dann wieder auf die Uhr über dem blonden Fräulein, das ihn bediente und das er für einen der Apparate hielt, die zur Erledigung des Eisenbahndienstes unentbehrlich sind. Er freute sich, daß draußen die beiden so aufgeregt umherliefen, der «Janitschar» und der Stationsvorstand. Er mußte leider warten, bis die Koffer des Schahs von Persien kommen würden, und Frau Kronbach mußte auch warten; dies war schlimm. Aber man konnte nichts machen.

Endlich, es war schon halb vier, der Rittmeister begann gerade am vierten Hennessy zu nippen, fuhr mit gewaltigem Brausen, als wäre er ein echter Expreß, ein Extrazug ein, der lediglich aus vier Waggons bestand. Sie enthielten das Gepäck des Schahs von Persien.

Erst in diesem Augenblick stürzte Taittinger auf den Perron. Er hielt den Stationsvorstand an und sagte: «Sie müssen schnell machen! Schon ein Skandal, daß die Herrschaften so lang warten müssen! Seine Majestät sind vor anderthalb Stunden gekommen! Seine Majestät warten aufgeregt. Blamage! Was für eine Blamage, Herr Stationsvorstand!»

Und ohne eine Antwort abzuwarten, wandte sich der Baron an seinen persischen Kameraden Kirilida Pajidzani und sagte in jenem fließenden Französisch, das eigentlich wie ein kaiser-königliches Französisch klang und lediglich aus Vokabeln zu bestehen schien: «Wie pünktlich! Wie pünktlich! Unsere Eisenbahn ist doch die pünktlichste der Welt!» –

Bahnarbeiter und Gepäckträger eilten herbei. Der Stationsvorstand selbst kommandierte sie; dieweil der Rittmeister seinem persischen Kameraden erstaunliche echt orientalische Wunder in Wiener Nachtlokalen anpries.

Der Perser hörte zu, lächelnd, mit dem gütigen Lächeln, das gleichgültige Männer von Welt immer anlegen, wenn es sich darum handelt, Nachsicht zu verbergen. An diesem gütigen Lächeln erkannte der Baron auf einmal, mit wem er es zu tun hatte. Dieser «Janitschare» war ja gar keiner. Er verströmte die alte, liebe, gutvertraute Luft der weltmännischen Lüge; und der Baron fühlte sich sofort bei ihm heimisch.

Der Baron nannte den Perser schon im stillen «charmant» – das höchte Lob, das er zu vergeben hatte. Es gab für ihn nämlich nur drei Klassen von Menschen: an der Spitze standen die «Charmanten»; dann kamen die «Gleichgültigen»; die dritte und letzte Klasse bestand aus «Langweiligen». Kirilida Pajidzani – das stand fest – gehörte zu den «Charmanten». Und plötzlich konnte der Baron auch den schwierigen Namen so fließend aussprechen, als hätte er seit seiner Kindheit persische Spielgenossen gehabt. «Herr Kirilida Pajidzani», sagte der Rittmeister, «es tut mir leid, das Sie so lange aufgehalten worden sind. Diese Eisenbahnen! Diese Eisenbahnen! Glauben Sie mir! Wir werden schon den Verantwortlichen finden!»

Um dem Perser zu zeigen, daß er keine leeren Worte mache, ging er auf den Stationsvorstand zu und sagte mit erhobener Stimme: «Sauerei das, Herr Stationsvorstand, entschuldigen schon das harte Wort!»

«Herr Rittmeister» – erwiderte der Vorstand – «das ist richtig eine Sauerei, eine Triester Sauerei nämlich.»

«Triest oder nicht, is' ganz Wurscht» – sagte der Rittmeister noch etwas lauter. «Hauptsach is', daß Seine Majestät vor zwei Stunden angekommen sind, und die Koffer sind immer noch nicht an Ort und Stelle!»

Der Stationsvorstand Burger, der allmählich anfing seine Versetzung zu befürchten, zwang sich zu einer anmutigen und unbesorgten Freundlichkeit. Schnell fiel ihm das einzig passende Wort ein, und er sagte: «Die allerhöchsten Koffer sind ja endlich da, Herr Baron!»

«Da, da» – höhnte der Rittmeister – «aber eben nicht an Ort und Stelle!»

Noch eine halbe Stunde dauerte es, bevor die zweiundzwanzig wuchtigen Koffer Seiner persischen Majestät verladen waren. Dann erst konnte der Baron den Bahnhof verlassen. Glücklicherweise wartete noch der Wagen, den man dem Adjutanten des Großvizirs zur Verfügung gestellt hatte. Mit einer vortrefflich gespielten Schüchternheit sprach Taittinger zu Kirilida Pajidzani: «Wenn ich bitten darf, ich möchte mich gerne anschließen, ich muß bis zu einem bestimmten Punkt ——»

Der Perser ließ ihn gar nicht weiterlügen, sondern sagte sofort: «Ich wollte Sie selbst um die Ehre bitten, Sie genau an den Punkt begleiten zu dürfen, an den Sie Ihr Dienst befiehlt!»

Sie stiegen ein. Und die Koffer rollten voran, auf drei Lastwagen, mit schweren Pinzgauer Schimmeln bespannt. Unterwegs erhob sich der Rittmeister, tippte dem livrierten Kutscher auf die Schulter und sagte: «Halten S' erst bei Hornbichl.»

Der Kutscher hob zum Zeichen des Einverständnisses die Peitsche. Sie nickte: Ja! in der Luft und gab noch einen leisen Knall. Erleichtert und heiter ließ sich Taittinger wieder in die Pölster fallen, neben den «charmanten» persischen Kameraden.

Bei Hornbichl blieb der Wagen stehn. Der Baron ging in den Garten, hinter die Hecke rechts, in den «Liebeswinkel», wie er seit zehn Jahren schon diesen Tisch zu nennen gewohnt war. Die Frau des Kommerzialrats Kronbach wartete seit einer Viertelstunde. Zum erstenmal sah sie ihren Geliebten in der Paradeuniform – ihre Beziehungen waren noch nicht älter als vier Monate. Der Helm mit der goldenen Rippe blendete sie, und sie vergaß alle Vorwürfe, die sie sich in den fünfzehn Minuten sorgsam zurechtgelegt hatte. «Endlich, endlich!» hauchte sie.

MERKBLATT

Liebe deutsche Mitbürger und Wähler!

In Ihrer unmittelbaren Nachbarschaft entsteht eine Asylantenunterkunft.

Wir freuen uns mit Ihnen, daß wir mit dieser Ansiedlung eines bunten Völkergemisches wieder einen Schritt unserem Ziel, der multikulturellen Vielfalt in unserem Lande, nähergekommen sind.

Mit Ihren Steuern und Sozialabgaben tragen auch Sie dazu bei, daß sich die Asylsuchenden hier wohl fühlen und weitere gerne nachkommen.

Einige Verhaltensregeln sollen das künftige Zusammenleben erleichtern:

- Seien Sie bitte nachsichtig, wenn Ihre neuen Mitbürger und Nachbarn die Nacht zum Tage machen und für die Entsorgung ihrer Abfälle nicht immer die dafür vorgesehenen Einrichtungen benutzen - es wäre falsch, den Flüchtlingen heimatliche Bräuche verwehren zu wollen.

- Eigentumsveränderungen und Besitzstandswechsel werden in Zukunft nicht auszuschließen sein. Jedoch ist auch hier Milde angebracht, da die Asylbewerber Wohlstandsunterschiede gerne in Eigeninitiative ausgleichen.

- Weibliche Einheimische jeden Alters empfehlen wir, sich immer in männlicher Begleitung zu bewegen, da das Auftreten als Einzelperson in den Heimatländern eindeutige Absichten signalisiert und diese gerne in Anspruch genommen werden.

- Rufen Sie nie die Polizei. Denken Sie daran, daß die Flüchtlinge oft in letzter Minute vor dem Zugriff der heimatlichen Staatsgewalt das Flugzeug in die Bundesrepublik erreichen konnten.

- Ihre neuen afrikanischen und asiatischen Nachbarn handeln gern. Machen Sie sie jedoch ggf. taktvoll und freundlich darauf aufmerksam, daß Drogenhandel in der BRD derzeit noch unter Strafe steht.

- Halten Sie schon jetzt ein nettes Zimmer in Ihrer Wohnung / Ihrem Haus bereit. Wenn in absehbarer Zeit die Aufnahmekapazitäten der Unterkünfte, Hotels, Pensionen, Sportstätten und Schulen erschöpft sind, kommen wir mit Sicherheit gerne darauf zurück,

Ihre wohlwollende Rücksichtnahme gegenüber den Asylbewerbern stellt sicher, daß die Bundesrepublik auch weiterhin als Aufnahmeland weltweit geschätzt wird und wir bald den einmillionsten Bewerber begrüßen dürfen.

Mit den besten Grüßen

CDU/CSU, SPD, F.D.P und GRÜNE
Ihre Bonner Parteien

Ein Hinweis: Jene asylunwillige Bürger, die uns mit Wahlenthaltung drohen, können uns nicht schrecken, da wir auch bei nur einem Prozent (1%) Wahlbeteiligung unsere Asylpolitik - von gelegentlichen unverbindlichen Absichtserklärungen abgesehen - unbeirrt fortsetzen.

Verantwortlich i.S.d.P. und für den Asylmißbrauch:
Ihre Vertreter im Deutschen Bundestag
W-5300 Bonn, Bundeshaus

5

In den nächsten Tagen verließ der Rittmeister Taittinger den charmanten Kirilida überhaupt nicht mehr. Es erwies sich in diesen Stunden, daß der charmante Kirilida alles wußte, mehr als der Großvizir. Alles konnte man mit ihm besprechen. Man erfuhr zum Beispiel, daß der Großvizir dem Trunk gar nicht in dem Maße abgeneigt war, wie man es hätte glauben müssen. Im Gegenteil: der Großvizir neigte dazu, unaufhörlich gegen die Gesetze des Korans zu verstoßen.

Innerhalb von zwei Nachmittagen wußte der Rittmeister Taittinger bei weitem mehr und Wichtigeres, als der Professor Friedländer, der bekannte Orientalist, den man als Fachberater dem Festkomitee beigegeben hatte, in seinem langen Leben erfahren konnte. Der Professor Friedländer trank nämlich nicht. Und das kam davon, wenn man nicht trinkt, dachte der Baron Taittinger.

Ach, der Professor Friedländer selbst wußte kaum noch, wo er seine Wissenschaft hintun sollte. Es fehlte nur noch wenig, und er hätte angefangen, an der Richtigkeit seines Memorandums zu zweifeln, dem doch ganz exakte, über jeden Zweifel erhabene Forschungen zugrunde gelegt waren. So erfuhr der Professor von Baron Taittinger jetzt erst, nach zwanzig Jahren Orientalistik, daß manche Mohammedaner trinken, sogar der Großvizir selbst. Sein Adjutant, der Herr Kirilida, mit dem Friedländer einmal zusammenkam, in der Gesellschaft Taittingers, hatte keine Ahnung von der persischen Literatur. Sogar vom Obereunuchen behauptete der Baron Taittinger, daß er sich heimlich von den Lakaien des Schlosses normale Bierkrügl vom Wiesenthaler vis-à-vis kommen lasse und daß er sie trinke, wie etwa ein normaler christlicher Schneider. Verwirrender noch als die Erzählungen Taittingers aber waren die Artikel unbefugter Journalisten. Sie enthielten haarsträubende Unwahrheiten über das Leben in Persien und die persische Geschichte. Vergeblich bemühte sich der Professor Friedländer, den diversen Chefredakteuren durch briefliche Dementis die Wahrheit mitzuteilen. Die Folge seiner Interventionen war nur die, daß die Journalisten in sein Seminar sowie auch in seine Wohnung kamen, um Interviews über Persien zu bekommen. Die Journalisten kamen sogar in seine Vorlesungen.

Die Militärparade in Kagran störte leider ein heftiger Regen. Unter einem zugigen Zelt, dessen drei scharlachrote Leinwände denervierend klapperten, sich blähten und die Regentropfen durchsickern ließen, hielt es der Schah nicht länger als eine Viertelstunde aus. Er war kein begeisterter Anhänger militärischer Spektakel. Während er mit zerstreuten Blicken dem großartigen Galopp der Ulanen zusah, der wie eine Art gezähmten Sturms über das feuchte Grün der Wiesen dahinraste, fühlte er die unerbittlichen Wassertropfen in aufregend regelmäßigen Abständen auf seine hohe braune Pelzmütze fallen und auf den scharlachroten Kragen seiner nachtschwarzen Pelerine. Er fürchtete außerdem für seine Gesundheit. Den europäischen Ärzten traute er noch weniger als seinem jüdischen Ibrahim. Eingesperrt und umzingelt war er von fremden Generälen, die den Regen nicht scheuten, Wind und Wetter gewohnt sein mochten. Die Kavalleristen schwenkten die Säbel. Die Militärmusik schmetterte aus nassen Trompeten, donnerte auf durchnäßten Kalbfellen. Jetzt sollte noch die Infanterie kommen, hierauf die Artillerie. Nein! Er hatte genug. Er erhob sich, gleichzeitig mit ihm der Großvizir, dessen Adjutant, die ganze Suite. Der Schah verließ das Zelt, der Regen strömte, er allein bückte sich, unter den nassen Schlägen, alle anderen, die er im stillen verfluchte, folgten ihm aufrecht, als gingen sie unter klarem Sonnenschein daher. Er wandte sich in die Richtung, wo er den rettenden Wagen vermutete. Mit dem sicheren Instinkt eines Gefährdeten fand er auch alsbald die Stelle, wo die Wagen warteten. Ohne sich umzusehn, stieg er ein. Alle anderen Herren ebenfalls. Auf der Tribüne übrig blieben zwei Generäle, die, vertieft in das militärische Spektakel, die Soldaten dem Schah vorzogen. Es war eine verregnete Parade. Dennoch bekamen an diesem Tage die Soldaten der Wiener Garnison Schweinebraten, Salzkartoffeln, Erbsen und Pilsner und pro Mann ein Päckchen ungarischer Zigaretten, genannt «Schmalspurige».

Auch am nächsten Tag regnete es, aber das hatte keine Bedeutung mehr. Denn das Schauspiel fand in der Spanischen Reitschule statt. Da man einen Tag vorher bemerkt zu haben glaubte, daß der exotische Souverän die kalte Luft nicht leiden konnte, hatte man die Loge in der Reitschule mit dicken wirklichen persischen Teppichen gepolstert, Schirasgeweben, uralten Stoffen aus den Gemächern der Burg, dicken Kissen aus rotem Samt, und auch die Fugen an den Türen hatte man mit dünnen Lederleisten vernagelt, damit es nicht ziehe. Es herrschte nahezu eine unerträgliche Schwüle im Raum, obwohl er so weit war. Der Schah warf seine Pelerine ab. Die schwere Pelzmütze lastete fürchterlich auf seinem Kopf. Mit dem rosa seidenen Taschentuch wischte er sich von Zeit zu Zeit den Schweiß von der Stirn. Die Herren in seiner Begleitung taten das gleiche, teils, um zu zeigen, daß es auch ihnen heiß war, teils, weil ihnen wirklich heiß war. Diesmal aber verließ der Schah von Persien nicht seine Loge. Zweitausendachthundert Pferde zählte sein eigener Stall in Teheran. Ausgewählter noch und weitaus kostbarer waren sie als die Frauen seines Harems. Dort, in den Stallungen des Schahs, gab es arabische Hengste, deren Rücken leuchteten wie braunes Gold; Schimmel aus der berühmten Zucht von Jephtahan, deren Haare weich und sanft waren wie Daunen und Flaum; ägyptische Stuten, Geschenke aus dem Gehöft des mächtigen Imam Arasbi Sur; kaukasische Steppenpferde, Geschenke des Zaren aller Russen; schwere pommersche Braune, für schweres Geld gekauft beim geizigen König von Preußen; halbwilde Tiere noch, frisch geliefert aus der ungarischen Pußta, unzugänglich jeder menschlichen Hand, jedem menschlichen Zuspruch, und widerspenstig abschüttelnd die besten persischen Reiter.

Aber was waren alle diese Tiere, verglichen mit den Lipizzanern der kaiser- und königlichen Spanischen Reitschule. Die Militärkapelle, aufgebaut auf der Estrade gegenüber der kaiserlichen Loge, spielte nach der persischen Hymne das «Gott erhalte». Ein Reiter in persischer Tracht, wie sie der Schah nur auf den Porträts seiner Ahnen gesehen hatte und niemals in Persien, eine hohe Lammfellmütze auf dem Kopf, durch die sich goldene, geflochtene, dicke Schnüre zogen, einen blauen, golddurchstickten kurzen Mantel quer über eine Schulter gehängt, in hohen, rohledernen roten Stiefeln mit goldenen Sporen, ein krummes Türkenschwert an der Seite, ritt zuerst in die Arena. Den Schimmel, auf dem er saß, zierte ein blutrotes Gehänge. Ein Herold, in weißer Seide, in weißen Eskarpins, in roten Sandalen, ging ihm voran.

Alsbald begann der Schimmel, zu einer persischen Melodie, die aber dem Schah unbekannt-bekannt vorkam, sie stammte vom Kapellmeister Nechwal, wahrhaft geistreiche Bewegungen zu vollführen. In den Schenkeln, in den Hufen, im Kopf, im Hinterteil: überall wohnte die Grazie. Kein Wort, kein Laut! Keine Rede von einem Kommando! Befahl der Reiter dem Schimmel, befahl der Schimmel dem Reiter? Lautlos war es ringsum. Alle Menschen hielten den Atem an. Obwohl sie so nahe der Arena saßen, daß sie beinahe Tier und Reiter hätten greifen können, blickten sie auf das Schauspiel durch Lorgnons und Operngucker. Nicht nahe genug konnte es sein. Der Schimmel spitzte die Ohren: es war, als delektierte er sich an der Stille. Sein großes, dunkles, feuchtes, kluges Auge musterte von Zeit zu Zeit die Herren und Damen im Ring, vertraut und stolz und prüfend –– und keineswegs Beifall erwartend, wie ein Schimmel im Zirkus. Einmal nur hob er den Blick zu der Loge Seiner Majestät, des Herrn von Persien, als wollte er flüchtig zur Kenntnis nehmen, für wen er hierher beordert sei. In stolzem Gleichmut hob er den rechten Vorderfuß, leicht nur, als grüßte er einen Gleichgestellten. Hierauf drehte er sich einmal um sich selbst, weil es die Musik so zu erfordern schien. Hierauf trat er sacht mit den Hufen den roten Teppich, setzte plötzlich beim Klang der Tschinellen zu einem verblüffenden, aber edlen und noch im gespielten Übermut maßvollen Sprung an, blieb plötzlich stehen, wartete eine Sekunde lang auf den süßen Ton der Flöte, um dann, da sie endlich kam, ihr zu gehorchen und in einem zarten, geradezu samtenen Trab in lediglich angedeutetem Zickzack den Launen des Orients gleichsam nachzugeben. Eine kurze Weile schwieg die Musik. Und in dieser Zeit der Stille hörte man nichts mehr als den sachten zärtlichen Aufschlag der Hufe auf den Teppich. Im großen Harem des persischen Schahs hatte – soweit er sich erinnern konnte – noch keine einzige seiner Frauen so viel Anmut, Würde, Grazie, Schönheit bewiesen wie dieser Lipizzaner Schimmel aus dem Gestüt Seiner Kaiser- und Königlichen Apostolischen Majestät.

Ungeduldig nur wartete der Schah den Rest des Programms ab: die stille Eleganz der anderen Tiere, die ihm hierauf vorgeführt wurden; ihre graziöse Klugheit; ihre schlanken, wunderbaren, zur Hingabe, Brüderlichkeit, Liebe lockenden Leiber; ihre kräftige Milde und ihre süße Kraft: der Schah dachte nur an den Schimmel.

Er sagte dem Großvizir: «Kauf den Schimmel!»

Der Großvizir eilte nach den Stallungen. Der Stallmeister Türling aber sagte mit der Würde eines kaiser- und königlichen Ministers: «Exzellenz, wir verkaufen nichts. Wir schenken nur – wenn Seine Majestät, unser Kaiser es erlaubt.»

Seine Majestät zu fragen getraute sich keiner.

6

Man erhob sich. In einer Viertelstunde begann der Ball.

Im Redoutensaal warteten, in zwei Reihen aufgestellt, die Damen und Herren auf die Ankunft der Monarchen. Hie und da drang ein verschämtes Hüsteln aus der Brust eines älteren Herrn. Es war ein Hüsteln, das sich seiner selbst schämte, mehr noch als die Hustenden, die seidene Taschentücher vor die Münder hielten. Hie und da flüsterte eine Dame der andern etwas zu. Es war eigentlich kein Flüstern, es war gerade noch ein Hauchen, und dennoch klang es in dieser Stille beinahe wie ein Zischen.

In dieser Stille vernahm man das sachte Aufstoßen des schweren schwarzen Stabes auf den roten Teppich wie ein ordentliches Klopfen. Alles blickte auf. Durch die von unsichtbaren Händen aufgerissenen Flügel der weißen, goldumrahmten Doppeltür kamen die Majestäten. Am entgegengesetzten Ende intonierte die Hofkapelle die persische Hymne. Der Schah grüßte nach orientalischer Art, die Hand an Stirn und Brust führend. Die Damen vollführten den Hofknicks, und die Herren verbeugten sich tief. Wie durch ein Feld geknickter Ähren schritten die Majestäten, der Gast und der Gastgeber. Beide lächelten, wie es die Überlieferung befiehlt. Sie lächelten nach rechts und links, obwohl kein Mensch ihre Freundlichkeit sehen konnte. Sie lächelten blonden und schwarzen Damenfrisuren zu, blanken Männerglatzen und straff gestriegelten Scheiteln.

Dreihundertzweiundvierzig Wachskerzen in silbernen Kandelabern erleuchteten und erhitzten den Saal. Der große kristallene Kronleuchter, der in der Mitte hing, trug nicht weniger als achtundvierzig. Die Kerzenflämmchen spiegelten sich tausendfältig in dem blanken Tanzoval des Parketts, so daß es aussah, als wäre der Boden gleichsam von unten her beleuchtet. Der Kaiser und der Schah saßen auf einer scharlachrot überkleideten Etage, in zwei breiten Stühlen aus spiegelndem Ebenholz, die aussahen wie geschnitzt aus schwarzer Nacht. Neben dem Kaiser von Österreich stand der Hofzeremonienmeister. Sein schwerer goldgestickter Kragen sog, trank, schlang ungesättigt das goldene Licht der Kerzen, strahlte es wider, glänzte, glitzerte, raffte gierig das Licht und verstreute es wieder großmütig, wetteiferte geradezu mit den Kandelabern und übertraf sie noch. Neben dem Schah stand der Großvizir, in schwarzer Uniform. Sein schwarzer Schnurrbart hing fürchterlich-majestätisch, wuchtig und schwer über seinem Mund. Er lächelte von Zeit zu Zeit in regelmäßigen Abständen und so, als dirigierte irgendeine fremde Macht seine Gesichtsmuskeln. Dem Rang und der Würde nach wurden die Damen und Herren der persischen Majestät vorgestellt. Er sah die Frauen genau an, mit seinen kindischen, glühenden Augen, in denen alles enthalten war, was seine einfache Seele zu vergeben hatte: die Gier und die Neugier, die Eitelkeit und die Lüsternheit, die Lieblichkeit und die Grausamkeit, die Kleinlichkeit und die Majestät trotz allem auch. Die Damen spürten den gierigen, den neugierigen, den lüsternen, den eitlen, den grausamen und majestätischen Blick des Schahs von Persien. Sie erschauerten leicht. Sie liebten den Schah, ohne es zu wissen. Sie liebten seine schwarze Pelerine, seine rote, silberbestickte Mütze, seinen krummen Säbel, seinen Großvizir, seinen Harem, alle seine dreihundertfünfundsechzig Frauen, seinen Obereunuchen sogar und ganz Persien: den ganzen Orient liebten sie.

Der Herr von Persien aber liebte in dieser Stunde ganz Wien, ganz Österreich, ganz Europa, die ganze christliche Welt. Niemals in seinem so liebes- und frauenreichen Leben hatte er diese Erregtheit gefühlt – auch vor vielen Jahren nicht, als er, ein Knabe noch und kaum mannbar geworden, zum erstenmal die Frau erkannt hatte. Weshalb waren ihm in seinem heimischen Harem die Weiber gleichgültig und sogar lästig gewesen, und weshalb schien es ihm hier, in Wien, daß die Frauen ein wunderbares, ihm noch völlig unbekanntes Volk bildeten, ein seltsames Geschlecht, das es erst galt zu entdecken? Sein dunkelbraunes Angesicht rötete sich sachte, seine Pulse schlugen heftiger, winzige Schweißperlen standen auf seiner glatten, faltenlosen, jugendlichen, unschuldigen bronzenen Stirn. Er führte sein seidenes grünes Tuch flink an die Augen. Er steckte es wieder in die tiefe Tasche, die im Innern seines Ärmels angebracht war, und seine schlanken biegsamen Finger begannen, immer schneller mit der kleinen Schnur aus großen bläulichen Gurdi-Perlen zu spielen, die sein linkes Handgelenk umschmeichelten. Auch diese sonst so kühlen Steine, die den Fingern immer kühle Beruhigung bereitet hatten, schienen ihm heute heiß und Unrast ausströmend. Ihm waren bis jetzt nur nackte und verhüllte Frauen bekannt gewesen: Körper und Gewänder. Zum erstenmal sah er Verhüllung und Nacktheit auf einmal. Ein Kleid, das gleichsam von selbst fallen zu wollen schien und das dennoch am Körper haftenblieb: es glich einer unverschlossenen Tür, die dennoch nicht aufgeht. Wenn die Frauen den Hofknicks vollführten, erhaschte der Schah im Bruchteil einer Sekunde den Ansatz der Brust, hierauf den hellen Schimmer des Flaums über dem weißen Nacken. Und der Augenblick, in dem die Damen mit beiden Händen die Schöße hoben, bevor sie ein Knie zurückstreckten, hatte für ihn etwas unnennbar Keusches und zugleich unsagbar Sündhaftes, es war ein Versprechen, das man nicht zu halten gedachte. Lauter unverschlossene Türen, die man nicht öffnen kann, dachte der Herr von Persien, der mächtige Besitzer des Harems. Jede also halboffene und gleichzeitig abgesperrte Frau, jede einzelne, war lockender als ein ganzer Harem, angefüllt mit dreihundertfünfundsechzig rätsellosen, geheimnislosen, gleichgültigen Leibern. Wie unergründlich mußte die Liebeskunst der Abendländer sein! Welch vertrackte Raffiniertheit, die Gesichter der Frauen nicht zu verhüllen! Was gab es in der Welt, das geheimer und entblößter zugleich sein konnte als das Antlitz einer Frau! Ihre halbgesenkten Augenlider verrieten und verbargen, versprachen und verwehrten, enthüllten und verweigerten. Was war der Glanz der Diademe, die sie im Haar trugen, gegen den schwarzen, braunen, blonden Glanz dieser ihrer Haare selbst, und wieviel Farbentönungen gab es innerhalb dieser Farben! Dieses Schwarz war blau wie eine Hochsommernacht und jenes hart und matt wie Ebenholz; dieses Braun war golden wie der letzte Gruß des versinkenden Abends und jenes rötlich wie das edle Ahornblatt im späten Herbst; dieses Blond war heiter und leichtfertig wie der Goldregen im Frühlingsgarten und jenes matt und silbrig wie der erste Reif einer frühen Morgenstunde im Herbst. Und zu denken, daß jede einzelne dieser Frauen einem einzigen Mann gehörte oder bald angehören würde! Jede einzelne ein behüteter Edelstein!

Nein! Daran wollte der Schah in diesem Augenblick nicht denken! Peinliche, schädliche Einfälle! Er war nach Europa gekommen, um das Einzige zu genießen, um das Vielfältige zu vergessen, das Gehütete zu rauben, das hier herrschende Recht zu brechen, ein Mal nur, ein einziges Mal der Wollust des unrechtmäßigen Besitzes teilhaft zu werden und die ganz besondere, raffinierte Art der Europäer, der Christen, der Abendländischen auszukosten. Als der Tanz begann – es war zuerst eine Polka –, verwirrten sich seine Sinne vollends. Er schloß sekundenlang seine großen, schönen, goldbraunen unschuldsvollen Rehaugen, er schämte sich selbst der Gier und der Neugier, die er in ihnen leuchten wußte. Alle gefielen ihm. Aber nicht das Geschlecht begehrte er. Er hatte Heimweh nach der Liebe, das ewige männliche Heimweh nach der Vergötterten, der Göttlichen, der Göttin, der Einzigen. Alle Freuden, die ihm das Geschlecht der Frauen gewähren konnte, hatte er ja bereits genossen. Ihm fehlte nur noch eins: der Schmerz, den nur die Einzige bereiten kann.

Er schickte sich also an zu wählen. Immer mehr von den Frauen im Saal schied er aus. Bei der und jener glaubte er mehr oder weniger verborgene Fehler entdeckt zu haben. Es blieb schließlich eine, die Einzige: es war die Gräfin W. Alle Welt kannte sie.

Blond, hell, jung und mit jenen Augen begnadet, von denen man sagen könnte, sie seien eine merkwürdige Art von Veilchen mit Vergißmeinnichtblick, war sie seit drei Jahren, seit ihrem ersten Ball, der Gesellschaft eine Augenweide, den Männern ein ebenso begehrtes wie verehrtes Wesen. Sie gehörte zu jenen Mädchen, die in den längstvergangenen Tagen ohne jedes andere Verdienst als das der Anmut Verehrung genossen und Anbetung erwarben. Man sah ein paar ihrer Bewegungen, fühlte sich reich beschenkt und war überzeugt, daß man ihr Dank schuldig sei.

Sie war ein spät gezeugtes Kind. Ihr Vater konnte schon zu den greisen Dienern der Monarchie gezählt werden. Er lebte einsam und lediglich seiner Mineraliensammlung ergeben auf seinem Gut in Parditz in Mähren. Manchmal vergaß er Frau und Tochter. In einer jener Stunden, in denen er gerade einen recht seltenen Malachit von einem Freund aus Bozen zugeschickt erhalten und seine Familie völlig vergessen hatte, ließ sich ein ihm unbekannter Sektionschef vom Finanzministerium melden. Es war der Graf W. Es war keineswegs, wie der Alte schon gehofft hatte, etwa ein Liebhaber von Mineralien, sondern lediglich der seiner Tochter. Jeden gewöhnlichen Quarzstein hätte der alte Herr von Parditz wenigstens durch die Taschenlupe betrachtet. Den jungen Mann aber, der seine Tochter begehrte, sah er nur einen Augenblick durch das Lorgnon an. «Bitte!» sagte er ohne weiteres, «werden Sie glücklich mit Helene.»

Die junge Frau liebte ihren Mann, obwohl sie eine manchmal süße, zuweilen lästige Erinnerung an den charmanten, zu besonderer Verwendung abkommandierten Baron Taittinger behalten hatte. Damals, als sie noch ein Mädchen gewesen war, und obwohl sie einen durchaus gerechten Blick für all seine Vorzüge gehabt hatte – sogar, wenn er sprach, schien es, als ob er tanzte –, war er ihr in dem Maße gefährlich erschienen, daß sie eines Tages begann, ihm mit frostiger Laune zu begegnen. Der arme Taittinger hatte zwar Phantasie genug, um sich einzubilden, daß er heftig und rettungslos verliebt sei, aber nicht so viel Ausdauer, wie in jenen Tagen dazu gehört hätte, das übliche Resultat heftiger Liebesbemühungen abzuwarten. Er war ein Kavallerist, zur besonderen Verwendung abkommandiert, hochmütig auch und, besonders nach einer Stunde mit dem Mädchen, in der es ihm gesagt hatte, er möge vorläufig gehn und sie sei nicht aufgelegt, mit ihm noch weiter zu sprechen, vollkommen überzeugt, daß es viele solcher Mädchen schließlich gäbe und daß seine Ehre auch etwas wert sei und vielleicht mehr.

Es war also, wie er sich sagte, endgültig, «ein Bruch», und dies machte ihn dermaßen «melancholisch», daß er sich eines Tages entschloß, zu Fuß durch Sievering zu wandern. Was kümmerte ihn Sievering? Es war noch schlimmer als langweilig: es war nämlich «fad». Einen Tag später allerdings war es «charmant» geworden. – Das kam von der Mizzi Schinagl.

7

Leider liegen die Tage, in denen unsere Geschichte spielt, schon so weit zurück, daß wir nicht mehr mit Sicherheit festzustellen vermögen, ob der Baron Taittinger recht hatte, als er der Meinung war, die Mizzi Schinagl sehe aus wie eine Zwillingsschwester der Gräfin W.

Er hatte, traurig und geradezu verzweifelt durch Sievering schlendernd, den lächerlichen Entschluß gefaßt, eine Tonpfeife zu kaufen. Und er trat in den Laden des Alois Schinagl ein. Er war darauf vorbereitet gewesen, einen älteren würdigen Mann im Laden vorzufinden. Die Tür hatte eine grelle Alarmglocke. Auch sie überraschte den Baron Taittinger nicht. Wohl aber überraschte, ja erschreckte es ihn, daß statt des alten Pfeifenhändlers, den er erwartet hatte, ein Wesen hinter dem Ladentisch erschien, das er bereits sehr wohl zu kennen glaubte: wenn es nicht die Gräfin W. persönlich war, so war es gewiß ihre Schwester. Er beschloß zuerst, längere Zeit die Pfeifen zu prüfen, von denen er allerdings gar nichts verstand.

Es waren lächerliche Pfeifen und lächerliche Preise. Während er vorgab, die Pfeifen zu prüfen, jede einzelne an den Mund führte, durch jede hindurchblies – so wie er es einmal gesehen zu haben glaubte, als er seinen gottseligen Herrn Papa, den alten Hofrat Taittinger, zum Pfeifenkaufen in Ölmitz begleitet hatte –, beobachtete er verstohlen, aber inbrünstig das zarte Gesicht der Doppelgängerin. Ja, kein Zweifel, sie sah aus wie die Gräfin W.: das gleiche Veilchenauge mit dem Vergißmeinnichtblick; der gleiche Haaransatz über der niederen Stirn; der gleiche aschblonde Knoten im

Nacken – man sah ihn, sooft sich das Mädchen umwandte, um nach neuen Pfeifen auf den Regalen an der Wand zu suchen; der gleiche Augenaufschlag und das gleiche süße und zugleich mokante Lächeln; die gleichen scharfen Eckzähne, die sich bei jedem Lächeln enthüllten; die gleichen Handbewegungen und die gleichen lieben Grübchen an den Armen, zu beiden Seiten der Ellenbogen.

Die goldenen Knöpfe der Rittmeister-Uniform verbreiteten einen immer stärkeren Glanz im Laden, je tiefer der Abend wurde. Man hätte noch ganz deutlich die Pfeifen sehen können, aber dem Mädchen, der Doppelgängerin der Gräfin W., wurde es unbehaglich, allein, wie sie war mit dem fremden Offizier, und sie entzündete den Rundbrenner über dem Pult, rechts vom Verkaufstisch. Das Licht flackerte und blakte zuerst. Taittinger kaufte fünfzehn nutzlose Tonpfeifen. Er fragte noch: «Was ist eigentlich Ihr Herr Vater, liebes Fräulein?»

«Der Ofensetzer Alois Schinagl!» sagte das Mädchen. «Pfeifen macht er auch, aber nur nebenbei. Aber die meiste Kundschaft sind halt die Leut, die Öfen brauchen. Zu uns kommt selten einer ins Geschäft, Pfeifen haben die Leut alle eh schon.»

«Ich komme» – sagte der Baron Taittinger – «morgen noch einmal. Ich brauche viel Pfeifen.»

Er kam am nächsten Tag, mit dem Diener, und er kaufte nicht weniger als sechzig Pfeifen. Drei Tage später kam er wieder nach Sievering, er fand es «charmant». Es war Samstag, drei Uhr nachmittags, und Mizzi begrüßte ihn wie einen alten Bekannten, obwohl Taittinger diesmal in Zivil war. Es war warm und golden draußen. Mizzi schloß den Laden und stieg in den Fiaker, und man fuhr zum Kronbauer.

Man fuhr zum Kronbauer und erzählte drei Stunden später dem fremden Herrn, daß man eigentlich schon so gut wie verlobt war. Verlobt war man mit Xandl Parrainer, Friseur und Perückenmacher. Jeden Sonntag ging man mit ihm aus.

Das waren Geschichten, die den Taittinger gar nicht kümmerten und die er auch nur halb verstand. Eigentlich glaubte er, dieses brave Mädchen wolle ihm einen guten Barbier empfehlen. «Schick ihn nur zu mir» – sagte er – «schick ihn nur! Herrengasse zwei, erster Stock.»

8

Sehr bald fand Taittinger, daß ihn die Mizzi langweilte. Eines Tages teilte sie ihm mit, daß sie schwanger sei, und dieser Zustand war schlimmer als langweilig: nämlich fad.

Die Folge dieser Erkenntnis war, daß Taittinger zum Notar ging. Taittinger liebte weder die Gräfin W. mehr noch die Schinagl, die ihr ähnlich sah. Er liebte nur noch, wie gewöhnlich, sich selbst.

Wie es in jenen Tagen die Sitte befahl, riet der Notar zu einer Pfaidlerei. Alle Herren, deren Geschäfte er verwaltete, hätten Pfaidlereien eingerichtet. Alle Damen befänden sich noch heute wohl dabei.

Der Baron nahm also einen Urlaub von zwei Monaten und reiste in die Batschka, zu einem Onkel seiner Mutter, wo ihn keine Post erreichen konnte.

Es erreichte ihn auch kein einziger der heftigen Liebesbriefe, die Mizzi Schinagl unentwegt schrieb. Sie schrieb diese Liebesbriefe an die einzige Adresse Taittingers, die sie kannte; an die Herrengasse 2. Der Doktor Maurer, der Sekretär Taittingers, der die Schriften auseinanderzuhalten wußte, zerriß die Briefe, ohne sie gelesen zu haben.

Als der Baron Taittinger aus der Batschka zurückkehrte, war die Pfaidlerei der Mizzi Schinagl in der Porzellangasse bereits eingerichtet und im Gange. Mizzi Schinagl war im neunten Monat.

Sie gebar einen Sohn, und sie nannte ihn Alois Franz Alexander. Alois Franz hieß der natürliche Vater; Xandl hieß der Bräutigam, der Friseur.

Die Pfaidlerei ging gut, der Friseur war immer noch bereit, Mizzi zu heiraten. Auch hatte sie selbst durchaus Verlangen nach einem ruhigen und ehrlichen Dasein. Allein, es ging in ihr, dieweil sie derlei vernünftige Pläne überlegte, auch die Liebe durch das Herz und durch den Kopf, und es war die Liebe zu Taittinger. Ihr Kind schien ihr großartig geraten. Nicht einen Augenblick vermochte sie die Hoffnung aufzugeben, daß der Baron Taittinger kommen würde, um die Frucht seiner Lenden zu sehen. Aber der Taittinger kam nicht.

Als Xandl drei Jahre alt war, lernte Mizzi Schinagl auf einer Bank im Schönbornpark, durch Zufall sozusagen, eine geschwätzige und gefällige Frau kennen, die ihr sagte, es gäbe da ein Haus auf der Wieden, da wäre man gut aufgehoben – und noble Menschen verkehrten dort – und was wäre schon eine Pfaidlerei – und was wäre das überhaupt schon für ein Leben, so, mit einem Kind und unverheiratet und mit einer Pfaidlerei. Was war das für ein Leben? Mizzi Schinagl hatte es schon oft selber gedacht, wörtlich das gleiche.

«Was sind das für noble Menschen, die dort verkehren?» fragte Mizzi Schinagl.

«Die nobelsten» – erwiderte die fremde Frau. «Namen kann ich Ihnen auch sagen. Ich muß nur die Liste holen.» Sie eilte dahin und brachte die Liste.

Die Mizzi wußte selbst nicht, weshalb sie zur Frau Matzner am nächsten Tage ging. Was kümmerte sie die Frau Matzner? Was hatte sie jemals von der Frau Matzner gehört? Es war Sommer, Spätsommer. Es war auch sehr heiß. Verspätete, immer noch leichtsinnige Amseln flöteten auf dem immer noch grünen Rasen, zwischen dem Kopfsteinpflaster. Es schlug sechs Uhr, als sie vor dem Hause der Josephine Matzner stand. «Josephine Matzner, Masseurin, IIter Stock, dreimal läuten» war unten gedruckt. Sie läutete dreimal.

Ein geradezu niederschmetternder Duft von Maiglöckchen, von Flieder, von Veilchen, von Verbenen, von Reseda schlug Mizzi entgegen. Noch eh sie wußte, was mit ihr geschah, stand sie in dem sogenannten rosa Salon: Aus rosa Seide waren die Vorhänge vor den Fenstern; aus rosa Seide die Vorhänge vor der Tür; aus rosa Rosen bestand die Tapete; in eine Rosenknospe aus Porzellan ging selbst der Knopf der Türklinke aus.

Eines Tages, eines Abends vielmehr, kommt er, der geliebte Taittinger. Seit vielen Jahren ist er im Haus der Josephine Matzner heimisch.

Als er die Mizzi Schinagl in diesem Hause erblickte, war er durchaus nicht erstaunt, wie es wahrscheinlich viele andere Männer an seiner Stelle gewesen wären, sondern er strengte sich an, eine den Umständen angemessene Frage zu finden. Er erinnerte sich nicht mehr, auf welche Weise sein Notar die Mizzi Schinagl abgefunden hatte, ob durch eine

Wäscherei, Näherei oder Pfaidlerei. Dagegen glaubte er sich genau erinnern zu können, daß Fräulein Schinagl ein Kind weiblichen Geschlechts von ihm bekommen hätte, und eine höfliche Frage nach dem Befinden dieser Kleinen hielt er wohl für angebracht. «Grüß Gott!» – sagte er also. – «Was macht unsere Kleine?»

«Wir haben einen Buben!» sagte die Mizzi, und sie errötete zum erstenmal wieder nach langen Jahren, als hätte sie nicht etwa die pure Wahrheit gesagt, sondern eine Lüge.

«Ach ja, es ist ein Bub!» sagte der Baron. «Entschuldige!»

Eine Weile später bestellte er Champagner, um mit Mizzi auf das Wohl dieses Buben, seines Buben, zu trinken. Er hörte nicht mehr alles, was die Mizzi vom Buben erzählte. Er hörte nicht, daß er gut untergebracht war bei Frau Schyschka, einer Frau, die zwar aus Bielitz-Biala stammte, aber dennoch durchaus zuverlässig war. Sie verwaltete auch die Pfaidlerei, die ganz gut ging. Insoweit war Mizzi Schinagl zufrieden. Sie trug ein tiefausgeschnittenes weißes Seidenkleid, und von Zeit zu Zeit nestelte sie an ihrem rechten Strumpfband, offenbar um sich zu überzeugen, daß ihr Geld, ein Zehnguldenschein, den sie heute erworben hatte, noch vorhanden war. Obwohl sie wußte, daß der Baron nur aus Gewohnheit zu der Josephine Matzner gekommen war, begann sie sich nach zwei Gläsern Champagner einzureden, er sei ihretwegen allein gekommen. Alsbald schien es auch dem Rittmeister so, daß er der Mizzi wegen heute den Weg hierher genommen hatte. Der Baron hatte ein kleines Herz, aber es war ebenso schnell gerührt wie vergeßlich. Er mochte die Mizzi noch sehr gerne, und er fragte sich, warum er sie eigentlich verlassen habe. Er begehrte sie sogar, aber es gab nun ein gewaltiges Hindernis: es schien ihm einfach unschicklich, eine Frau zu kaufen, die man umsonst gehabt hatte, sozusagen umsonst, abgesehen von der Pfaidlerei. Es war ebenso unschicklich, wenn nicht noch unschicklicher, eines der anderen Mädchen zu nehmen, sozusagen vor den Augen der Mizzi. In der Hoffnung, daß er dadurch allen peinlichen Überlegungen entgehen könnte, gab er der Mizzi zuerst ein Geldstück, ein goldenes Fünfguldenstück. Sie nahm es in die Hand, spuckte darauf und sagte: «Gehn wir hinauf, zu mir, ich hab ein nettes Kabinett!»

Der Baron ging ins Kabinett und blieb dort bis Mitternacht, in Erinnerungen versunken. Er versprach, oft wiederzukommen, und er hielt auch sein Versprechen. Er wußte nicht, ob ihn ein Fluch trieb oder ein Segen; ob er eigentlich die Gräfin liebte oder die Mizzi; ja ob er überhaupt liebte; ob er überhaupt noch der alte Taittinger war. Es fehlte nur noch wenig, und er wäre imstande gewesen, sich selbst in die dritte und letzte Kategorie der Menschen einzureihen: in die Kategorie der «Langweiligen».

9

Der mächtige Herr von Persien, der Herr der dreihundertfünfundsechzig Frauen und der fünftausenddreihundertzehn Rosen von Schiras war nicht gewohnt, ein Begehren, geschweige denn eine Begierde zu unterdrücken. Kaum hatte sein Auge die Gräfin W. auserkoren, und schon winkte er dem Großvizir. Der Großvizir neigte sich über die Sessellehne.

«Ich hab dir was zu sagen», flüsterte der Schah. «Ich möchte» – sagte der Schah weiter – «die kleine junge Frau heute, die silberblonde, du weißt, welche ich meine.»

«Herr» – wagte der Großvizir zu erwidern – «ich weiß, welche Eure Majestät meinen. Aber es ist, es ist ——» Er wollte «unmöglich» sagen, aber er wußte wohl, daß solch ein Wort das Leben kosten konnte. Also sagte er: «—— es ist hierzulande sehr langsam!»

«Heute!» sagte der Schah, dem nichts von dem, was er befohlen hatte, unausführbar erschien.

«Heute!» bestätigte der Minister.

Der Tanz war eine Weile unterbrochen. Der Herr und der Diener begaben sich würdig und langsam zu ihren Plätzen zurück.

Der Kaiser lächelte ihnen freundlich entgegen. Die Musik setzte wieder ein. Der Tanz begann aufs neue.

Vor Mitternacht erhoben sich die Majestäten. Sie verschwanden, die doppelflügelige Tür hinter den Thronsesseln verschlang sie.

Der Schah wartete in einem Nebenraum. Ihm gegenüber

und so, daß er sie genau betrachten kann, steht eine Diana aus Silber auf einem schwarzen runden Brett. Sie scheint ihm das getreue Abbild der begehrten Frau zu sein. Alles in diesem Raum erinnert überhaupt an die begehrte Frau: der dunkelblaue Diwan, die seidene blaßblaue Tapete, der Flieder in der schlankhalsigen Majolikavase, der kristallene Lüster sogar, der wunderbare Schwung des vierfüßigen Leuchters mit den vier schlanken Ärmchen und das silberne Ornament auf dem tiefblauen samtenen Teppich zu Füßen des Herrn von Persien. Man wartet, man wartet! Und der Schah ist nicht gewohnt zu warten.

Er muß leider warten. Kaum zwanzig Meter von ihm entfernt findet eine Konferenz statt, deren Teilnehmer sind: der Großvizir, der Hofzeremonienmeister und der Adjutant Seiner Majestät. Man beschließt, auch den Polizeipräsidenten herbeizurufen. Und man sieht trotzdem keinen Ausweg: der Großvizir möchte seinen Freund, den Adjutanten Kirilida Pajidzani, zur Seite haben, er wird ihn suchen lassen, er läßt ihn schon suchen. Man findet ihn nicht, den jungen, lebenslüsternen, schönen Pajidzani.

Was steht zur Debatte? Es handelt sich darum, ob man die Gesetze des Anstands oder ob man die Gesetze der Gastfreundschaft verletzen darf.

Der Hofzeremonienmeister lehnte mit würdiger Entschiedenheit ab; der Adjutant des Kaisers ebenfalls. Es war selbstverständlich. Es kam für keinen von den beiden Herren in Betracht, etwa Seine Majestät in Kenntnis zu setzen von dem sonderbaren Wunsch des hohen Gastes. Aber es kam auch nicht in Betracht, dem hohen Gast einen Wunsch zu verweigern.

Der Polizeipräsident sagte schließlich, daß man einen geeigneten Mann finden müsse, einen vom privaten Festkomitee. Und kaum war das Wort vom «privaten Festkomitee» gefallen, als der Hofzeremonienmeister den Namen Taittinger ausrief.

Man beschloß, eine Pause eintreten zu lassen. Zwei Herren begaben sich in den blauen Raum, zum wartenden Schah. Er saß würdig in einem Sessel, spielte mit seinem Perlenarmband und fragte nur: «Wann?»

«Es handelt sich nur darum» – log der Großvizir – «die

Dame zu finden. Im Gewirr des Festes ist sie verschwunden. Wir suchen sie mit allen Kräften.»

«Mit allen Kräften» suchte man indessen nicht die vom Schah ersehnte Dame, sondern den Taittinger.

Der Schah winkte mit der Hand, er sagte nur: «Ich warte!» Es war Geduld und Nachsicht, aber auch Drohung in der Stimme der Majestät.

Einer der mondänen Spitzel, deren Aufgabe es war, das Gehn und Kommen, die Sitten und Gewohnheiten, die Unsitten und die Unarten und die Freundschaften und die Beziehungen der Herrschaften zu beobachten, meldete dem Polizeipräsidenten, daß sich der Baron Taittinger seit einer Stunde im Vestibül befinde, in der Kammer des Lakaien, beschäftigt mit der Tochter Wesselys, des Kommandierenden der Garderoben. Der Polizeipräsident ging unverzüglich an den angegebenen Ort. Der zur besonderen Verwendung abkommandierte Rittmeister erhob sich, als es klopfte. Er ging zur Tür. Er fürchtete sich keineswegs etwa vor der Schande, auf einer jener Missetaten ertappt zu werden, die nicht nur selbstverständlich waren, sondern sogar geboten erschienen; es handelte sich ihm darum, vor der Welt zu verbergen, daß er sich mit der Wessely abgab, der Tochter des Garderobemeisters. Er wußte nicht, der arme Taittinger, daß der Geheime Vondrak ihn längst schon beobachtete.

Taittinger richtete seine Bluse und ging zur Tür. Er erkannte den Polizeipräsidenten, schloß daraus, daß man bereits von der kleinen Wessely wußte, und bemühte sich infolgedessen auch gar nicht mehr, die Tür hinter sich zuzuziehn, als er in den Korridor trat.

«Baron, ich bitte Sie, sofort!» sagte der Polizeipräsident.

«Servus!» rief Taittinger zur offenen Tür hinein, der Wessely zu.

Er fragte, während er neben dem Polizeipräsidenten die flachen Stufen emporstieg, nicht, warum man ihn gerufen hatte. Er ahnte schon, daß es sich um eine äußerst schwierige Angelegenheit handeln würde, eine Angelegenheit im Zusammenhang mit seiner Verwendung.

Ja, nicht umsonst hatte man ihn seinerzeit abkommandiert. In gewöhnlichen Situationen versagte er vielleicht; in außergewöhnlichen funktionierte seine Phantasie. Dort, wo die drei Herren entgeistert und ratlos waren, im kleinen Zimmer, erschöpft vom Nachdenken, bleich aus Furcht, beinahe krank vor Ratlosigkeit, erschien der Rittmeister Taittinger munter wie ein junger Wind. Und nachdem ihm die andern in ängstlich geflüstertem Französisch ihre Sorgen erzählt hatten, rief er, wie gewöhnlich, als säße er beim Tarock, in seinem ärarischen Deutsch, das an alle Kronländer der Monarchie gleichzeitig zu erinnern schien: «Aber meine Herren! Das ist ja sehr einfach!»

Alle drei horchten auf.

«Es ist sehr einfach!» wiederholte Taittinger. Im Nu, in der gleichen Sekunde, in der er gehört hatte, daß es sich um die Gräfin W. handelte, war in ihm ein ihm bis dahin noch fremd gewesener Haß erwacht, eine Art erfinderischer Rachsucht, einer äußerst erfinderischen, einer phantasiereichen, einer geradezu dichterischen Rachsucht. Sie sprach aus ihm: «Meine Herren!» sagte er. «Es gibt viele, unzählige, es gibt unzählige Frauen in Wien! Seine Majestät, der Schah – ich will nicht sagen, daß er einen schlechten Geschmack hat, im Gegenteil, ganz im Gegenteil! Aber Seine Majestät hat begreiflicherweise niemals Gelegenheit gehabt, zu erfahren, was es für –– für –– sagen wir, Annäherungen gibt.»

Er dachte an sich und selbstverständlich an Mizzi Schinagl. Es schien ihm auf einmal – und zum erstenmal in seinem unbeschwerten, leichtfertigen Leben schien es ihm, daß er Herz und Seligkeit für immer verloren habe. Ein unerklärlicher Haß gegen die Gräfin W. ergriff ihn, und es erfüllte ihn der ihm selbst noch weniger erklärliche Wunsch, der Schah möchte sie wirklich besitzen. Eine nie gekannte Wirrnis wütete in seiner Seele: während er noch wünschte, die Frau, die er geliebt hatte und die er in diesem Augenblick aufs neue zu lieben glaubte, möchte schändlicherweise dem Perser ausgeliefert werden, begehrte er auch schon und im gleichen Augenblick, diesen schimpflichen Vorgang um jeden Preis zu vermeiden. Er erfuhr plötzlich, daß er immer noch unglücklich liebte, daß er rachsüchtig war – aus unglücklicher Liebe, daß er aber zugleich den Gegenstand seiner Rachsucht und seiner Liebe zu bewahren hatte, als gehörte er ihm allein, daß er nicht einmal die Doppelgängerin der geliebten Frau, die Schinagl nämlich, ausliefern durfte und daß er dennoch, auf einem Umweg zwar, aber dennoch, verraten, verkaufen, beschämen und beschimpfen müßte.

«Es ist leicht, meine Herren» – sagte er, und während er dieses aussprach, schämte und freute er sich zugleich – «es ist leicht, Doppelgänger im Leben zu finden. Fast jeder von uns – nicht wahr, meine Herren? – hat einen. Die Damen haben Doppelgängerinnen, warum auch nicht? Die Damen haben Doppelgängerinnen – nun, sagen wir: auch unter den kasernierten Damen. Der Herr Polizeipräsident wird wissen, was ich meine! – Dadurch ersparen wir uns sehr viel Ärger. Ich meine, wir ersparen uns eine äußerst peinliche, um nicht zu sagen: penible Belästigung Seiner Majestät, alle Ratlosigkeit, alle Unfreundlichkeit.» Er hielt «penibel» für stärker als «peinlich».

Die Herren verstanden im Nu, um was es sich handelte. Sie sahen nur, ein wenig besorgt, den Großvizir an, der aber sein konstantes, höfliches Lächeln nicht aufgab. Er wollte – man begriff es – nicht zugeben, daß auch er verstanden hatte. Auch er bewunderte die ingeniöse Phantasie des Rittmeisters. «Die Herren sind einig?» fragte er auf französisch, gleichsam um zu unterstreichen, daß er nicht imstande gewesen sei, das Deutsch Taittingers zu verstehen. «Darf ich meinem Herrn Nachricht geben?»

«Wir werden die Dame bald ausfindig machen, Exzellenz!» sagte Taittinger und verneigte sich.

Fünf Minuten später sahen die beharrlich Neugierigen, die trotz der späten Stunde auf der Straße warteten, in der vagen und armen Hoffnung, einen Grafen, einen Fürsten, einen Erzherzog gar in eine der Kutschen und Fiaker einsteigen zu sehen, nicht weniger als achtzehn Herren in Zylinder und Frack herauskommen. Ach, es waren keine Prinzen. Es waren die «Geheimen» von der Spezialabteilung, die «Spezis», wie man sie nannte, die Kenner, Beobachter und Spitzel der Oberwelt, der Halbwelt und der Unterwelt. Die zwei Wachleute, die vor dem Eingang patrouillierten, erkannten sie wohl. Die Wachmänner pfiffen, die Gummiradler kamen heran. Die Herren stiegen ein.

Alle diese Männer kannten die Damen und die Herren aller drei Welten, wie gesagt: der Ober-, der Halb- und der

Unterwelt. Ihr Anführer war ein gewisser Sedlacek. Er hatte vor der Abfahrt dem Polizeipräsidenten versichert: «Keine Angst, Exzellenz! In einer halben Stunde, in einer Stunde höchstens, ist die Frau Gräfin hier, ich will sagen: ihre Zwillingsschwester.» Man konnte sich auf Sedlacek verlassen. Er brauchte keine Fotografien. Alle Gesichter hatte er im Kopf. Er kannte die Gräfin W. Er kannte den Baron Taittinger. Er kannte die hoffnungslose Liebe des Rittmeisters zu der Gräfin. Er kannte auch die Art, in der sich Taittinger getröstet hatte. Er kannte Mizzi Schinagl, ihren heutigen Aufenthaltsort und nicht nur das: ihre Herkunft, den Laden in Sievering und ihren Vater. Dennoch hatte er, ganz im Gegensatz zu dem Baron, die deutliche Empfindung, daß Mizzi Schinagl der von der persischen Majestät so ersehnten Gräfin sehr wenig ähnlich sah, insbesondere, weil sie sich wahrscheinlich im Hause der Frau Matzner arg verändert hatte. Immerhin: sie blieb noch zu verwenden, für den Fall, daß seine Leute nicht ein noch ähnlicheres Modell ausfindig machen konnten.

Alles schien – vorläufig wenigstens – in Ordnung gebracht worden zu sein, und für die Dauer einer Stunde, oder einer halben Stunde zumindest, hofften die in die Affäre verwickelten beziehungsweise mit ihr vertrauten Herren ein wenig aufatmen zu können. Da aber geschah etwas in den Annalen der kaiser- und königlichen Hofgeschichte noch nie Dagewesenes: Der Gast des Kaisers von Österreich erschien wieder im Saal. Man teilte es sofort dem Kapellmeister mit, und sofort auch intonierte die Kapelle die persische Nationalhymne. Wie Blei legte sie sich auf alle Glieder.

Er aber sah nichts, hörte nichts, grüßte nicht. Nach einigen Minuten mischte er sich einfach unter die Gäste. Er wandelte durch den Saal. Er bemerkte gar nicht, daß ihm die Leute auswichen und daß sie ganz breite Straßen vor ihm bildeten und daß sich gleichsam die Welt vor ihm spaltete. Unentwegt spielte die Musik Walzer von Strauß, aber ein Unmut lähmte alle Anwesenden.

Der Baron Taittinger hatte ihn sofort erspäht. Er wußte sofort, nach wem der Schah Ausschau hielt. Die Zeit rann unaufhaltsam, bald mußten die «Spezis» kommen. Es mußte auf jeden Fall verhindert werden, daß der Schah innerhalb der nächsten halben Stunde etwa in ein Gespräch mit der

Gräfin geriet. Man konnte diesen Schah jedenfalls nicht aus dem Redoutensaal entfernen. Man mußte also die Gräfin nach Hause schicken.

Um das Allerschlimmste zu verhüten, beschloß der Baron, mit dem Grafen W. zu sprechen.

Er näherte sich dem kleinen Tisch, an dem der Graf allein saß. Er tanzte nicht gern. Er spielte nicht gern. Er trank nicht einmal gern. Eifersucht war seine einzige Leidenschaft. Er freute sich an ihr, er lebte von ihr. Es bereitete ihm ein wüstes Vergnügen, wenn er so zusah, wie seine junge Frau dahintanzte. Er haßte die Männer. Es schien ihm, daß sie alle auf seine Frau lauerten. Von allen Männern, die er kannte, war und blieb ihm der Rittmeister Taittinger der liebste, der einzig liebe. Den hatte er bereits erledigt, vernichtet, er kam nicht mehr in Betracht.

Taittinger ging unmittelbar auf die Hauptsache ein.

«Graf» – sagte er – «ich muß mit Ihnen ernstlich sprechen. Unser persischer Gast ist verliebt in Ihre Frau!»

«Nun?» – sagte der kaltblütige Graf – «Es ist kein Wunder. Viele lieben sie, lieber Baron!»

«Ja, aber, lieber Graf, der Schah, wissen Sie, nun, Sie kennen ja den Orient!» Er schwieg eine lange Weile. Er sah inbrünstig, gewalttätig und doch zugleich auch flehentlich das kalte, stumpfe blonde Gesicht des Grafen an, eine Art blonden Karpfens . . .

«Sie kennen ja den Orient!» begann er, schon verzweifelt, von neuem.

«Der Orient interessiert mich nicht», sagte der Stumpfe, und seine blaßblauen Augen suchten nach der schönen Frau.

Um Gottes willen! – dachte Taittinger. Weiß der wirklich nicht, was der Schah will? Wie kann er so gleichgültig sein? Er ist ja sonst so eifersüchtig.

«Wissen Sie, der Schah geht mich gar nichts an!» sagte der Graf. «Auf die Orientalen bin ich nicht eifersüchtig.»

«Gewiß, gewiß! Nein, nein!» rief der Rittmeister. Nie in seinem Leben hatte er sich in solch einer peniblen Situation befunden. Übrigens begann in ihm schon der stille Vorwurf zu nagen, daß er sich ja selbst in diese penible Situation gebracht hatte! Er spürte auf einmal die zudringliche Hitze der Kerzen, einen leuchtenden Wüstensturm, und die eigene

Torheit, die ihm außerdem eine innere Hitze verursachte. Schon fing er zu schwitzen an, aus Angst hauptsächlich. Es mußte heraus, er konnte es nicht länger zurückhalten. Und in einem wahren Anfall von Attackengeist sprudelte er den Satz heraus: «Ich meine, man muß die Gräfin für eine Weile aus dem Saal retten!»

Der Graf, der eben noch so stumpf und fade dagesessen war, wurde rot im Gesicht. Ein böser Zorn verdunkelte seine hellen blassen Äuglein. «Was erlauben Sie sich?» rief er. Taittinger blieb sitzen. «Bitte, mich ruhig anzuhören», sagte er. Er nahm seine letzten Kräfte zusammen und fuhr fort: «Es handelt sich darum, die Ehre Ihrer Frau, Ihre, die Ehre all dieser Damen hier im Saal zu behüten. Der Herr aus Teheran darf heute der Gräfin keinesfalls mehr begegnen. Sehen Sie hin, wie er beutegierig durch den Saal wandelt. Er ist der Gast Seiner Majestät. Er ist ein gekröntes Haupt. Er ist auch ein politischer Gast. Seine Schamlosigkeiten können wir nur durch eine List abwenden. In einer halben, einer Viertelstunde» – der Rittmeister sah auf die Uhr – «ist alles geregelt. Ich beschwöre Sie, Graf, bleiben Sie ruhig, erlauben Sie mir, mit der Gräfin fünf Minuten zu sprechen.»

Der Graf setzte sich, kalt und wieder blaß, wie er von Natur war.

«Ich werde sie holen!» sagte der Rittmeister.

Er erhob sich sofort, erleichtert und trotzdem Bangnis im Herzen.

10

Lange noch war das Schwerste nicht überwunden. Es war nicht leicht, einer Frau in passenden Worten die Tatsache mitzuteilen, daß sie der Schah sozusagen als Gastgeschenk begehrte. Der Frau konnte man die ganze Geschichte keineswegs erzählen. Der Polizeipräsident, der sich mit dem Minister des Innern unterhielt, wandte sich dem Rittmeister freundlich zu und so, als hätte er ihn seit Tagen nicht mehr gesehn. Der Minister bat um Entschuldigung und entfernte sich sofort. Der Rittmeister fragte: «Ist der Sedlacek schon zurück?» Das Angesicht des Polizeipräsidenten verriet höchstes Erstaunen.

Eine Sekunde später begriff Taittinger schon, worum es sich handelte. Der Polizeipräsident wollte von nichts wissen, bis ans Ende seines Lebens würde er von nichts wissen wollen. Der Rittmeister sagte nur: «Ich komme sofort!» und entfernte sich, so schnell es die Umstände erlaubten. Er begriff zwar, daß der Polizeipräsident partout leugnen würde, aber er ahnte noch lange nicht, was für Folgen der ganze Plan haben sollte. Er ging geradewegs auf die Gräfin zu. «Ihr Mann schickt mich», sagte er.

Nun, es ging vorläufig alles gut. Der Wagen fuhr vor. Die Gräfin W. und ihr Mann stiegen ein. Bevor der Graf noch dem Kutscher etwas sagen konnte, rief Taittinger mit einer verzweifelten Geistesgegenwärtigkeit zum Bock empor: «Nach dem Prater! Die Herrschaften wollen Luft!»

Gleich darauf, als die lautlosen Räder schon im Rollen waren und man lediglich das elegante sachte Trappeln der beiden Braunen hörte, schämte sich der Rittmeister seines erbärmlichen Zurufs. Ich habe wirklich zuviel getrunken, dachte er, oder ich bin von Sinnen.

Aber er war nicht von Sinnen: er hatte richtig vorausgesehen. Denn es war keineswegs notwendig, dem Geheimen Franz Sedlacek ausführliche Anweisungen zu geben und Einzelheiten zu beschreiben. Er besaß Phantasie genug.

Weder er noch seine Untergebenen hatten im Laufe einer kurzen Stunde ein Frauenzimmer – oder, wie sich Sedlacek ausdrückte: «eine Person» – ausfindig machen können, die man der Majestät statt der von ihr auserkorenen Dame hätte darreichen können. Es blieb Sedlacek nur übrig: die Mizzi Schinagl aus dem bekannten Hause der Josephine Matzner.

Eilig hatte er sie den Armen eines alten Försters entrissen und so, wie sie war, im knallroten Kleidchen, das bis zu den Strumpfbändern reichte, im Fiaker mitgenommen. Unterwegs hatte er Zeit genug, sie zu instruieren. «Du darfst den Mund nicht aufmachen», sagte er. «Wenn er dich fragt, wie du heißt, so sag: Helene. Stell dich patschert an. Du weißt von nix, eine Dame bist du, verstanden? Kannst dich überhaupt noch erinnern, wie's mit dem ersten war? Streng deinen dummen Schädel an und denk nach! – Mach's jetzt gleich vor, aber natürlich! Nur das Benehmen mein ich. Ich bin im Dienst. Also?»

Sedlacek ließ die Kleine im Fiaker, unter aufgeschlagenem Dach. Vor dem einsamen Wagen, der abseits stand, zehn Meter entfernt von den andern Fiakern, patrouillierte ein Wachmann. Mizzi Schinagl fror.

Man mußte ihr eine Ballrobe beschaffen, blaßblau, Seide, tief ausgeschnitten, ein Korsett, Perlen und ein Diadem. An alles dachte Sedlacek. Seit einer Viertelstunde schon stöberten seine Leute, vier begabte Männer, im Garderobenraum des Burgtheaters herum. Der Nachtwächter leuchtete ihnen mit der Laterne. Vier nobel gekleidete Gespenster in Fräkken, Stöcke in der Hand, Zylinder auf den Köpfen, rumorten sie mitten zwischen dem nächtlichen, verschlafenen Wirrwarr der theatralischen Requisiten. Alles, was seiden zu sein schien und blaßblauer Farbe war, rafften sie zusammen. Sie hatten die Hosentaschen voll falscher Perlen, funkelnder feuriger Diademe, künstlicher Blumen, vergißmeinnichtblauer Strumpfbänder, glitzernder Agraffen. Es ging alles sehr schnell, wie sonst nur sehr wenige Angelegenheiten im Staat und in den Ländern zu gehn pflegten. Nur noch eine kurze Weile – und das gefällige Mädchen Schinagl sah für fremde und orientalische Augen beinahe so aus wie eine Dame. Sie wartete in der Garderobe des Hofbeamten zweiter Klasse, Anton Wessely, dessen Tochter Taittinger vor kurzem erst so brüsk hatte verlassen müssen.

Alles Weitere vollzog sich unter Sedlaceks geradezu nobler Leitung und mit Hilfe des wendigen Adjutanten Kirilida Pajidzani. In einem geschlossenen Wagen, dem Sedlacek im Fiaker folgte, brachte man die persische Majestät in das Haus der Frau Matzner. Wenn einer der Stammgäste in jener Stunde zufällig vorbeigekommen wäre, hätte er denken müssen, das Haus, ja, die ganze Gasse seien verzaubert. Es schlief das Haus, und es schlief die Gasse, und ausgelöscht waren die Laternen, und ausgelöscht schien die Welt. Nur der teilnahmslose schmale Ausschnitt des Himmels über den Dächern war wach, und seine silbernen Sterne glitzerten.

Auch das Innere des Hauses Matzner war nicht wiederzuerkennen. Alle Pensionärinnen saßen eingesperrt in ihren Zimmern. Frau Matzner bewahrte die Schlüssel. In ihrem aschgrauen, hoch- und festverschlossenen Kleid, mitten in dem Zwielicht, das sie selbst so mühsam hergestellt hatte, dank allerhand Schleiern und Tüchern, damit das allzu gewöhnliche Dekor nicht deutlich zum Vorschein komme, erinnerte sie an ein nach langen Jahren, Jahrhunderten des Todes wieder aufgescheuchtes Gespenst einer verschwiegenen Kammerzofe. Mit einer tiefen Verbeugung empfing sie das ankommende Paar, die Mizzi und die Majestät. Kein Laut war hörbar, und nichts war deutlich sichtbar. Seine Majestät, der Schah, mußte glauben, daß er in eines jener verzauberten okzidentalen Schlösser geraten sei, von denen ihm seine wunschselige Phantasie seit Jahren schon in Teheran so viel versprochen hatte. Der Schah glaubte es in der Tat. Weitaus kindischer noch als etwa ein beliebiger europäischer Christ, der in jenen Jahren nach Persien kam und der die Geheimnisse des sogenannten Orients entdeckt zu haben glaubte, wenn es ihm nur gelungen war, eine der aller Welt offenstehenden Freudenstätten zu sehn, war Seine Majestät in dieser Nacht begeistert von den Geheimnissen des Abendlands, die er endgültig entschleiert zu haben glaubte. – Es ist also nicht so – sagte er sich in seiner bezauberten Einfalt –, daß hierzulande diese großartigen Frauen lediglich ihren Männern gehören! Zwar gibt es – so sagte er sich weiter – hierzulande keine Harems; aber um wieviel schöner, zauberischer, reizvoller ist die Liebe ohne Harem! . . . Man kauft die Frau nicht –– man bekommt sie sogar geschenkt! Während sie, diese Abendländer, die Tugend predigen, die Monogamie, entschleiern sie ihre Weiber nicht nur –– nein, sie verleihen sie auch!!

In dieser Nacht war Seine Majestät, der Schah von Persien, überzeugt, daß die Liebeskunst des Abendlandes weitaus raffinierter war als die seiner Heimat. In dieser Nacht genoß er alle jene Wonnen, die einem begierigen Mann die gewohnte, heimische Art der Liebe niemals gewähren kann, sondern die ungewohnte, ungewöhnliche, fremdartige. Die Methoden, die Sedlacek, der Geheime, der Mizzi Schinagl angeraten hatte, kamen dem Herrscher von Persien exotisch vor. Er war eben kein Europäer, er hatte einen Harem, gefüllt von dreihundertfünfundsechzig Frauen. So viele Nächte hat das Jahr. Hier aber, im Hause der Josephine Matzner, besaß er nur eine einzige.

Die ganze Nacht wartete der Sedlacek im Fiaker. Oh! Er

war nicht einer von jenen unzuverlässigen schwachen Charakteren, die imstande waren, etwa einzuschlafen, bevor noch ihr Dienst vollendet war. Im Gegenteil, niemals noch war ihm der Schlaf so fern, niemals noch war sein Auge so wach gewesen! Es war das Gebot seiner Natur. Er hatte keinerlei Rekompensation zu erwarten; keine Auszeichnungen und kein Avancement. Dunkle Dinge hatte er zu vollbringen, ewig im Geheimen sollten sie bleiben! Nicht auf irgendeinen Lohn wartete er!

Als der Schah am nächsten Morgen erwachte, fand er neben sich niemand mehr im Bett. Er sah sich erstaunt, beinahe erschrocken um. Vom dunkelgrünen Baldachin, unter dem er lag, hing an einer geflochtenen Schnur eine Quaste. Sie war sehr schäbig – abgenützt. Er zog an ihr, in der vagen Hoffnung, sie würde wohl irgendwo ein Geräusch verursachen. Er hatte sich keineswegs getäuscht; es war eine Klingel. Viele andere Männer hatten sich ihrer schon bedient.

II

Ein gütiger, blauer Morgenhimmel wölbte sich über der Stadt. Der Tau in den Gärten verströmte einen frischen, munteren Duft, der sich mit dem warmen und herben der jungen, neugeborenen Brote und Semmeln in den Körben der Bäckerjungen vermischte.

Es war ein Frühlingsmorgen von strahlender Lieblichkeit. Der arme Schah sah nichts davon. Er rollte, eher bewacht als begleitet von zwei aufmerksamen Herren seiner Suite, in einem geschlossenen Wagen durch die lächelnden Straßen. Er war schlechter Laune. Das Abenteuer der letzten Nacht hinterließ in ihm zwar eine angenehme Erinnerung, aber er hatte in seiner gesunden Einfalt an ein feierlich-großes Erlebnis gedacht; geradezu eine Veränderung seines Herzens; seiner Art, zu sehen, zu hören und zu fühlen. Es war, die Wahrheit zu sagen: die Enttäuschung seines Lebens. Er hatte sich eine Art großartiger Feier vorgestellt, und es war nur ein kleines Fest gewesen. Was wußte er jetzt mehr von der europäischen Liebe als vorher? Er liebte die Stadt nicht mehr, wie noch gestern abend. Überhaupt erschien ihm der vergangene

Abend wie ein glänzendes Blendwerk. Je länger die Fahrt dauerte, je strahlender der Tag heranreifte, desto stärker verdüsterte sich die Seele der Majestät und desto größer wurde ihre Bitterkeit. Er erinnerte sich an die weisen Worte seines Obereunuchen, der ihm gesagt hatte, daß die Lust und die Neugier nur Täuschung seien. Er hatte sehr viel Bitterkeit im Herzen und auch eine Art Sehnsucht nach Reue. Es ist ihm ähnlich zumute wie einem Knaben, der vor einer Stunde sein neuestes Spielzeug zerbrochen hat.

Zu seinen Begleitern sprach er kein Wort. Wenn überhaupt irgend etwas, so hätte er am liebsten sagen mögen, daß, zum Beispiel, die Welt, die vor einigen Stunden noch so reich gewesen war, jetzt plötzlich leer geworden sei. Aber schickte sich das für ihn, den Herrn und den Schah?

Den Obereunuchen ließ er – kaum war er angekommen – zu sich rufen. Wie es ihm hier gefalle, fragte der Schah, während er gemächlich eine halbe Orange auslöffelte. Es war ein warmer, heimischer, fast konnte man sagen: persischer Geruch im Zimmer, von dem starken Kaffee, den die Majestät eine Weile vorher getrunken hatte. Man kochte ihn auf einem kleinen, lieblichen, offenen Flämmchen, in einer besonderen, tönernen Schale. Das Feuerchen brannte noch; es sah aus wie ein Opferfeuer.

Der Obereunuch sagte, ihm gefalle es hier, wie überall, wenn er nur in der Nähe seines Herrn sein könne. Alter Lügner – dachte der Schah. Es tat ihm dennoch wohl, Schmeicheleien zu hören. Er sagte: «Ich hätte Lust, dir zur Strafe für deine Lügen von nun ab das Leben zu verbittern.»

«Der Herr ist immer gnädig» – sagte der Eunuch – «auch seine Strafe verbittert mir das Leben nicht!»

«Wie befinden sich meine Frauen?» fragte der Schah. «Herr», antwortete der Eunuch, «sie essen gut, sind gesund, schlafen bequem, in geräumigen und bequemen Betten. Nur eines macht sie unglücklich: ihr Gebieter besucht sie nicht!»

«Ich will keine Frau mehr sehen, ein Jahr nicht mehr. Ich bin auch mit der Europäerin nicht glücklich geworden. Du allein hast es vorausgesagt. Muß man verschnitten sein, um klug zu werden?»

«Herr» – erwiderte der Verschnittene – «ich kenne auch törichte Eunuchen und weise normale Männer.»

Es war eine Beleidigung, der Schah spürte es wohl. «Was tätest du, wenn du enttäuscht wärest?» fragte die Majestät.

«Ich würde mich kränken und ich würde zahlen, Herr. Enttäuschungen sind kostspielig.»

«Gewiß, ja!» sagte die Majestät und ließ sich die Wasserpfeife geben und blieb eine lange Weile still.

Innerhalb dieser langen Weile hatte er sich schon entschlossen, wieder heimzureisen. Es paßte ihm nicht mehr. Er fühlte sich durch das Abendland gekränkt. Es hielt nicht, was er sich davon versprochen hatte. Düsterkeit breitete sich über sein weiches, gelbliches Gesicht, und es erschien, eine Sekunde lang, greisenhaft, trotz der jugendlich-glänzenden Schwärze des Barts.

«Wenn du nicht verschnitten wärest, hätte ich vielleicht mit dir tauschen mögen», sagte der Schah. Der Eunuch verneigte sich tief. «Du kannst gehen!» sagte der Herrscher; rief aber gleich darauf: «Nein, bleiben!»

«Bleib!» wiederholte er noch einmal, als fürchtete er, selbst sein Verschnittener könnte ihm entgleiten. Dieser allein und kein anderer aus der Suite des Schahs war fähig, die delikateste und zugleich prächtigste aller Auszeichnungen zu verleihen. Eunuchen sind ritterlich.

«Dir obliegt es» – sagte der Schah – «der Dame dieser Nacht ein Geschenk zu überbringen. Achte darauf, daß es würdig sei unserer Majestät, aber auch deines bewährten Geschmacks. Achte darauf, daß keiner von unserer Begleitung dich sieht. Das Haus und den Namen mußt du ausfindig machen. Ich will nichts mehr von der Sache wissen. Ich verlasse mich auf dich!»

«Mein Herr darf es!» sagte der Obereunuch.

Er hatte schon delikatere und diffizilere Dinge in seinem Leben vollbracht. Seit seiner Ankunft lebte er in gutem Einvernehmen mit Dienern und Lakaien, und längst wußte er zwischen Geldsüchtigen und Bestechlichen, Klugen und Brauchbaren und Dummen zu unterscheiden. Er konnte die Sprache des Landes nicht, aber alle Welt verstand seine Sprache: es war die Sprache des Goldes und die der Zeichen. Man verstand den Obereunuchen vortrefflich.

Es war einfach, den Weg zu Mizzi Schinagl zu finden. Alle Leute vom Gesinde wußten, wo der Schah die Nacht zugebracht hatte. Schwieriger aber war es, ein Geschenk zu finden, das, wie dem Obereunuchen befohlen war, würdig sein sollte der Macht des Herrschers und seines eigenen Geschmacks. Er überlegte lange. Er kannte die Dame nicht. Nach seinen Vorstellungen mußte sie einen hohen Rang haben. Er entschloß sich für drei schwere Perlenketten. Ihr Wert schien ihm angemessen als Preis. In Begleitung des Hoflakaien Stephan Lackner fuhr er am nächsten Nachmittag vor das Haus der Matzner.

Man war hier auf diesen Besuch nicht vorbereitet. Frau Matzner selbst war noch im Schlafrock und der Klavierspieler Pollak in langen flauschigen Unterhosen und Pantoffeln. Der Obereunuch, im europäischen Anzug, dunkelblau und dermaßen zurückhaltend gekleidet, daß seine Diskretion schon beinahe aussah wie ein Versuch, sich zu verbergen, war keineswegs töricht genug, um nicht sofort zu erkennen, wo er sich befinde. Es bedurfte weder europäischer Erfahrungen noch auch eines ausgesprochenen Geschlechts, um das Gewerbe der Frau Matzner zu erkennen. Es tat ihm leid um die köstlichen Perlen in der silbernen Kassette.

Man holte die Mizzi. Sie kam, noch unfrisiert, mit flüchtig aufgestecktem Haar, das wie zerfranst aussah, das Gesicht stark gepudert und schon im flüchtig angezogenen roten Kleid. Ein paar Hafteln rückwärts standen offen. Das veranlaßte sie, hart an der Tür zu stehn, durch die sie eingetreten war; wie ein Verurteilter stand sie da, der die erlösenden Schüsse erwartet.

In dieser Haltung nahm sie den Orchideenstrauß entgegen, die silberne Kassette und den langen unverständlichen Spruch des dicken dunkelblauen Herrn. Sie nickte, sie schluckte ein paarmal. Nicht einmal die Matzner war da, deren Blick sie vielleicht ermuntert hätte. Frau Josephine wollte sich schnell umziehn. Als sie endlich eintrat, gewappnet und zu allen Abenteuern bereit, war die ganze Zeremonie leider schon beendet, der dunkelblaue Herr bereits im Rückzug begriffen. Er erkannte Josephine Matzner trotz ihrer Verwandlung sofort, und er zog seine Börse und reichte sie mit einer leichten Verneigung der Hausfrau. Die Börse wog leicht. Kein Wunder: sie enthielt lediglich Goldmünzen.

Als der Obereunuch am nächsten Tage seinem Herrn den

Vollzug des Befehls meldete, fragte der Schah, ob die Dame etwas gesagt habe.

«Herr» – erwiderte der Diener – «sie wird Euch nie vergessen. Dies war ersichtlich, obwohl ich ihre Sprache nicht verstanden habe.»

12

Viele Menschen dachten noch lange an den Schah, Glückliche und Unzufriedene. Denn er hatte seine Orden und Geschenke nach eigener Willkür verteilt, ohne auf den Gesandten zu hören und ohne auf den Rang und die Würde der Beschenkten und Ausgezeichneten zu achten.

Der einzig wirklich Unglückliche war der Rittmeister Taittinger. Er wurde nämlich einen Tag nach der Abreise des hohen Gastes von der «besonderen Verwendung» dispensiert und zu seinem Regiment zurückbeordert.

Die ganze fatale Geschichte versank in der Vergessenheit; das heißt: in den Geheimarchiven der Polizei. Es wird also niemals mehr zu erfahren sein, warum der arme Taittinger so schnell in seine Garnison zurück mußte.

In der kleinen schlesischen Garnison blieb dem Baron nichts anderes übrig, als über seine fatale Geschichte nachzudenken. Er hatte Einsicht genug: er kam sozusagen zu einer Art oberflächlicher Einkehr und fällt über sich ein, seiner Meinung nach, äußerst hartes Urteil: er fand, daß er durchaus nicht mehr «charmant» war.

Von nun ab begann er auch zu trinken. Er dachte ein paarmal daran, der Gräfin W. zu schreiben und sie um Verzeihung zu bitten, weil er sie dem Perser verraten hatte. Aber er zerriß den ersten, den zweiten, den dritten Brief. Hierauf trank er noch mehr.

Sehr oft träumte er von jener Stunde, in der er die Stiege hinuntergegangen und dem Spitzel mit dem gelüfteten Zylinder begegnet war. Zugleich sah er sich auch die glatte steinerne Rampe hinuntergleiten. Die Frauen freuten ihn nicht mehr, der Dienst langweilte ihn, die Kameraden liebte er nicht, der Oberst war fad. Die Stadt war fad, das Leben war noch schlimmer als fad. Es gab im Vokabular Taittingers dafür keinen Ausdruck.

Er glitt und sank. Er fühlte sich auch gleiten und sinken. Er hätte gerne mit jemandem darüber gesprochen, mit Mizzi Schinagl zum Beispiel, von der er auch manchmal träumte. Aber es war ihm, als sei er zu stumm und zu stumpf, um das Richtige und Wahre sagen zu können. Er schwieg also. Und er trank.

Indessen dauerte der große Rausch der Mizzi Schinagl kaum drei Wochen. Berauscht war übrigens auch das ganze Haus der Frau Josephine Matzner. Berauscht war ganz Sievering, als es vom alten Pfeifenhändler Schinagl erfuhr, daß seine Tochter zum Gefolge des Schahs von Persien nunmehr gehörte und nach Teheran zu fahren gedenke. Denn dermaßen umgeformt kam die Kunde von dem morgenländischen Abenteuer der Mizzi nach Sievering. Der Zwischenträger und Gerüchteträger gab es viele. Die erste Nachricht brachte der Friseur Xandl. Zuerst glaubte man ihm nicht; er kränkte sich darüber so sehr, daß er die Mizzi anflehte, selber zu ihrem Vater zu gehn. Sie tat es endlich. Sie fuhr im Zweispänner vor. Als sie einstieg, setzte sich der Friseur Xandl an ihre Seite, und er blieb auch längere Zeit auf seinem Platze. Aber als sie sich Sievering näherten, wechselte er den Platz: er setzte sich Mizzi gegenüber auf den Rücksitz.

Das Wiedersehen war herzlich, ja, herzerschütternd. Der alte Schinagl weinte. Es waren kaum sechs Monate seit dem Tage vergangen, an dem er ganz Sievering versichert hatte, daß er seine Tochter verstoßen habe und daß er entschlossen sei, sie nie mehr im Leben wiederzusehn. Aber was kann der Mensch gegen die Gewalt des Goldes? Man sah den alten Schinagl die verstoßene Tochter umarmen.

Als Mizzi Schinagl den Laden ihres Vaters verließ, bildeten die Leute draußen eine kleine Gasse. Die Schinagl war lieblich und rührend anzusehn, in ihrem dunkelgrauen Kostüm, mit ihrem großen Hut aus blauem Tuch und dem hellgrauen Sonnenschirm in der Hand. Keine andere Herrscherin hätten die Leute aus Sievering dem befreundeten persischen Lande wünschen können. Sie lächelte, sie grüßte, sie stieg ein, und ihr gegenüber nahm wieder der Friseur Xandl auf dem Rücksitz Platz. Die Peitsche des Kutschers knallte diskret und munter. Dahin, dahin, in die Stadt zurück rollte der Fiaker, und Mizzi winkte mit einem weißen Handschuh. Der alte Schinagl stand vor der Tür und weinte.

Das war keineswegs die einzige erhebende Stunde im neuen Leben der Mizzi Schinagl. Es gab deren viele. Die Tage bestanden aus lauter erhabenen und erhebenden Stunden. Die Perlen lagen in der Bank Ephrussi, sie machten anscheinend keine Sorgen. Wenn aber das Glück über ein armes, hilfloses Mädchen mit einer Gewalt hereinbricht, mit der sonst nur Katastrophen zu kommen pflegen, wieviel muß so ein armer Mensch nachdenken! Man muß ein neues Leben einrichten. Man muß den kleinen Xandl in ein Internat geben, damit einmal ein rechter Mensch aus ihm werde – ein nobler Herr soll er werden! Wie kann man die Matzner entlohnen? Wie den Bräutigam Xandl? Sollte man in Wien bleiben? Soll man nicht lieber in eine andere Stadt? Ins Ausland vielleicht? Von Monte Carlo hörte man, las gelegentlich in der «Kronenzeitung», von Ostende, von Nizza, von Ischl, von Zoppot, von Baden-Baden, von Franzensbad, von Capri, von Meran! Ach, wie groß war die Welt! Die Schinagl wußte zwar nicht, wo alle diese Orte lagen, wohl aber wußte sie, daß es in ihrer Macht lag, sie alle zu erreichen. Ihr plötzlicher Reichtum regte alle anderen auf; sie selbst aber erschütterte er. Wirre Vorstellungen von Kurorten, Möbeln, Häusern, Schlössern, Lakaien, Pferden, Theatern, noblen Herren, Hunden, Gartenzäunen, Wettrennen, Lottonummern, Kleidern und Schneidern erfüllten ihre Nächte, wenn sie wachte, und ihre Träume, wenn sie schlief. Die Kunden bediente sie längst nicht mehr. Josephine Matzner gab ihr Ratschläge, obwohl sie selbst von dem allzu gewaltsamen Glück betäubt war, das ihre Pensionärin getroffen hatte. Immerhin hatte sie noch genug Vernunft behalten, um Mizzi die besten Ratschläge zu geben.

«Heirate den Xandl!» – so riet Frau Matzner – «er wird einen großen Laden, einen Salon, in der inneren Stadt eröffnen. Einen Teil steckst du in die Pfaidlerei. Einen Teil in mein Unternehmen. Alles notariell. Deinen Sohn gibst du zum Stift in Graz. Und wenn dich der Xandl langweilt, nimmst dir einen Liebhaber! Geld hast du wie Heu, wenn du's richtig anstellst. Sonst gibst du's aus, weg ist es in zwei Jahren. Laß dir raten, ich will dir gut!»

Mizzi Schinagl aber war keineswegs in der Lage, vernünftigem Rat zu folgen. Sie dachte manchmal an einen Mann, es war der unerreichbare Rittmeister Taittinger. Sie stellte sich gerne vor, daß er den Dienst quittieren könnte und sie heiraten, jetzt, wo sie so reich war.

Der Juwelier Gwendl schätzte den Wert der Perlen auf ungefähr fünfzigtausend Gulden. Das Bankhaus Ephrussi hatte zehntausend darauf geliehen. Auch dieses Konto erschreckte und betäubte die arme Schinagl. Tausend Gulden in Banknoten trug sie immer im Strumpf. Hundert Gulden hatte sie in zehn Goldstücken im Täschchen. Hundert weitere Gulden in Silber verwahrte die Frau Matzner.

Eines Tages schien es der Mizzi, daß sie Taittinger sehen müsse. Dieser Gedanke kam mit solcher Gewalt, daß sie einen Fiaker nahm, zu Grünberg am Graben fuhr und vier Kleider auf der Stelle kaufte. Drei ließ sie sich nach Hause schicken und jenes, das ihr am schönsten dünkte, zog sie an. Sie fuhr in die Herrengasse, in das wohlbekannte liebe Haus. Sie erfuhr, daß der Rittmeister zu seinem Regiment zurückversetzt worden war. Eine noch größere Verwirrung erfüllte sie. Es schien ihr, daß sie ohne den berauschenden und betäubenden Glückssturm des Goldes den Geliebten ihres Herzens, den einzigen geliebten Mann behalten hätte.

Nunmehr beschäftigte sie der Gedanke, daß sie in die Garnison Taittingers müsse. Sie sagte der Frau Matzner, daß sie fahren müsse. «Erst wirst du ihm schreiben», sagte die Matzner. «Man fällt nicht so mit der Tür ins Haus. Man wirft sich auch nicht einem so mir nix, dir nix an den Hals, jetzt, wo du mehr bist als er.» Mizzi Schinagl schrieb, daß sie reich geworden sei und daß sie Heimweh nach Taittinger habe und wann sie kommen könne.

Der Baron Taittinger erhielt diesen Brief in der Regimentskanzlei. Die Schrift kam ihm bekannt vor; aber seit einigen Wochen empfand er just gegen die bekannten Schriftzüge einen Widerwillen. Er steckte den ungeöffneten Brief in die Tasche. Er beschloß, ihn am Abend zu lesen. Aber er kam erst gegen drei Uhr morgens ins Bett, geradeswegs aus dem Café Bielinger. Und er fand den Brief erst zwei Tage später wieder — — und auch nur , weil ihm der Bursche die Taschen geleert hatte.

Dem Baron schien es allzu fatal, Mizzi Schinagl wieder zu begegnen. Sie erinnerte ihn an seine leichtsinnige Missetat. Am liebsten hätte er die ganze Episode aus seinem Leben gelöscht. Aber kann man Geschichten aus dem Leben wegradieren?

Der Rittmeister Taittinger sagte also dem Rechnungsunteroffizier Zenower – es war einer der wenigen «Charmanten» im Regiment –, er möchte sozusagen dienstlich dem Fräulein Mizzi Schinagl per Adresse Matzner mitteilen, daß der Herr Rittmeister aus Gesundheitsgründen in Urlaub gegangen sei und erst in sechs Monaten wieder zum Regiment einrücken würde.

Mizzi Schinagl weinte lange und ausführlich, als sie diesen Brief erhielt. Es schien ihr, daß ihr Leben endgültig ausgelöscht sei – – und just in dem Augenblick, in dem es erst hätte anfangen sollen. Sie beschloß, ihren Sohn zu holen und ihn vorläufig auch zu behalten. Er war vielleicht ein Trost.

Und sie zog nach Baden. Sie mietete ein Haus in der Schenkgasse für zwei Jahre. Die Perlen kaufte der Juwelier Gwendl. Das Geld verwaltete der Notar Sachs. Fünfhundert Gulden bekam der alte Schinagl. Fünfhundert Gulden bekam die Frau Matzner. Fünfhundert Gulden bekam der Friseur Xandl. Tausend Gulden erhielt der Schneider Grünberg am Graben. Alle Welt war zufrieden: ausgenommen die Mizzi Schinagl selbst.

13

Es erwies sich nämlich nach einiger Zeit, daß der Kurort Baden keine günstige Wirkung auf das Gemüt der Mizzi ausüben konnte. Es gab viele Gründe dafür. Vor allem gab es Trabrennen. Mizzi Schinagl konnte nicht zu Hause bleiben. Sie war niemals früher bei irgendwelchen Rennen gewesen. Jetzt schien es ihr, daß sie zu jedem gehen müsse. Es war, als zwänge sie irgendeine höllische Gewalt, das Schicksal immer wieder herauszufordern, das Schicksal, das einmal einen so seligen Glückssturm über sie hatte wehen lassen.

Ohne jede Kenntnis der männlichen Natur, wie sie es nach einem Aufenthalt in einem sogenannten öffentlichen

Hause sein mußte, wo man ebensowenig von der wirklichen Welt erfährt wie in einem Pensionat für junge Mädchen, beurteilte Mizzi die Männer, die ihr begegneten, nach den Maßstäben, die für die Einstundengäste im Hause Matzner vielleicht gerade noch gültig gewesen wären. Es konnte also nicht fehlen, daß sie Hochstapler und Taugenichtse für solide Herrschaften aus guter Gesellschaft hielt.

Sie war einsam. Sie hatte Heimweh nach dem Haus der Frau Matzner. Sie schrieb jeden Tag Ansichtskarten, an ihren Vater, an Frau Matzner, an jede von deren achtzehn Pensionärinnen und an das Regiment Taittingers, mit dem Vermerk auf dem Umschlag: «Bitte bestimmt übergeben. Danke, Schinagl.»

Sie schrieb immer das gleiche: sie lebe herrlich, sie genieße endlich die Welt. Von Taittinger kam keine Antwort. Frau Matzner antwortete hie und da mit einer vernünftigen gewöhnlichen Postkarte, mit Ratschlägen und Mahnungen. Die Pensionärinnen des Hauses Matzner antworteten alle zusammen auf einem blauen, goldgeränderten Briefbogen, der also anfing: «Wir freuen uns, daß es Dir gut geht, und denken oft an Dich.» – Folgten die Unterschriften: Rosa, Gretl, Vally, Vicky und alle andern, dem Alter nach und der Rolle gemäß, die sie im Hause Matzner spielten.

Jede dieser Korrespondenzen erwartete Mizzi mit Sehnsucht, las sie mit einer seltsamen Spannung: es war mehr eine Folter als eine Freude. Was die Männer betrifft, so kümmerte sich Mizzi um sie nur deshalb, weil sie der festen Überzeugung war, das Leben sei ohne Männer ebensowenig möglich wie ohne Luft. Als sie noch arm und im Hause der Matzner und ratlos gewesen war, hatte sie sich Geld zahlen lassen müssen. Jetzt konnte sie umsonst lieben. Es tat ihr wohl, umsonst zu lieben. Manchmal gab sie den Herren Geld. Manche liehen sich sozusagen Geld für «Unternehmungen». Kein einziger von diesen Männern gefiel ihr. Männer waren ihr tägliches, nächtliches Brot gewesen. Sie glich einem armen Wild, das sich selbst seine Jäger sucht.

Ihr Heimweh nach dem Sohn war einmal so groß gewesen – und jetzt schien es ihr vergeblich und verschwendet. Er gefiel ihr nicht, ihr Sohn. Er behinderte sie in der Hauptsache deshalb, weil sie ihn überall mitnehmen zu müssen glaubte:

in die Cafés, zu den Rennen, in die Hotelhallen, zu den Theatervorstellungen, zu den Männern, zu den Spazierfahrten. Mit seinen viel zu großen, hervorquellenden, wasserblauen Augen prüfte der Kleine die neuen Welten, still, mit einer unheimlich stummen Gehässigkeit. Niemals weinte er. Und Mizzi Schinagl, die sich einnerte, daß sie selbst als Kind sehr oft geweint hatte, und der übrigens ein wohltätiger Instinkt sagte, daß Kinder, die nicht weinen, böse Menschen werden, versuchte oft, ihn ohne Ursache zu schlagen, nur, damit er zu weinen beginne. Er ließ sich schlagen; er schien überhaupt keinen Schmerz zu empfinden, der Kleine. Obwohl er noch sehr wenig sprechen konnte, war doch aus dem wenigen, das er hervorbrachte, deutlich sichtbar, daß er nichts anderes zu wünschen entschlossen war, als was er im Augenblick nötig zu haben glaubte: ein Stück Papier, ein Zündholz, ein Schnürchen, ein Spielzeug, einen Stein.

Nach einigen Wochen gestand sich Mizzi, daß ihr Sohn ihr fremder war als jedes fremde Kind. Dies war die zweite Enttäuschung ihres Lebens, seit dem erschrecklichen Glücksfall; und schmerzlicher als jene Kunde von der Abkommandierung des Rittmeisters Taittinger. Auch sein Kind war gleichsam abkommandiert.

Sie eilte, lang noch, ehe die Saison zu Ende war, mit dem Kind nach Graz. Sie wollte es eigentlich loswerden. Sie nahm sich vor, ihren Buben nach der Art unterzubringen, in der die Kinder aus der guten Gesellschaft untergebracht waren. Sie hatte mehrere Adressen. Sie ging aber keineswegs in alle Häuser, die man ihr angegeben hatte, sondern in das erste, das auf ihrem Blatt verzeichnet stand. Also kam ihr Bub, der Xandl Schinagl, in das Erziehungsheim für minderjährige Knaben, verbunden mit Gartenschule, zum Gymnasialprofessor Weißbart. Und Mizzi Schinagl, einmal auf der Richtung nach dem Süden begriffen, konnte sich weder in Graz aufhalten noch auch nach Baden zurück. Sie war der Meinung, es sei zu schäbig, in Graz zu bleiben, in der Nähe ihres Sohnes, ohne ihn wiederzusehn; und wiedersehn wollte sie ihn nicht; vorläufig nicht. Nach Baden konnte sie auch nicht zurück: es erwartete sie dort Lissauer, der sie schon so viel gekostet hatte. Gott allein wußte, warum sie mit ihm zusammengelebt hatte, die letzten drei Wochen!

Es peinigte sie nicht nur, daß dieser Mann wartete, sondern auch, daß alle anderen Männer zu warten schienen. Alle warteten auf sie: nur nicht der Taittinger. Der wartete nicht! Es fiel ihm auch nicht ein, auf Mizzis Heimkehr zu warten. Als er sah, daß sie nicht zurückgekehrt war, fuhr er nach Wien, ging zur Frau Matzner und ließ sich die Adresse der Mizzi geben. Er sagte, er habe ihr eine wichtige Nachricht von Taittinger zu geben.

Er war entschlossen, die Schinagl nicht mehr zu verlassen, ja, ihr, soweit es ging, zu folgen. Er fuhr also nach Meran.

Mizzi Schinagl freute sich, als sie ihn auf der Promenade erblickte. In seinen strahlenden Pajacewitsch-Hosen, im blauen Jackett, in den dunkelgelben weichen Knöpfelschuhen erweckte er ihr zärtliches Gefühl und auch eine Art von Reue. Sie hatte Angst! Sie hatte Angst vor ihrem eigenen Reichtum, Angst vor dem neuen Leben, zu dem er sie verpflichtete, Angst vor der großen Welt, in die sie sich besinnungslos begeben hatte, und am meisten Angst vor den Männern. Im Hause der Josephine Matzner war sie allen Männern, bekannten, fremden, exotischen, heimischen, Herren und Pülchern überlegen gewesen. Dort war ihr Boden, dort war ihre Heimat. Sie besaß weder die Fähigkeit noch die Übung, mit Männern umzugehen, die nicht gekommen waren, um sie zu kaufen. Sie wußte wohl, ihre gierigen Blicke zu deuten, ihre Zeichen, sie erriet wohl ihre verhüllten Reden und ihre kindlichen Witze. Allein, sie war hilflos, heimatlos, sie schaukelte dahin, ohne Steuer, ohne Segel, ohne Ruder auf dem Meer der Welt, und Angst hatte sie, eine unnennbare, namenlose Angst. Nach etwas Bekanntem suchte sie, nach etwas halbwegs Vertrautem. Sie war geneigt, etwas Bekanntes als Wohlvertrautes zu begrüßen. So begrüßte sie Franz Lissauer.

Er mußte ahnen, was in ihrem Herzen vorging, dank dem sicheren Instinkt, den gewisse Wesen in dem Augenblick aufbringen und sogar erzeugen, in dem ihnen eine Gefahr winkt, eine Nahrung, eine Lust oder eine Beute. Er grüßte flüchtig mit seinem sonnenfarbenen Panamahut und sagte zerstreut: «Ach, du bist auch hier?»

«Ich bin so selig!» antwortete sie – – und sie umarmte ihn.

In diesem Augenblick stand sein Plan fest. Es war die alte Geschichte mit den Brüsseler Spitzen.

Um jene Zeit waren Brüsseler Spitzen ebenso geschätzt wie Juwelen – und zuweilen heißer noch von den Frauen ersehnt.

Es gab infolgedessen zahlreiche Nachahmungen der berühmten Spitzen. Mit den bestgelungenen handelte der Freund Lissauers, Xavier Ferrente, dessen Ware, obwohl er selbst aus Triest stammte, von einem andern, fremden und ziemlich entfernten Hafen anzukommen pflegte: nämlich aus Antwerpen. Also waren sie «deklariert», wie es in der Fachsprache hieß. In Wirklichkeit kamen sie aus der Pfaidlerei Schirmer in der Wienzeile. Wenn Lissauer überhaupt arbeitete, so bestand diese Arbeit darin, daß er seinem Freund Ferrente Abnehmer und sogenannte große Abnehmer verschaffte, Zwischenhändler und unter den größeren Zwischenhändlern noch welche kleineren. Dafür bekam er «Provisionen» von Fall zu Fall, aber niemals «Beteiligungen».

«Beteiligen kannst du dich nur mit Kapital», sagte Ferrente. «Ohne Geld keine Welt», fügte er hinzu. Es war eine geläufige Weisheit der Tarockspieler vom Café Steidl.

Jetzt, endlich, nachdem er so lange Jahre «fast umsonst für Ferrente geschuftet hatte» – wie Lissauer manchmal sagte –, erblickte er eine Möglichkeit, sich mit einem Kapital an den Spitzen zu beteiligen; mit dem Kapital der Schinagl.

Nachdem er diesen Entschluß gefaßt hatte, begann Lissauer, Mizzi Schinagl offensichtlich zu vernachlässigen. Er machte Ausflüge mit einem gewissen Fräulein Korngold, schickte der Frau Glaeser Blumen, lustwandelte auf der Promenade mit der Brandl, hielt seine Verabredungen mit der Schinagl unpünktlich oder überhaupt nicht ein und gab ihr zu verstehen, daß sie ihm gar nichts bedeute. Ja, hie und da sagte er sogar, daß er bald, aus bestimmten Gründen, abzureisen gedenke.

Nachdem er dieses Betragen ein paar Tage lang fortgesetzt hatte, fuhr er nach Innsbruck und depeschierte der Schinagl: «In wichtigen Verhandlungen verreist, erwarte mich morgen abends.»

Am Abend des nächsten Tages kam er auch. Er war nicht

nur freundlich und gefällig, wie seit langem nicht mehr; er schien gar liebevoll. Zugleich aber zeigte er auch ein aufgeregtes Gehaben. Ein großer Glücksfall, sagte er. Er sprach in atemloser Freudigkeit. Endlich sei er auf dem Wege, ein reicher Mann zu werden. «Wirst du heiraten?» Es war Mizzis erster Einfall. Wie sollte man sonst plötzlich ein reicher Mann werden?

«Heiraten?» – sagte Lissauer – «ja, vielleicht!» Er tat, als ob er nachdächte.

Von Brüsseler Spitzen wußte Mizzi Schinagl so viel, daß sie teuer waren – und gar nichts mehr. Sie wäre kaum imstande gewesen, einen Musselinvorhang von einem Brautschleier zu unterscheiden. In ihrer eigenen Pfaidlerei war sie nicht öfter als fünfmal gewesen. Sie sah aber ein, daß eine Spitze, die man für fünf Gulden fünfzig verkaufte und die man für einen Gulden achtzig einkaufen konnte, eine angenehme Ware sein könnte.

«Wir teilen», sagte Lissauer. «Halbpart! Gemacht?»

«Gemacht», sagte die Schinagl, und sie dachte gar nicht mehr an die Spitzen. Man begann, die großen Lichter in der Hotelhalle auszulöschen. Eine unsägliche Traurigkeit strömte die weiße Pracht der Treppen und des Geländers aus, die blutrote, plötzlich schwärzlich scheinende Pracht der Teppiche. Die riesigen Palmen in den riesigen Töpfen schienen eben vom Friedhof gekommen zu sein. Auch ihre dunkelgrünen Blätter wurden schwärzlich und erinnerten an eine Art verstorbener und verwelkter Waffen aus uralten Zeiten. Das Gaslicht in den Kandelabern surrte grünlich und giftig, und der große, rötliche, in falsche Bronze eingerahmte Spiegel zeigte Mizzi Schinagl, sooft sie flüchtig und furchtsam hineinblickte, eine andere Mizzi Schinagl, eine, die sie selbst nicht kannte, niemals gesehn zu haben glaubte, eine Mizzi Schinagl, die es niemals gegeben hatte.

Sie wurde sehr traurig. Durch ihre einfache Seele huschte für ein paar Minuten ein hurtiger Abglanz jenes Lichts, das die Klügeren und Einsichtigen so selig und so traurig macht: das Licht der Erkenntnis. Sie erkannte, wie trostlos und vergeblich alles war: nicht nur die Spitzen, nicht nur der Lissauer, nicht nur ihr Vermögen, sondern auch ihr Sohn und der Taittinger und ihre Sehnsucht nach Heim, Liebe, Mann und die falsche Liebe ihres Vaters und alles, alles ... Und aus ihrem eigenen Herzen kam ein wüster Hauch, wie aus dem Eiskeller daheim, in Sievering, als sie noch ein kleines Mädchen gewesen war und fest geglaubt hatte, dort unten warteten der Winter und alle die bösen Winde.

In dieser Nacht ging Lissauer mit ihr ins Zimmer, denn er wußte freilich, daß er sich ihrer jetzt auf jede Weise versichern müsse. Mizzi Schinagl spürte es. Sie war müde; müde und gleichgültig.

In der Nacht, während sie wach lag, faßte sie den Entschluß, am nächsten Tag zurückzufahren. Zurück? – Wohin? Das Haus der Josephine Matzner war noch eine Heimat gewesen. Das gab's nicht mehr. Sie erinnerte sich an den schweren Atem, den süßlich parfümierten Bart, die bräunlichgelbe Haut, die weichen Hände, das unheimliche Augenweiß des Herrschers von Persien, des Urhebers ihres Glücks. Sie begann sachte zu weinen. Es war ein bewährtes Schlafmittel.

Als der Morgen graute, schlief sie ein.

14

Eine lange Zeit bemerkte niemand aus der Umgebung der Frau Josephine Matzner, daß sich zugleich mit ihrem Körper auch ihr Wesen veränderte. Man sah nur, daß sie alterte. Sie selbst wußte es, obwohl sie selten in den Spiegel sah. Sie hatte gleichsam den Spiegel im Kopf, wie manche Menschen die Uhr im Kopf haben. Wenige Jahre vorher behagte ihr noch gelegentlich eines der täppischen und handgreiflichen Komplimente, das ihr der und jener ihrer Stammgäste zu machen pflegte. Es waren sinnlose Komplimente. Weder sollten sie irgendein Begehren des Gastes andeuten, noch auch erweckten sie irgendeinen Wunsch im Herzen der Frau Josephine Matzner. Sie hätten also eigentlich in alle Ewigkeit fortgesetzt werden können, ebenso wie bestimmte konventionelle Bräuche innerhalb der Gesellschaft unabhängig sind vom Alter derjenigen, die sie ausüben. Aber siehe da, was geschah? – Auch diese symbolischen Komplimente, deren Gegenstand die Frau so lange Jahre gewesen war, wurden nunmehr immer seltener; und eines Abends hörten sie ganz auf. Es war beinahe so, als ob sich die Herren verabredet hätten. Als der letzte Gast verschwunden war, die Mädchen schon schlafen gingen und der Kapellmeister sich den Frack auszog, sah sie noch für einen flüchtigen Augenblick in den Spiegel hinter der Kassa. Ja, alles war so, wie sie es bereits seit langem wußte: zwischen den grauen Haaren spielte noch ein häßlicher Schimmer der früheren, aufreizenden, pikanten Röte. Zwei dicke Falten saßen, gleichsam ohne Grund, über der Nasenwurzel. Die Lippen waren trokken, rissig und bläulich. Die Augen unter stark gerunzelten Lidern waren wie zwei winzig ausgelaugte Teiche. Der Kopf ging unmittelbar in die Schultern über, als säße er gar nicht auf dem Hals. Und auf den Brüsten, unter dem dichten Puderstaub, lauerten gelblich-rötliche Flecke, Insekten nicht unähnlich.

Seit dieser Nacht erfuhr Frau Matzner, daß das Leben vorbei war. Sie hatte sich niemals Illusionen gemacht. Sie war gesonnen, das Alter ebenso mutig anzupacken, wie sie einst ihre Jugend, ihren Beruf, ihre Männer, ihr Geschäft angepackt hatte. Jede Stunde ihres Lebens hatte sie sich genaue Rechenschaft über sich abgelegt. Sie kannte sogar die Teufel, denen sie zeit ihres Lebens ausgeliefert war, und hätte sie fast alle bei Namen nennen können. Aber einen jener Teufel des Alters kannte sie nicht, der sich oft zu den einsamen Greisinnen schleicht, ihre Herzen verhärtet und ihre modernden Sinne mit einer neuen Wollust erfüllt: die Geldgier. Sie fühlte nicht, wie sie immer geiziger und geldgefräßiger wurde.

Es ereignete sich freilich auch sonst etwas, was ihr selbst den Anschein eines berechtigten Geizes oder einer Sparsamkeit vortäuschen durfte: das Haus «ging» nicht mehr. Wie oft wechseln die Moden in der Welt! Das Haus der Matzner kam aus der Mode. Zwei neue erstanden, eins in der Nähe der Wollzeile und ein anderes in der Vorderen Zollamtsstraße. Auch die Mädchen, die der Frau Matzner treu blieben, wurden alt – und die jungen wurden treulos. Wo waren die Zeiten dahin, wo Frau Matzner noch sagen konnte: «Meine Kinder sind alle Gold!», und wo diese goldenen Kinder sie mit den fröhlichen Stimmen junger Vögelchen «Tante

Finchen» oder «Finerl» riefen? Jetzt sagte man «Frau Matzner», und die Kinder erinnerten nicht mehr an Gold, eher an das Kupfer, das sie noch dem Hause eintrugen. «Es kommt nur noch kreuzerlweis!» stöhnte die Matzner.

In der Nacht war sie wach. Wenn sie sich hinlegte, hatte sie das Gefühl, daß sie sich wehrlos machte, weil die Ängste es gleichsam leichter hätten, sich von oben her über sie zu stürzen. Sie erhob sich also wieder und keuchte zum Lehnstuhl. Sie stöhnte oft, in dem Glauben, daß es sie erleichtern könnte, aber sie sagte sich sofort: «Wie schlecht muß es mir gehn, wenn ich, die Josephine Matzner, schon zu stöhnen anfange.» Sie nahm auch hie und da ein Schlafmittel, aber den Ängsten, der Furcht, der Bangnis konnte man keins eingeben! – Sie sah sich schon im Armenhaus am Alsergrund; im Greisenasyl in der Bachergasse; am Krippentisch der Barmherzigen Brüder; als Aushilfe, die Fußböden scheuernd bei der Milchfrau Dworak; schließlich vor der Polizei, vor dem Gericht und sogar im Kriminal. Denn es schien ihr klar, daß die Not allmählich so gewaltig werden müßte, daß sie schließlich gezwungen wäre zu stehlen. Und sie sah sich stehlen, und sie empfand schon die Angst des Diebes vor dem Ertapptwerden.

Immer häufiger ging sie zu ihrem Bankier, Herrn Ephrussi. Sein Vermögen, seine kluge Ruhe, seine Redlichkeit, sein Ruf, sein Alter: alles tröstete sie. Er war ein stiller Greis, von einer berechnenden Gutherzigkeit (der einzigen, die auf Erden kein Unheil anrichtet). Frau Josephine Matzner saß vor ihm in dem unbequemen Stuhl, in dem altmodischen Kontor, sehr tief (der Bankier Ephrussi benutzte noch das hochgelegene Pult mit dem winzigen Sitzpolster, ohne Lehne, das an einer metallenen Schraube befestigt war). Halb saß er, halb stand er an seinem Pult. Er drehte sich Frau Josephine Matzner zuliebe herum. So tief er aber auch sein Polster herunterschrauben mochte, er blieb doch in einer beträchtlichen Höhe über dem Kopf der Besucherin. Es war auch keine Rede davon, daß er ihr Gesicht hätte sehen können, denn ein großer Hut bedeckte den Kopf, und lediglich an dem leisen Zittern der violetten Pleureusen konnte Ephrussi erkennen, ob Frau Matzner zustimmte oder ablehnte.

«Sie haben ja» – wiederholte er bereits zum fünfundzwanzigsten Male – «‚Albatros' für fünftausend, für dreitausendfünfhundert Staatslose, mit zehntausend sind Sie an der Pfaidlerei beteiligt, mit zweitausend an der Bäckerei Schindler, Ihr eigenes Geschäft ist – ich weiß nicht, wieviel wert – Ihr Notar wird es wissen. Sie wissen es auch. Sie sind dreiundfünfzig Jahre alt.» – Hier unterbrach Frau Matzner: «Zweiundfünfzig, Herr Ephrussi!» – «Um so besser» – fuhr er fort – «also selbst, wenn Ihr Geschäft nicht geht und Sie wollen nicht nur Coupons schneiden, so arbeiten Sie noch gute acht Jahre in voller Blüte, in der Pfaidlerei meinetwegen. Gründen Sie ein Modistengeschäft – kaufen Sie eins – Sie haben Geschmack.» Immer brachte der Anblick der Pleureusen den Bankier Ephrussi auf die Modisten-Idee.

«Ist das auch ganz sicher, Herr kaiserlicher Rat?» fragte Josephine Matzner.

«Ich kann's Ihnen beweisen», sagte Ephrussi, und wie gewöhnlich bewegte er das Tischglöckchen. Wie gewöhnlich kam der Buchhalter. Er öffnete die Bücher. Stumpf blickte Josephine Matzner auf die blauen Zahlen, roten Streifen, grünen Striche: tröstlich war all dies. Sie erhob sich, sie nickte, sie sagte: «Herr kaiserlicher Rat, Sie haben mir einen Stein vom Herzen genommen»; und sie ging endlich.

Einmal fiel es ihr ein, daß sie in der Pfaidlerei der Mizzi Schinagl nach dem Rechten sehen müsse. Bevor sie noch in den vertrauten Laden trat, schien ihr irgend etwas auf den ersten Blick verändert. Unheil ahnte sie. Sie sah zwei neue goldgerahmte Spiegel im Fenster und an der Glastür eine große Tafel mit der Inschrift: «Echte Brüsseler Spitzen». Und ihr Herz stockte, als sie im Innern des Ladens den Herrn Lissauer erblickte. Sie kannte diese Art Gäste ihres Hauses; «Kunden» war die richtige Bezeichnung für diese Leute.

«Wir haben uns lange nicht gesehen, Herr von Lissauer!» sagte sie, «ja, alle Welt hat uns verlassen. Wir sind den Herren nicht modern genug. Es geht wohl viel solider bei mir zu als in der Vorderen Zollamtsstraße, zum Beispiel.»

«Wissen Sie, man wird älter und ernster!» sagte Lissauer. «Und dann, Sie sehen ja! Ich arbeite hier fleißig!»

Ja, sie sah es wohl. Mit einem der hurtigen und scharfen

Rundblicke, derentwegen man sie in den früheren Jahren so gefürchtet hatte – in ihrem eigenen Hause, in den Läden, in denen sie einzukaufen pflegte, in der ganzen Gegend und selbst im Bezirkskommissariat, wo sie alle Wachleute und alle Geheimen kannte, überflog sie jetzt den ganzen Laden. War das überhaupt noch eine Pfaidlerei? Wo waren die kleinen niedlichen Schächtelchen mit den Knöpfen und Knöpfchen aller Art, Farbe, Form und Größe? Wo die lieblichen und doch so soliden Hafteln und Häkchen? Wo die Prachtstücke der Pfaidlerei, die großartigen sogenannten Besatzstücke? Wo alle diese unwichtigen, gewichtlosen Dingerchen, die man eigentlich nur so mitführte, eine Art nebensächlicher Begleiterscheinungen der wirklichen, der ernsten Ware, ohne die aber keine einzige Schneiderin in der Umgebung auskommen konnte. Und was sollten diese Brüsseler Spitzen? Wer in dieser Gegend, wer von dieser Kundschaft konnte Brüsseler Spitzen kaufen? Ihr, der Frau Josephine Matzner, brauchte man nicht zu erklären, was Brüsseler Spitzen waren! Sie konnte sich nicht enthalten, Herrn Lissauer zu sagen: «Sie haben ja den Laden ganz schön ausgeräumt!»

«Ausgeräumt? Ausgeräumt? So nennen Sie's?» rief der junge Mann. Und mit dem geschwätzigen Eifer, der ihm eigen war und der ihm schon recht viel unbegreifliche Erfolge eingetragen hatte, begann er, der Frau Matzner auseinanderzusetzen, welchen Aufschwung das Geschäft genommen hätte und wieviel er schon an den Spitzen verdient habe und noch zu verdienen gedenke. Wie so mancher, dem eine Unredlichkeit längere Zeit Gedeih und Verdienst einträgt, vergaß auch Lissauer zuweilen die Vorsicht über der Eitelkeit. Obwohl er wußte, daß er nicht befugt gewesen war, den Anteil der Matzner in das Geschäft mit den Spitzen zu stecken, schien es ihm doch sicher, in seinem törichten Optimismus, daß die Matzner nicht nur mit ihm einverstanden sei, sondern sich auch schon als seine Komplizin betrachtete. Er verdrängte die peinliche Erinnerung an die Tatsache, daß die Bücher nicht in Ordnung waren, und ferner, daß er selbst ein Drittel der Einnahmen verwendet hatte. Mizzi Schinagl verlangte nie eine Aufklärung. Weshalb sollte die Matzner eine verlangen?

Frau Matzner konnte eine leichte Übelkeit nicht mehr

ganz verbergen. Sie lehnte sich an den Ladentisch und verlangte nach einem Glas Wasser und nach einem Sessel. Sie trank in kleinen Zügen und lag halb ausgestreckt im Sessel, trotz dem Mieder, das ihren Körper mörderisch umpanzerte. Sie erholte sich langsam. Sie zog die Hutnadel aus dem gewaltigen Strohdach, das sie bedeckte, und indem sie die Waffe gegen Lissauer kehrte, sagte sie: «Lissauer, ich möchte die Bücher sehn. Ich werde mit meinem Notar sprechen.»

Lissauer holte die Bücher herbei. Noch einmal sah die arme Matzner schwarze Ziffern, blaue Ziffern, grüne Striche, rote Linien; aber diesmal war sie nicht beruhigt. «Und wo ist das Kapital?» fragte sie. «Und die Gewinne?»

«Das Kapital arbeitet, Frau Matzner», sagte Lissauer ganz leise. Er klappte die Bücher zu und sprach noch weiter. Sie hörte nicht mehr alles. Sie vernahm nur noch ein paar Worte wie: «Neue Zeiten, moderne Geschäftsmethoden, kein totes Kapital» und dergleichen. Sie dachte mit Schrecken daran, daß ihre zehntausend Gulden verloren waren.

Unverzüglich verabschiedete sie sich, ohne die ausgestreckte Hand Lissauers zu beachten. Sie ging zur Post. Es war höchste Gefahr. Die Hutnadel hielt sie immer noch in der Hand. Der Riesenhut wackelte. Sie überwand die Angst vor einer außerordentlichen Geldausgabe. Sie depeschierte nach Baden an Mizzi Schinagl. «Sofort herkommen», telegrafierte sie, überlegte eine Weile und steckte den Bleistift zwischen die Lippen. Mizzi Schinagl würde einfach nicht kommen. Was nutzte die teure Depesche? Schon war die Matzner zu einer einfachen Postkarte bereit, als ihr einer jener guten Lügengeister, die so lange ihre Handlungen bestimmt hatten, eine nützliche Idee eingab. «Taittinger erwartet Dich morgen», depeschierte sie.

Natürlich kam Mizzi Schinagl in den ersten Morgenstunden. Nach sehr langer Zeit betrat sie wieder das Haus der Matzner. Alles war ihr fremd geworden. In der Erinnerung hatte sie es sich nicht nur kostbar, sondern auch glänzend vorgestellt. Nun war sie lange an glänzende Räume und Häuser gewöhnt. Das Haus der Matzner war armselig, sogar schäbig, mit seinen erblindeten Spiegeln, dem Salonkandelaber, von dem schon so viele Kristalle abgefallen waren und der an einen teilweise entlaubten Baum erinnerte, den großen grauen Mottenlöchern im roten Plüsch des Diwans, der abgesprungenen falschen Bronzeverschalung an dem Rahmen des Spiegels, dem ausgefransten Seidendeckchen über dem zerkratzten polierten Deckel des Fortepianos und den verstaubten Gardinen an den Fenstern. Aber was bedeuten Erinnerungen gegen die Erwartung? Bald sollte sie Taittinger sehn. Sie hatte im Täschchen das letzte Bild seines Sohnes und die letzten, allerdings sehr kümmerlichen Schulzeugnisse. Das sittliche Betragen war «nicht entsprechend» und der Fleiß «hinreichend». Bis jetzt hatte der Sohn noch jede Klasse repetiert. Der Mizzi war der Junge gleichgültig. Weihnachten hatte sie ihn zuletzt besucht. An der Bahn verlangte er zuerst einen Kakao, und sie ging mit ihm in den Wartesaal. Den Kakao trank er mit Appetit, den Koffer öffnete er sofort und nahm die obenauf liegenden Geschenke an sich. Dann schloß er den Koffer und rief: «Zahlen!» – So war ihr Sohn. Aber in der letzten Nacht hatte sie ein Dutzend Geschichten erfunden, die sie Taittinger erzählen wollte: Xandl war ein guter Turner, ein goldenes Herz, ein begabter Sänger. Und einmal hatte er sogar ein Kind vor dem Ertrinken gerettet. Dies war auch keine erfundene Geschichte. Xandl hatte in der Tat ein Kind aus dem Wasser gefischt; genauso wie er Frösche, Fische und Eidechsen zu fangen gewohnt war.

Ja, all dies wollte Mizzi Schinagl erzählen. Es schien ihr, daß sie etwas lange wartete. Frau Matzner ließ sie warten. Endlich kam sie, in voller Rüstung, nicht wie sonst am Vormittag im Schlafrock, sondern geschnürt, gepudert, frisiert. Die Umarmung war flüchtig, der Kuß trocken und kalt.

«Der Taittinger kommt nicht!» sagte die Matzner sofort. «Dienstlich verhindert!»

Mizzi Schinagl atmete schwer und setzte sich wieder. «Aber, aber», begann sie, schwieg eine Weile und fand endlich einen schwachen Trost: «Er wollte mich doch sehen?»

«Ja», sagte die Matzner. «Aber vorläufig ist er eben dienstlich verhindert. Du kannst ihm ja schreiben! Hast ja seine Adresse.»

Mizzi saß noch da, die Matzner stand vor ihr, drohend, einem Gendarmen ähnlich.

«Ich hab dir was Ernstes zu sagen», begann sie. «Du hast

mich betrogen, du und dein Lissauer. Ihr habt mich beraubt, ihr habt mich begaunert. Alles für meine Güte. Wie eine Mutter war ich zu dir. Goldkind hab ich dich genannt. Mein Geld habt ihr verpraßt. Du begleitest mich auf der Stelle. Wir gehn zum Notar. Weh dir, wenn du wegläufst!»

In Mizzi Schinagl war nichts mehr lebendig. Das Gehirn schien ihr tot und das Herz auch, und nur eines lebte in ihr: eine große Furcht ohne Namen. Auch die Furcht gibt manchmal Erleuchtungen, und also fiel Mizzi Schinagl die Geschichte mit den Spitzen ein, und sie erinnerte sich an alle Papiere, die sie von Lissauer bekommen und unterschrieben hatte, ohne sie zu lesen, und es tauchte in ihrer Erinnerung auch ein längst gehörter, längst verschollener Satz auf, den Lissauer einmal geäußert hatte, in einer zärtlichen Sekunde; und der Satz lautete: «Wenn man mich erwischt, sperrt man dich ein!» Nun, es war soweit.

Sie erhob sich, sie ging. Eine Verhaftete bereits, schritt sie willenlos neben der unerbittlichen Matzner dahin.

15

Neue Kräfte strömten der Frau Josephine Matzner in den folgenden Wochen zu. Diese Kräfte machten sie keineswegs jünger, sondern verstärkten, umgekehrt, die äußeren Zeichen ihres rapide heranstürmenden Alters. Sie selbst aber merkte es nicht und fühlte sich leicht, gesund, vergnügt und verjüngt. Es schien ihr, daß sie eine wichtige Aufgabe zu erfüllen habe, die Aufgabe nämlich, ihr Geld zu retten oder, was ihr noch besser gefiel, obwohl es sie zugleich schmerzte, dieses verlorene Geld zu rächen. Ein großartiger gehässiger Elan erfüllte sie, wärmte sie, heizte sie geradezu. Ein kochender Zorn trieb sie. Ihre Tage, ihre Nächte waren verändert, der alte, gutmütig, harmlos und sinnlos schludrige Rhythmus ihres Lebens verwandelt. Sie schlief gut und traumlos einen gesunden Schlaf, sie erwachte neugestärkt an jedem Morgen und zu allerhand Taten bereit. Sie offenbarte eine erstaunliche Fähigkeit, Gesetze zu begreifen, auszulegen, mit Advokaten zu sprechen und sie genau zu verstehen. Sie hatte jetzt deren zwei, der Sicherheit halber: den Hof-

und Gerichtsadvokaten Doktor Egon Silberer und den nebensächlichen Doktor Gollitzer, der eine Art Winkeladvokat war und den sie eigentlich weniger des Prozesses selbst wegen brauchte als zu lustvollem und zugleich lehrsamem Zeitvertreib. Denn der Hof- und Gerichtsadvokat Doktor Silberer hatte kaum eine halbe Stunde für sie – dreimal in der Woche – und der Gollitzer stand ihr täglich lange zur Verfügung. Eigentlich hielt sie sich diesen Gollitzer aus Mißtrauen gegen Silberer. Der Gollitzer war es, der sie aufklärte, wie man große und angesehene Advokaten zu behandeln habe. Er war es, der sie über das Privatleben der Richter aufklärte, über die Chancen, die das Gesetz bot, und über die geheimen Tücken, die es enthielt. In seiner düsteren Kanzlei, in der Wasagasse 43, im dritten Stock, begann sie allmählich sich zu einer Art juristischer Kanaille heranzubilden. Lüste erlebte sie da, wie sie keine je gekannt hatte.

Der verbotenen und selbst verpönten Lüste hatte sie bereits viele kennengelernt, aber die wahre Wollust lernte sie jetzt erst kennen, in der Wasagasse, als sie erfuhr, daß eben jene Gesetze, die sie instinktiv zeit ihres Lebens gefürchtet hatte, ihr gefügig werden konnten wie gezähmte Hunde. Zeit ihres Lebens hatte sie in der falschen Vorstellung gelebt, daß Frauen ihresgleichen außerhalb der Gesetze lebten, ausgeliefert auf Gedeih und Verderb dem Wohlwollen oder der üblen Laune jedes beliebigen Polizeikommissärs. Auf dem Grund ihrer Seele hatte immer schon das Heimweh nach einer legalen Existenz geschlummert. Lange Jahre schon hatte sie gehofft, einmal, wenn sie Geld haben würde, im wohltätigen bürgerlichen Schatten der Gesetze leben zu können; irgendwo weit weg von ihrem Hause, das sie günstig, im günstigen Augenblick zu verkaufen gedacht hatte; zu leben als die «Private» Josephine Matzner, ohne Beruf, ohne Gefahr und mit sehr viel Geld ausgestattet. Aber jetzt war Gefahr, daß kein Geld bleiben würde. Kein Geld! Nach einem ganzen langen Leben jenseits der Gesetze! Welch ein entsetzlicher Zustand für eine alternde Frau, die gehofft hatte, endlich, im Alter, in den geschützten Bezirk der Bürgerlichkeit eintreten zu können! – Nun, und trotzdem: die Gesetze sprachen für sie, beide Advokaten waren dessen sicher. Nicht mehr als eine abseitige oder ausgestoßene Person verkehrte die Frau Josephine Matzner mit den Gesetzen: sondern als ihre Herrin und Nutznießerin sozusagen.

Außer dem Winkeladvokaten Gollitzer stand ihr auch ihr alter Freund, der Geheime Sedlacek, zur Seite. Oh, sie verkehrte längst nicht mehr mit ihm so wie früher; nicht mehr als eine vogelfreie Person gewissermaßen, sondern als eine beinahe gleichberechtigte. Viele Stunden verbrachte sie mit Sedlacek in seinem Büro auf dem Schottenring. Indessen liefen seine Leute herum, in der Stadt, im Reich. Eine große Geschichte: gefälschte Brüsseler Spitzen; in Wien hergestellt, von hier nach Triest geschickt; von dort nach Antwerpen; von dort nach Wien zurück. Auch Sedlacek war alt geworden und müde. Seine «mondäne» Beschäftigung behagte ihm nicht mehr. Seine drei Kinder – lauter Buben – wuchsen mit unheimlicher Schnelligkeit. Mit unheimlicher Schnelligkeit alterte seine Frau. Mit unheimlicher Schnelligkeit alterte auch er selbst, er selbst. Er brauchte eine «fette Affär», um befördert zu werden und endlich stillsitzen zu können, in der Polizeidirektion Graz, Innsbruck, Linz, Brünn, Prag oder Olmütz. Er war in Koslowitz geboren, und obwohl er so lange schon in Wien gelebt hatte und von Berufs wegen in die höchsten Sphären vorgestoßen war, erschien ihm jetzt, da er alterte, Olmütz wieder als eine glückliche, große, aber auch nicht allzu große Stadt: grad so eine, wie er sie brauchte. Als Oberinspektor wollte er pensioniert werden.

Es war eine Geschichte, durchaus geeignet, aufgebauscht zu werden, und das Schicksal selbst, so schien es dem Geheimen Sedlacek, hatte ihm von Anfang an diese Affäre zugewiesen. Wie lange war es her! Der Schah von Persien (von dem auch Sedlacek einen Orden bekommen hatte, auf Vorschlag des Polizeipräsidenten, für seine Verdienste um die persönliche Sicherheit des hohen Gastes) bereitete sich schon für eine zweite Reise nach Wien vor, so sagten die Zeitungen. Der Polizeireporter Lazik von der «Kronenzeitung», ein intimer Freund Sedlaceks, fand, daß es gerade jetzt angebracht und auch im Interesse der Polizisten angebracht sei, die Geschichte zu einer Art Skandalaffäre ausarten zu lassen. Die Geschichte enthielt alle Elemente, die zu einer Skandalaffäre notwendig waren: das Milieu, die märchenhafte Herkunft des Vermögens, die man allerdings nur andeutungsweise, aber immerhin reizvoll genug erklären konnte; die glänzenden paar Jahre der Mizzi Schinagl und nunmehr ihren Untergang; die abenteuerliche Persönlichkeit Lissauers; die Bedeutung der Brüsseler Spitzen im allgemeinen; Enthüllungen über den seit langen Jahren von der Triestiner Firma betriebenen Schwindel; schließlich die geniale Wachsamkeit der Wiener Polizei beziehungsweise des Inspektors Sedlacek. Übergenug Stoff für den Polizeireporter Lazik! . . .

Es herrschte damals tiefer und übermütiger Frieden in der Welt. In den Zeitungen der Monarchie las man: Hof- und Personalnachrichten, Berichte über die Vorbereitungen zum nächsten Fiakerball, Feuilletons über den Kahlenberg, über die Katakomben der Stefans-Kirche, über ländliche Feste in Agram, Aussichten für die Tabaksernte der braven Schwaben im Banat, Manöverberichte aus der Umgebung von Lemberg, Schilderungen eines Kinderfestes im Prater unter dem Protektorat einer Kaiserlichen Hoheit, von Kegelvereinsfesten der Schlachtermeister, Tischler, Schuster; und was dergleichen mehr an friedlichen, heiteren, sinnlosen Ereignissen in der nahen Welt und in der weiten vorkommen mochte. Gerichts- und Kriminalaffären von Bedeutung kamen in jener Zeit selten vor, und die Polizeireporter saßen in Grinzing beim Schopfner häufiger als im Café am Schottenring, neben der Polizeidirektion. Die Geschichte von den Brüsseler Spitzen, in bruchstückhaften Fortsetzungen jeden Tag mitgeteilt, aufgeputzt, aufgefrischt, in niedlichen Glossen kommentiert, wurde eine echte Sensation.

Der Prozeß dauerte allerdings nur zwei Tage. Es war Anfang September, der klare Sommer ging brüderlich in einen klaren Herbst über. Im Gerichtssaal herrschte noch eine bedeutende Hitze. Der Zuhörer gab es viele. Aus der Untersuchungshaft wurde nur einer der Angeklagten vorgeführt: Franz Lissauer. Sein Triestiner Auftraggeber war verschwunden. Auf freiem Fuß belassen hatte man Fräulein Mizzi Schinagl. Sie kam, begleitet von ihrem Anwalt. Die berühmte Firma Seidmann, die seit vielen Jahren mit echten Brüsseler Spitzen handelte und sich geschädigt fühlte, erhob Anspruch auf Schadenersatz. Auch diese Firma, ebenso wie die Frau Matzner, vertrat der Hof- und Gerichtsadvokat Doktor Silberer. Es bestand alle Aussicht, daß Mizzi Schinagl den Rest ihres Vermögens verlieren würde. Der Verteidiger Lissauers bemühte sich, nachzuweisen, daß die Schinagl dank ihrer weiblichen Dämonie ihren leichtsinnigen Geliebten verführt hatte. Dunkel war ihre Vergangenheit. Durch einen märchenhaft-orientalischen Glücksfall zu einer reichen Frau geworden, hatte sie innerhalb weniger Jahre in verbrecherischer Verschwendung den größten Teil ihres Vermögens verbraucht, ihr Kind – ein uneheliches natürlich – fast verkommen lassen, nur einmal jährlich flüchtig besucht, und schließlich, wie es ja nicht anders möglich ist, einen verliebten Mann zu einem Werkzeug degradiert und zum Verbrechen verführt.

Mizzi Schinagl begriff sehr wenig von den Vorgängen und Reden im Gerichtssaal. Zuweilen kam ihr alles sogar harmlos vor, harmloser noch als dereinst in der Schule. Sie erinnerte sich, so ähnlich war es auch einst in der Klasse gewesen, in der Volksschule. Man stand auf, wenn man gefragt wurde, und man wußte nicht auf alle Fragen zu antworten, nur auf einige. Bei besonders schwierigen flüchtete man in sich selbst hinein. Ein Knäuel steckte im Hals, Tränen kamen in die Augen, man mußte sich schneuzen, die Augenlider taten weh vom scharfen Salz der Tränen. Alles wiederholte sich hier. Sie weinte, schwieg oft, sagte aus Verlegenheit und Verzweiflung «Ja!», wenn der Staatsanwalt sie hereinlegen wollte, und «Nein!», wenn ihr Verteidiger sie retten wollte. Sie wunderte sich nur über die grausame Unerbittlichkeit der Männer, dieses rätselhaften männlichen Geschlechts überhaupt, das sie ja eigentlich längst zu kennen glaubte, wenn überhaupt Erfahrungen Kenntnis verleihen. Aber diese Männer trugen ja auch mal Roben, und sie sahen seltsam aus, wie Kapitäne manchmal und auch wie feierliche Zwitter. Ganz anders gekleidet waren sie einst in den Salon der Matzner gekommen.

Der Verteidiger Lissauers fragte seinen Klienten: «Wie oft hat die Mizzi Schinagl größere Summen angefordert?»

«Mindestens jede Woche einmal!» sagte er prompt.

«Und warum mußten Sie es herschaffen?» Lissauer schwieg und senkte den Kopf. «Haben Sie keine falsche Scham!» rief der Anwalt. «Die Schinagl hätte sich Ihnen sonst verweigert!» Lissauer seufzte.

«Es ist nicht wahr!» schrie Mizzi Schinagl schrill. Aber die Verzweiflung hat keine angenehme Stimme. Sie klingt wie die Stimme der Verlogenheit.

Es war der wichtigste Tag im Leben der Frau Josephine Matzner. Auf die Frage nach Stand und Beruf antwortete sie: Ledig, Kassierin. «Eingetragen als Besitzerin eines Freudenhauses auf der Wieden», verbesserte der Vorsitzende. Undank hätte sie erlebt, lauter Undank, sagte Frau Matzner. Alle Mädchen hatte sie immer gut behandelt. Sie begann zu weinen. Sie verlangte vom hohen Gerichtshof nichts mehr als ihr Geld. Sie bat um Milde. Ihre Pleureusen, violett und heute von einem lila Papagei am Hutrand festgehalten, schwankten dennoch wie in einem starken Sturm. Rechts und links starrten zwei scharfe Hutnadelspitzen, blitzten bedrohlich. Wuchtig und geschwollen hing das Retikül aus blaßblauer Seide am linken Arm. Diamanten funkelten an den Ohrläppchen.

«Sie können gehn!» sagte der Vorsitzende. Er hatte sie mitten im Satz unterbrochen. Sie war noch betäubt vom Widerhall ihrer eigenen Worte. Sie verstand nicht sofort. «Es ist genug! Sie können gehen!» wiederholte der Präsident. Sie begriff endlich, verneigte sich tief, erhob sich wieder und rief: «Ich bitte um Gnade!»

Ohne sich umzusehen, ging sie hinaus.

Inspektor Sedlacek wurde diskret darauf hingewiesen, daß er dienstlich verpflichtet sei, über den Ursprung des Schinaglschen Geldes zu schweigen. Er berichtete – und sein Herz erwärmte sich dabei ein wenig –, daß er beruflich die Angeklagte seit langem zu beobachten gezwungen sei. Er traue ihr nur Leichtsinn zu, kein bewußtes Verbrechen.

Die Ansprüche auf Schadenersatz beliefen sich, alles in allem, auf rund vierundzwanzigtausend Gulden. Mizzi Schinagls Anwalt erklärte, daß seine Klientin mit den fünfzehntausend, über die sie noch verfügte, gutstehe. Er rettete ihr auf diese Weise fünftausend, von denen sie nach Abzug seines Honorars noch leben konnte.

Sie wurde dennoch verurteilt. Lissauer bekam drei Jahre Zuchthaus, die Schinagl sechzehn Monate Gefängnis.

Sie weinte nur. Sechs Monate, ein Jahr, zehn Jahre oder lebenslänglich, das war ihr in diesem Augenblick gleichgültig.

Ihr Verteidiger versprach ihr, alles zu tun, damit sie früher frei werde.

«Ich will ja gar nicht!» sagte sie.

Sie weinte nicht mehr, auf der ganzen langen Fahrt vom Landesgericht bis zur Strafanstalt. Es roch nach feuchter schmutziger Wäsche und nach Spülwasser und Suppenresten im Korridor. Man zog sie aus, in einem kleinen Zimmer, stellte sie auf eine Waage und unter ein Zentimetermaß. Die Barmherzige Schwester brachte ihr den blauen Kittel. Sie zog sich an. Sie sah gleichgültig, wie eine andere Nonne das schöne, dunkelblaue englische Straßenkostüm, die hohen Knöpfelschuhe mit den Lackspitzen und das rosa Retikül in eine Pappschachtel packte und daran eine Blechmarke hängte. Sie mußte sich hinsetzen, mit dem Rücken zur Tür. Sie hörte die Tür aufgehen. Sie wagte sich nicht umzusehen. Etwas Metallenes, Klapperndes, Klirrendes kam von hinten an sie heran, kaltes Eisen und eine warme Hand rührten gleichzeitig an ihren Kopf.

Sie stieß einen grellen Schrei aus. Die Nonne nahm ihre beiden Hände.

Ringsum fielen ihre aschblonden jungen Haare in Büscheln und Flocken nieder. Es wurde kühl an der Kopfhaut. Kämme und Nadeln räumte die Schwester auf.

Man brachte ihr eine blaue Haube, die mußte sie anziehn. Sie sah sich nach einem Spiegel um. Nirgends ein Spiegel. Dies verwunderte sie. Man hieß sie aufstehn. Sie erhob sich. Am Arm der Schwester hing sie, ihre Sandalen klapperten auf dem Stein des Korridors. Schlüssel klirrten. Graues Licht sickerte aus seltenen, hoch angebrachten Luken, man hörte irgendwo in der Welt einen Vogel zwitschern.

Die Zelle 23 war leer, obwohl zwei Betten dastanden. «Wählen Sie, Kind!» sagte die Schwester, sie hatte keinen andern Trost zu bieten als die Freiheit der Wahl zwischen der rechten und der linken Pritsche. Mizzi Schinagl fiel auf die linke hin. Sie schlief sofort ein.

Eine Stunde später weckte sie jemand. Es war der weibliche Häftling Magdalene Kreutzer, ehemals Seilakrobatin, derzeit Karussellbesitzerin im Prater, wie Mizzi Schinagl bald erfahren sollte.

16

Auch zwei Tage noch nach dem Prozeß hatte die Frau Matzner reichlich Gelegenheit, sich an ihrem plötzlichen Ruhm zu delektieren. Noch war sie halb betäubt von den Tagen, die sie im Gerichtssaal des Landesgerichts verbracht hatte, von dem Verhör, von ihrer Aussage und von ihrem großartigen und großherzigen Appell an die Gnade der Richter, und schon begann sie, in allerhand verworrenen, aber tröstlichen Vorstellungen von ihrer eigenen Zukunft zu schwelgen. Nur knappe zwei Tage nach der Beendigung des Prozesses durfte die Frau Matzner in diesem seligen Reich des Rausches und der Träume verweilen, gerade so lange, wie die Zeitungen Lust hatten, der Sensation Nachrufe zu widmen, in immer kleineren Artikelchen allerdings. Frau Matzner scheute keine Kosten, sie kaufte alle Blätter. Aber auch Nachbarn und Bekannte brachten ihr Ausschnitte. Am dritten Tage aber erstarb, wie durch einen bösen Zauber, die Rede von den Brüsseler Spitzen, und soviel Zeitungen die Frau Matzner auch an diesem Tage kaufte, nirgends fand sich auch nur ein Wort, das nur von ferne an den Prozeß hätte erinnern können. Es war der Frau Matzner, als wäre sie in eine entsetzlich starre Stille eingetreten, wie sie auf Friedhöfen in der Nacht herrschen mochte und in den Katakomben. Nein! Nicht einfach eingetreten war sie in diese makabre Stille, hineingestoßen hatte man sie. Sie erlitt die grausamen und bitteren Gefühle aller Verlassenen und Verratenen, das verblüffte Staunen zuerst, die verständnislose Verwunderung, die trügerische Hoffnung, daß man selber nur träume, die schmerzliche Erkenntnis, daß man dennoch wache, die Verbitterung, die Ohnmacht und schließlich die Rachsucht. Sie versteckte die schnöden Zeitungen, in denen nichts enthalten war, damit sie keines ihrer Mädchen in die Hand bekäme. Sie ging hinunter, in die Gasse, blieb eine Weile noch vor dem Haustor stehn, um sich ihre Haltung wiederzugeben, die sie in all den Wochen getragen hatte, denn es schien ihr, daß sie gebrochen und verkümmert aussehe. Vor allem sollte man es ihr nicht ansehn. Sie ging in verschiedene Läden einkaufen, obwohl sie gar nichts nötig hatte. Aber es trieb sie, die Leute zu sehen und zu erforschen, ob auch sie schon etwas von der tödlichen und gehässigen Stille ausströmten, die in den Zeitungen waltete. Sie brauchte keine Brezeln – längst war ihr Appetit erloschen, und sie glaubte, sie würde niemals mehr im Leben einen Bissen nötig haben. Sie brauchte die Hafteln nicht – sie dachte nicht daran, alte Kleider auszubessern. Sie brauchte keinen Schuhknöpfer, kein neues Miederband, keinen Steckkamm und keine Haselnüsse. Aber sie kaufte alle diese Sachen ein, sie errichtete geradezu Barrikaden aus Paketen in Zeitungspapier rings um sich, aus diesem gesinnungslosen, verräterischen Zeitungspapier. Ihr Blick fiel auf das Skarnizl, in dem die Nüsse eingepackt waren: da stand es fett gedruckt: Der Prozeß um die Brüsseler Spitzen. Drei Tage war es her – und schon packte man Haselnüsse in jene Blätter! Nicht auszudenken, welches andere Schicksal noch diesen Blättern vorbehalten war! In gleichförmige Rechtecke geschnitten, hingen sie bündelweise an den Nägeln in den Toiletten der Schenken und der Cafés.

Frau Matzner bemühte sich noch, mit den Händlern in ihrem gewohnten herablassenden Hochmut zu sprechen. Allein es schien ihr, daß sie nicht den großartigen Eindruck mehr machte wie bisher. Eine gewisse Familiarität in der Ausdrucksweise aller Leute war nicht zu verkennen. Dank ihrer geübten und gepflegten Empfindlichkeit gab sie sich Rechenschaft darüber; und schon begann sie zu fürchten, sie sei sogar noch viel weniger geworden, als sie vorher gewesen war.

«Nun, Sie haben ja alles erreicht», sagte Ephrussi zu ihr. «Alles erreicht», sagte der Mann! Er dachte offenbar nur an das Geld . . .

Ein paar Wochen später beschloß sie zu resignieren. Das Haus war nicht mehr aufrechtzuerhalten. Sie kaufte den Sekt nicht mehr beim Hoflieferanten Weinberger, sondern bei Baumann in Mariahilf. Wozu auch? Wie spärlich waren jetzt noch die alten guten Kunden. Und selbst diese erschienen ihr verwandelt, geradezu verkümmert. Sie waren nur noch vergilbte und verblaßte Abbilder ihrer selbst. Die Gäste waren erbleicht, die Körper und Gesichter der ältlichen Mädchen verfielen zusehends, der Frack des Klavierspielers wurde grünlich, die Tapeten schälten sich langsam von den

Wänden, das Sofa seufzte, wenn man sich nur hinsetzte, auf dem Spiegel häuften sich die blinden Flecke, und sogar die Putzfrau Clementine Wastl hatte schon die Gicht. Es war nichts mehr zu machen. Frau Matzner unterwarf sich dem grausamen Gebot der Zeit. Sie verkaufte das Haus. Es wurde eine billige Filiale des mondänen Hauses in der Zollamtsstraße.

Der Abschied machte sie nicht einmal wehmütig. In einer Abendstunde, im herbstlichen Halbdunkel, innerhalb der knappen Zeitspanne, die zwischen dem Erlöschen des Tages und dem Aufleuchten der Laternen lag, rollte sie im Fiaker davon. Sie sah sich nicht mehr um. Die Mädchen gehörten ihr nicht mehr. Sie unterstanden bereits der Zollamtsstraße.

Es schien zuerst der Frau Matzner, daß sie bereits mit dem Leben abgeschlossen habe, aber sie täuschte sich und sie fühlte selbst, daß sie sich getäuscht hatte. Denn anstatt, wie es ihre Absicht gewesen war, sich in den Schutz der weltfremden Stille zurückzuziehen, irgendwohin, eine Provinz, wo kein Mensch sie kannte, beschloß sie plötzlich, in Wien zu bleiben, und zwar mitten in Wien, in der innern Stadt. Auf eine natürliche Weise vermengten sich in ihr Geiz und Geldsucht mit der Furcht, sie wäre, abgesondert von der Welt, dem Tod und dem Alter noch schneller ausgeliefert; und jener: sie könnte die Heimstätte ihres Kapitals verlieren. Es schien ihr, daß sie einen Verrat an ihrem Geld beginge, wenn sie es verließe; es würde verwaist bleiben, ein hilfloses Kind. Nein, sie wollte nicht weg! Sie mietete sich, im Gegenteil, im Herzen der Stadt ein, in der Jasomirgottgasse.

Sie war ein wenig heimatlos, in den ersten Tagen, und obwohl sie die innere Stadt seit ihrer Jugend sehr wohl kannte, kam es ihr zuweilen vor, sie sei gar nicht in Wien. Die Läden waren anders, die Schilder anders. Selbst die Tiere, die Pferde, die Hunde, die Katzen und die Vögel unterschieden sich von den Tieren der Wieden. Es war, als könnte es einer Amsel aus dem ersten Bezirk gar niemals einfallen, ihre Nahrung im vierten zu suchen. Auch hatte sie ein wenig Angst vor ihren zwei Zimmern, die ihr viel zu geräumig und viel zu kostspielig eingerichtet erschienen. Kein einziger Gegenstand in dieser Wohnung kam ihr nahe und vertraut genug vor. Beim Anblick eines jeden Möbelstücks mußte sie daran denken, daß sie für alles die sogenannte «Abnützungsgebühr» zahlte, und obwohl die Höhe dieser Gebühr von vornherein ausgemacht war, überfiel sie immer von neuem die Angst, die Möbelstücke nützten sich bei jeder Berührung nicht nur viel zuwenig ab, sondern die Gebühr stiege auch noch, dank einer unerklärlichen Tücke des Mietvertrags. Um sich in der fremden Umgebung ein bißchen heimischer zu fühlen, holte sie sich fünfhundert Gulden in bar vom Bankhaus Ephrussi ab, die Hälfte in Gold, die Hälfte in Banknoten. So wußte sie wenigstens, daß etwas Gutes sie erwartete, wenn sie am Abend nach langen und nutzlosen Wanderungen durch die Straßen, nach schläfrigen Stunden, die sie im Stadtpark oder im Rathauspark auf einer Bank verbracht hatte, nach Hause zurückkehrte. Eine Majorswitwe, die zu ihrem Schwiegersohn nach Graz übergesiedelt war, hatte ihr die Wohnung vermietet. Frau Matzner erbte etwas von dem sozialen Ansehn, das die Besitzerin der Wohnung bei dem Hausmeister und bei den Parteien und deren Dienstboten genossen hatte. Sie war zwar laut Meldezettel eine «Ledige», aber auch eine «Private». Wohlhabend sah sie aus. Niemand kannte sie. Sie hatte freundliche Manieren, ein halbes Dutzend guter Kleider und drei Hutschachteln und eine brave Leibwäsche aus gutem Leinen. Die Hausmeisterin hielt die Zimmer in Ordnung. Sie suchte manchmal in den Schubladen nach Briefen oder Papieren. Nicht einmal eine Fotografie fand sich, auch kein Sparkassenbuch. Man gab schließlich das Suchen auf und beschloß, die neue Mieterin für eine alleinstehende, vermögende, diskrete Person zu halten, über die man schon eines Tages etwas Näheres erfahren würde.

In dem alten Koffer, den sie von ihren Eltern geerbt hatte, einem soliden eisenbeschlagenen Koffer auf Rädern, bewahrte Frau Matzner das Geld auf, die Banknoten in einer Brieftasche, die Goldstücke in einem silbernen Netzbeutel. Wenn sie heimkam, zog sie den Schlüssel aus dem Retikül, öffnete das Vorhängeschloß, schob die eiserne Stange aus den Ösen und klappte den schweren Kofferdeckel auf. Sie öffnete die Brieftasche, dann den Silberbeutel, atmete auf, grämte sich dann, daß es zu wenig sei, überlegte hierauf, daß es ja eigentlich nur ein geringer Bruchteil ihres Vermögens sei, und atmete wieder erleichtert. Sie legte den Hut ab, klappte den Koffer zu, verschloß ihn und ging hinunter zur Hausmeisterin, die ihr jeden Abend das Kleid aufzuknöpfeln pflegte. Dann, die seidene Pelerine umgehängt, ging sie wieder in den ersten Stock. Es fiel ihr regelmäßig noch auf der Treppe ein, daß sie eigentlich viel zu leichtsinnig war, wenn sie das ganze Geld in der Bank liegenließ. Man hätte mehr nach Hause nehmen können. Sie beschloß, morgen wieder bei Ephrussi vorzusprechen. Aber dazu bedurfte es eines außergewöhnlichen Mutes. Regelmäßig kehrte sie wieder um und bestellte durch die Hausmeisterin ein Krügl Lager, Okocimer oder Pilsner – – zum Einschlafen, wie sie sagte; in Wirklichkeit, um sich heute schon Mut für morgen anzutrinken.

Am nächsten Vormittag saß sie im Kontor Ephrussi. Aber sie hatte keinen Mut mehr. Die sanfte kluge Stimme Ephrussis, der hoch über ihr auf seinem Drehstuhl hockte, fiel sachte auf ihren großen Hut. Sie hatte auch gar kein Mißtrauen mehr. Und gar keine Angst mehr um ihr Geld. «Wenn Sie hundertzwanzig alt werden, Frau Matzner» – pflegte Ephrussi zu sagen – «werden Sie auch nicht verhungern und noch eine anständige feine Leich haben, mit vier Rappen und Bespann, wenn Sie wollen, und vererben können Sie auch noch was!»

«Danke schön! Dank für die Auskunft!» sagte dann Frau Matzner. «Empfehl mich, Herr kaiserlicher Rat!» Sie näherte sich seinem Drehstuhl und reichte ihm aus der Tiefe die Hand hinauf. Sie ging, wenn es warm war, in den Stadtpark zum Rondell und setzte sich neben das Barometerhäuschen. An solch tröstlichen Tagen begab sie sich später in die Schwemme des Gasthauses Kriegl in der Wipplingerstraße.

Der Herbst dieses Jahres blieb lange warm, gütig und silbern. Im Restaurant des Volksgartens spielte am Nachmittag die Regimentskapelle der Hoch- und Deutschmeister. Die Kapelle begann um fünf Uhr pünktlich zu «konzertieren». Aber wenn man eine Vietelstunde früher kam und den Kaffee mit Schlag bestellte, bezahlte man nicht den Aufschlag von fünf Kreuzern für die Musik, sondern nur dreißig Kreuzer und fünfzehn für ein Stück Guglhupf. Es war erträglich, wenn auch eine Art Verschwendung. Aber diese Militärkapelle vermittelte der Frau Matzner dafür auch eine unbezahlbare Wollust: die Wollust der Wehmut. Es waren gleichsam die dichterischen Stunden im Leben der Frau Josephine Matzner, das heißt: jene, in denen sie die schrecklichen und gütigen Schauer der Traurigkeit fühlte, einen wohltätigen Schmerz, eine tröstliche und zugleich schauderhafte Gewißheit, daß alles vorbei sei. Sie konnte alle Bitternis genießen. Sie konnte in aller Bitternis schwelgen. Die Musik spielte längstvergessene Melodien, Polkas, Mazurkas, aus der Zeit, in der Josephine Matzner noch ein Backfisch, noch ein junges Mädchen gewesen war, noch gehofft hatte, die Frau des Stationsvorstands Anger zu werden. Sie liebte ihn nicht mehr, seit langem nicht mehr, wie sollte sie auch! Aber ihre Jugend liebte sie und selbst noch die Art, in der sie diese ihre Jugend vergeudet hatte. Alle anderen Mädchen, die sie später bei der Jenny Lakatos in Budapest, bei der «Arbeit», kennengelernt hatte, waren irgendwo untergegangen. Auch an alle diese Mädchen dachte sie mit Wehmut. Sie allein war imstande gewesen, sich eine «Existenz» zu schaffen. Sie «war wer» und sie «konnte was». Und jetzt? – Ach, die Musik der Hoch- und Deutschmeister weckte süße und zarte Vergangenheiten, machte das Alter milde, die Bitternis lieblich, vergoldete den Kummer, und wenn sie zu Ende war und die uniformierten Musikanten Pulte, Noten, Instrumente zusammenpackten, blieb immer noch die Musik, die sie gespielt hatten, eine lange, lange Weile in der Luft, als hätten sie die Melodien in den Wolken gelassen, und die Bäume im Volksgarten, mit welken, goldenen Blättern schon, rauschten im Einvernehmen mit den innern Stimmen der Frau Matzner, in brüderlicher, tröstlicher Ratlosigkeit: Und jetzt? Und jetzt?

Eines späten Nachmittags, als sich Frau Matzner dem Genuß des Kaffees, des Guglhupfs und der Musik auslieferte, hörte sie plötzlich eine Stimme: «Grüß Gott, Tante Fini!» Die näselnde hochmütige Stimme eines Herrn aus guter Gesellschaft, stellte sie fest, mitten in ihrer Verträumtheit. Sie sah auf. Ja, es war ein Herr, ein wohlbekanntes Gesicht, sie konnte sich zuerst nicht erinnern, wem es gehörte. Sie erhob sich jäh, die Erinnerung riß sie hoch, sie erhob sich so, als wäre sie noch in ihrem Salon oder an der Kassa gesessen. Ja, ja, das war er: es war der Baron Taittinger – allerdings in Zivil. Sein grünes Jägerhütchen hatte er nicht abgenommen. Er lächelte nur. Die Zähne blinkten noch wie ehemals. Aber just an diesem unveränderten Blinken erkannte Frau Matzner, daß sich etwas verändert hatte; eine Sekunde später wußte sie es auch: der Schnurrbart des Rittmeisters war fast grau geworden; meliert konnte man sagen ... Die Frau Matzner blieb stehn, aus altem Respekt vor dem Rittmeister, aber auch aus einer Art Ehrfurcht vor dem verwandelten Schnurrbart.

Der Baron sah sich schnell um, und da er in der näheren Umgebung kein bekanntes Gesicht sah, sagte er: «Ist's erlaubt, Frau Matzner?» und setzte sich. Er nahm das grüne Hütchen ab, und jetzt sah Frau Matzner, daß der Kopf des Barons noch grauer war als der Schnurrbart – beinahe weiß. Sie setzte sich noch immer nicht, jetzt mehr aus Verblüffung als aus Respekt. Gingen die Jahre so schnell? Oder gingen die Jahre des einen schneller als die des anderen? Oder war der Baron krank oder unglücklich? «Nehmen S' doch Platz!» sagte er, und sie setzte sich, steif und behutsam, auf den Stuhlrand und stützte sich mit den Ellenbogen am kleinen Tisch. Dies erschien ihr damenhaft und den Umständen angemessen.

«Nun, ist's immer noch lustig bei Ihnen?» begann der Rittmeister. «Bei mir? Das Haus ist verkauft, Herr Baron, ich bin nicht mehr die alte Tante Fini, ich bin auch die ‚Frau Matzner' nicht! Ich bin wieder das Fräulein Matzner, wie vor zwanzig Jahren! Ich wohne in der Jasomirgottgasse und bin eine Ledige und Private, und kein Hahn kräht nach mir. Ach, Herr Baron, die alten Zeiten! Was? Und jetzt die Einsamkeit!»

Sie machte eine Pause und seufzte.

«Reden S' nur! Reden S' nur!» – sagte der Rittmeister munter, als erwarte er nach dieser Einleitung lauter heitere Geschichten.

Frau Matzner erzählte in exakter Reihenfolge. Sie erstattete beinahe einen militärischen Bericht. Als sie die Geschichte von den Spitzen erzählte, stockte sie ein paarmal. «Mizzi Schinagl, Herr Baron wissen ja ——», sagte sie und schwieg wieder eine Weile.

Ja, ja! Der Name Mizzi Schinagl erweckte allerhand unbehagliche Gefühle im Rittmeister.

«Ich hab noch das Hohe Gericht um Gnade gebeten», erzählte die Matzner weiter. Sie erwartete ein wenig Bewunderung, ein wenig Anerkennung nur, ein kleines, armes Wort, einen zustimmenden Blick. Aber der Rittmeister hatte offenbar diesen wichtigen Satz überhört. Er starrte plötzlich hinauf in die vergilbten Baumkronen. Als hätte er es mit einem Blick herabgeholt, wirbelte leicht und langsam ein breites Kastanienblatt aus dürrem Gold nieder und blieb auf dem breiten Hutrand der Matzner liegen. Er betrachtete das gelbe Blatt auf dem violetten Samt. Warum kam ihm jetzt Kagran in den Sinn? Warum plötzlich Kagran?

«Jetzt sitzt sie!» sagte die Matzner und seufzte wieder.

Ja, er erinnerte sich. Es war ein paar Wochen her, da hatte er in der Kanzlei einen Zettel unterschreiben müssen. Es war ein rekommandierter Brief, eine wohlbekannte Schrift, und ein roter Stempel auf dem Kuvert sagte: «Gelesen, passiert!» Dieser Stempel roch nach einer «langweiligen Geschichte», viel intensiver noch als die Schrift. Es war ein blaugrünes häßlich billiges Kuvert, es erinnerte an Armut und Gesetz zugleich. Der Rittmeister hatte unterschrieben, zerstreut den Brief geöffnet und nur einen Blick auf den Aufdruck am Kopfrand des Blattes geworfen. «Weibliche Strafanstalt, Kagran» stand darauf. Er war weiter nicht neugierig. Er war nie im Leben besonders neugierig gewesen. Solch ein Brief, mit solch einer lächerlichen, erbärmlichen und vor allem langweiligen Aufschrift gehörte zu den unerklärlichen Erscheinungen, die den Baron Taittinger von Zeit zu Zeit verfolgten, wie zum Beispiel die Briefe seines Ökonomen Brandl, die Rechnungen des Oberkellners Reitmayer, irgendwelche überflüssigen Mitteilungen des Bürgermeisters aus Oberndorf, wo sich sein Gut befand. Es waren beinahe okkulte Erscheinungen. Sie hatten nichts mit der Liebe zu tun, nichts mit der Wiener Gesellschaft, nichts mit dem Dienst, nichts mit den Pferden. All dies war gar nicht mehr langweilig: es war schon «ennuyeux!» – der höchste Grad von Langeweile.

«Reden S' nur, reden S' nur!» sagte er, fest entschlossen, nicht mehr zuzuhören. Er hatte sich nach langen Wochen wieder einmal aufgerafft, nach Wien zu fahren. Wieder einmal, wie so oft seit der fatalen Affäre mit dem Schah und seiner brüsken Rückversetzung zum Regiment, hatte ihn das starke, gefährliche und rätselhafte Weh gepackt, für das er keinen Namen wußte. Es war eine ungewöhnliche Mischung aus Schmerz, Scham, Sehnsucht, Liebe und Verlorenheit. In solchen Momenten bekam der Rittmeister eine deutliche Vorstellung von seiner Leichtfertigkeit, und die Reue nagte an ihm; fast fühlte er körperlich ihre scharfen Zähne. Vergeblich fragte er sich, warum er dies getan im Leben, jenes unterlassen oder versäumt hatte. Sinnlos erschien ihm alles, was er seit seiner Ausmusterung erlebt hatte. Er versuchte seine Erinnerungen gewaltsam in die Kadettenschule, zur Mutter, zum Vater zurückzulenken, aber sie gehorchten ihm nicht, rannten vorwärts und stockten immer vor der Gräfin W., dem Schah, dem charmanten Kirilida Pajidzani und dem grauslichen Sedlacek mit dem Zylinder, stockten zuerst und kreisten hierauf um diese vier Menschen. Diese schmähliche Geschichte war längst begraben, kein Mensch kannte sie, der Oberst nicht und nicht die Kameraden. Aber was nutzte es Taittinger selbst? Es gab eine Episode in seinem Leben, von der er zu keinem Menschen jemals sprechen durfte. Sie kreiste im Blut, wie irgendein Fremdkörper, kam von Zeit zu Zeit in die Gegend des Herzens, drückte es, stach es, bohrte darin. In solchen Stunden gab es nur drei Auswege: entweder man floh nach Wien, an die Stätte des Glanzes und den Geburtsort der Schande; oder man betrank sich; oder – oder: man erschoß sich. Krieg wäre ein Ausweg gewesen. Weit und breit aber herrschte ein satter, behäbiger, übermütiger Frieden in der Welt . . .

Ja, jetzt wußte er's: nun hatte ihm also die Mizzi aus dem Gefängnis geschrieben – ihm – aus dem Gefängnis – es war ähnlich wie damals der familiäre Gruß des ekelhaften Geheimen Sedlacek. Es konnte sich jeden Moment eine solche Peinlichkeit wiederholen. Und wie sie verhüten! Sowenig der arme Taittinger auch von den Geseten der zivilen Welt verstehen mochte, so viel wußte er doch, daß es einem Gefangenen erlaubt war, Briefe in die freie Welt hinauszusenden. Der Gefängnisdirektor las sie. Er hatte auch den letzten Brief der Schinagl gelesen. Taittinger betrachtete immer noch das heruntergewirbelte goldgelbe Blatt auf dem violetten Hutrand der Matzner. Ach, er neigte keineswegs zu poetischen Empfindungen. Jetzt, in dieser Sekunde aber, begann er, irgendeine merkwürdige, lächerliche Zärtlichkeit für das armselige Blättchen zu empfinden. Es kündete den Herbst, gewiß! Wie oft hatte er schon welke Blätter den Herbst künden gesehn! Dieses Blatt aber, dieses besondere, kündigte ihm, speziell ihm, dem Taittinger, seinen speziellen Herbst an. Ihn fröstelte.

Er hörte plötzlich Säbelklirren, bekam Angst, daß ihn bekannte Kameraden am Tisch der Matzner sehen könnten, zog die Uhr und sagte unvermittelt, mitten in das von Seufzern begleitete unermüdliche Reden der Matzner hinein: «Ich muß gehn. Wir treffen uns morgen um diese Zeit – – aber wo?» Er überlegte eine Weile – wo war man still und ungesehen? – Ja, ja, er erinnerte sich und sagte: «Bei Grützner! Ist Ihnen recht, Frau Matzner?»

«Ganz wie Herr Baron belieben», antwortete sie. Er rief: «Zahlen!» und setzte das Hütchen auf. Er zahlte auch für die Matzner, und sie beobachtete mit kummervollem Entsetzen, daß der Kellner die fünf Kreuzer Aufschlag berechnete, wo sie doch eine Viertelstunde vor der Musik gekommen war!

Taittinger reichte ihr lässig vier Fingerspitzen. Sie erhob sich mit einer Verbeugung: da fiel das Blatt vom Hut auf den Tisch. Dann verschwand der Baron im Dunkel des Volksgartens.

17

Zum erstenmal in seinem Leben sollte der Baron Taittinger erfahren, was es hieß: «Schritte unternehmen». Beim Militär unternahm man keine Schritte. Alles war geregelt. Es gab keine Komplikationen, und wenn es welche gab, so waren sie die Folgen gewisser Vorschriften und Bestimmungen, welche die Macht hatten, die Verwicklungen, die sie schufen, auch gleichzeitig zu lösen. Im zivilistischen Leben aber hatte man sehr oft «Schritte zu unternehmen». Man mußte sich von Zeit zu Zeit irgend etwas richten, denn die Gesetze hatten anscheinend nicht die Aufgabe, das Leben der Menschen zu regeln, sondern, im Gegenteil, es in Unordnung zu bringen.

Derlei Überlegungen ließen den Rittmeister in dieser Nacht nicht schlafen. Er erwachte früh, der Herbstmorgen dämmerte eben heran. Gestern noch hatte er an den Polizeiarzt Doktor Stiasny gedacht, der in Taittingers Dragonerregiment als Reserve-Oberarzt jedes Jahr zu den Übungen einrückte. Es wäre Taittinger ganz unmöglich gewesen, etwa den ihm von ferne bekannten Oberkommissär Baron Handl aufzusuchen, aus dem einfachen Grunde, weil er diesen nämlich noch niemals in Uniform gesehen hatte. Mit Doktor Stiasny war man immerhin schon im Kasino gesessen, beim Domino.

Unbehagen bereitete dem armen Taittinger die Polizeidirektion. Er war in Zivil, und es konnte nicht fehlen, daß ihn die zwei Wachleute vor dem Eingang respektlos musterten, daß ihn die Spitzel, von denen es in den Korridoren wimmelte, mit flüchtigen, aber sehr eindringlichen Blicken verfolgten. Jeden Augenblick hätte er Sedlacek, den Geheimen, treffen können. Er war «penibel» und «langweilig». Auf einer braunen Bank, mit irgendwelchen Personen, die er als «Bittsteller» klassifizierte, mußte er eine qualvolle Viertelstunde warten.

«Herr Doktor läßt bitten!» sagte endlich der Beamte.

«Ah, Baron!» sagte der Polizeiarzt und stand auf. Er war rund, wohlbeleibt, auf kurzen Beinen kam er dem Rittmeister eilig entgegen. Taittinger hatte ihn sich anders vorgestellt. Es fiel ihm ziemlich schwer, ihn wieder so zu sehen, wie er sich ihn erträumt hatte. Im Zivil trug der Doktor Stiasny einen Zwicker an einem schwarzen Bändchen – und das irritierte den Rittmeister.

«Servus, Doktor!» sagte er mit einer gequälten Stimme.

Der Doktor war eben im Spital gewesen, er roch nach Jod und Chloroform, wie eine Apotheke. In seiner oberen Westentasche schimmerte die scharfe Quecksilberspitze des Fieberthermometers. Verwirrt setzte sich Taittinger. Der Doktor fragte nach dem Befinden der Regimentskameraden. Der Rittmeister sagte immer wieder: «Dank schön, glänzend!» Und: «Was ein Doktor doch für ein Gedächtnis hat!» Ihm selbst entfielen die meisten Namen, sobald er nur den Bahnhof der Garnison betrat, um wegzufahren.

Es war eine wahre Marter, so lange zu warten, bevor er

mit seinem Anliegen herausrücken konnte. Und wie sollte man anfangen? «Da is so ein Mädel, Doktor, weißt, so ein Sündenfall, und die is jetzt bei euch», so fing er an, und der Doktor Stiasny glaubte schon, es handelte sich um eine der sogenannten «geheimen Krankheiten» oder gar um eine verbotene «Hebammen-Sache» – wie er zu sagen pflegte. Es bedurfte erst eines ausführlichen Verhörs, bevor der Doktor Stiasny den Sachverhalt aus den abrupten Sätzen Taittingers zusammenflicken konnte. Es war ihm, als müßte er kurze Fadenstückchen aneinanderknüpfen.

Als er endlich begriff, wunderte er sich zwar ein wenig, war aber doch erleichtert und bereit, noch an diesem Vormittag mit dem Rittmeister nach Kagran hinauszufahren. «Nein, lieber Doktor, sofort bitte!» sagte Taittinger. Er wäre nicht imstande gewesen, eine halbe Stunde länger zu warten. Auf einmal, da er knapp vor diesem langweiligen Kagran stand, schien er alle Schrecken schon im voraus zu spüren, mit denen es ihn erwartete. Er! In ein Gefängnis! Es war schauerlich! Der Doktor Stiasny sagte es so leicht vor sich hin! Freilich, nicht jeder Mensch war Polizeiarzt und ging jeden Tag in Gefängnisse. Man mußte die ganze Angelegenheit schnell hinter sich bringen.

Während der Fahrt nach Kagran, im Fiaker, war Taittinger stillbekümmert. Dabei fuhren sie geradezu im Galopp. Als sie anlangten, hatten ihn Langeweile, Kummer und Bangnis dermaßen mitgenommen, daß er fast den Zustand der Gleichgültigkeit erreichte.

Der Gefängnisdirektor Regierungsrat Smekal hatte goldgeränderte Brillen – nicht einmal sie schockierten den unseligen Taittinger. Er wurde vorgestellt. Er gab die Hand. Er tat alles, was zu tun war, und hatte nur eine nebelhafte Vorstellung von allem, was sich mit ihm und was sich rings um ihn zutrug. Wie aus weiter Ferne hörte er den Gefängnisdirektor sagen, daß es ihm unmöglich sei, gewissen Sträflingen das Briefeschreiben zu untersagen. Jawohl! Es war ihm unmöglich. Er verstand sehr wohl die «Difficültäten» des Herrn Baron, aber, wie gesagt: «die Vorschriften»! . . . Und er wollte auch auf den Häftling Schinagl in dem Sinne einwirken, daß sie nicht mehr schreibe, außer an ihren Vater in Sievering und ihren Sohn in Graz. Und am einfachsten sei es wohl: der Herr Baron spricht selbst mit ihr. Dagegen ist keine Vorschrift. Der Regierungsrat Smekal kann den Häftling Mizzi Schinagl sofort holen lassen, selbst hierher, in die Kanzlei, er selbst geht für eine halbe Stunde, grad jetzt, inspizieren. Ehe noch Taittinger recht verstanden hatte, sagte der Doktor Stiasny: «Ausgezeichnet!», und während eine seltsame, nie gekannte Mattigkeit aus Blei und Trauer sich über den armen Taittinger senkte, klingelte der Regierungsrat schon, gab er schon einen Auftrag, nahm er schon den Hut vom Haken, sagte er schon: «Also, in einer halben Stunde, Herr Baron!» – und auch der Doktor Stiasny sagte: «Ich gehe inzwischen in den Hof!» – und schon waren beide Herren verschwunden. Nicht einmal die Tür hatte man auf- und zugehn gehört.

Und schon war Taittinger allein, im Zimmer des Direktors, zwischen fremden Tabellen an den Wänden, friedlichen grünen Aktenfaszikeln und, allerdings, einem stählernen Tintenfaß gegenüber, das seinen schwarzen höllischen Rachen höllisch aufgeklappt hatte.

Ein Aufseher kam herein, salutierte, ging wieder hinaus. Durch die offengebliebene Tür trat Mizzi Schinagl in die Kanzlei. Sie erschrak sichtlich. Sie machte zuerst eine Wendung, als wollte sie wieder in den Korridor zurück, schien sich zu besinnen, blieb stehen, hart an der Schwelle, und bedeckte das Angesicht mit den Händen. Man hatte ihr nur gesagt, sie müsse zum Herrn Direktor. Als sie Taittinger erblickte, hatte sie zuerst das Gefühl, daß sie fliehen müsse, wie bei einer Katastrophe, und gleich darauf die schreckliche Gewißheit, daß ihr alle Auswege versperrt seien. Eine heiße Freude durchströmte sie, hierauf eine ebenso heiße Scham. Sie stand so ein paar lange Sekunden, die Hände vor den Augen. Es war ihr, als würde sie, wenn sie die Hände fallen ließe, Taittinger nicht mehr sehen können; verschwunden wäre er dann. Und sie hielt mit den Händen hinter den geschlossenen Lidern seinen Anblick fest, mit Gewalt. Sie ließ endlich die Hände fallen, aber ihre Augen waren noch geschlossen. Sie fühlte, daß sie im nächsten Moment weinen müßte, grämte sich darüber, wünschte es sich aber auch gleichzeitig.

Taittinger war ratlos wie noch nie in seinem Leben. Er

stand auf, aber er ging nicht auf die Schinagl zu, sondern zur Wand und starrte gedankenlos auf eine sinnlose Tabelle. Seine Hände spielten mit dem grünen Hütchen und mit den grauen Handschuhen. Es dauerte ein paar Minuten, ehe er seine gewohnte, natürliche leichtfertige Gleichgültigkeit wiederbekam, den nonchalanten Gleichmut. «Ja, da bist du ja, liebe Mizzi! Laß dich anschaun! Wie geht's dir?» sagte er mit seiner alten, zärtlichen, näselnden Heiterkeit. Lieblich klang sie der Mizzi, und um besser zu hören, öffnete sie auch die Augen. «Setz dich, Mizzi!» sagte Taittinger, und sie gehorchte und saß da, auf der Stuhlkante, die Hände im Schoß gefaltet, wie ein Schulmädchen. Er dachte, es wäre wohl angebracht, ein kleines Kompliment zu sagen; aber das konnte man ja nicht, unter diesen Umständen. Du siehst aber gut aus, zum Beispiel, war gewiß deplaciert.

«Dank schön», stotterte die Mizzi, «daß du – daß Herr Baron gekommen sind, bitte um Entschuldigung für den Brief.» Ja, natürlich, der Brief, das war ja der Grund, weshalb er hier war; aber nett mußte das gesagt werden. «Es ist so nett» – sagte Mizzi fast tonlos – «zu kommen, wenn ich drum bitte und ins Unglück geraten bin. Das ist so, so – – edel!»

Sie hatte unter großer Anstrengung dieses Wort gefunden, und wie plötzlich befreit, brach ein Strom von Schluchzen aus ihrem Herzen. Taittinger näherte sich ihr elastisch, durch das Wasser der Tränen sah sie ihn herankommen, ein Engel im grauen Straßenanzug schwebte heran. Als er hart vor ihr stand, wußte er noch immer nicht, was er sagen sollte. Eine unbekannte Stimme diktierte ihm plötzlich, eine Stimme, die er noch niemals vernommen hatte. Er sprach ihr nach: «Es freut mich ja, wenn ich einen netten Brief bekomme. Ich lese sofort, noch in der Kanzlei. Weißt, im Grunde bin ich ja ein ganz guter Kerl.» Er wollte noch fortfahren, er wollte sogar noch sagen, daß er um recht viele Briefe bitten möge, aber da weigerte sich auf einmal seine Zunge, und er erinnerte sich, daß er ja eigentlich genau das Gegenteil hatte sagen wollen. Deshalb schien es ihm angebracht, den nächsten Satz mit einem Aber zu beginnen. «Aber es ist nämlich so, weißt» – fuhr er fort – «daß der Zenower, der Rechnungsunteroffizier, mein ich, der kriegt so einen Haufen Post jeden Tag, und er macht mal so was Fremdes auf, in der Eile, und deshalb auch hab ich alle meine Freunde und Bekannten gebeten, mir nix mehr zu schreiben, außer – außer» – er stockte, jene unbekannte Stimme wurde plötzlich ganz stark, gewaltsam fast diktierte sie ihm, und er sprach ihr nach: «unter H. v. T. poste restante!»

«H. v. T.», wiederholte Mizzi, «poste restante.»

Er blickte jetzt auf ihr dunkelblaues Häubchen, er stand vor ihr, seine Knie berührten ihren gestreiften langen Kittel. Die Haube ärgerte ihn, sie war aus dem steifen, faserigen Gewebe, aus dem man Säcke macht, und er erinnerte sich an die Gräfin Helene W. und an das Haar der beiden Frauen, und er zog plötzlich, mit einer brüsken Bewegung, mit zwei Fingern die Haube herunter. Im gleichen Augenblick bedeckte Mizzi Schinagl mit beiden Händen ihren Kopf. Sie fing wieder an, bitterlich zu schluchzen. In starren, unregelmäßigen, stachligen Bündeln starrte das Haar der Mizzi empor, und Taittinger hatte Mühe, nicht wieder einen Schritt zurückzutreten. Schrecken und Mitleid erfüllten, überfluteten ihn. Ja, Mitleid! Zum erstenmal empfand er Mitleid in seinem Leben. Es war ihm zumute wie einem, der vor seinem eigenen Glück erschrickt. Er streichelte die stachligen Büschel mit einer verschämten Hand, und er wunderte sich darüber, daß er es tat. Nicht mehr der alte Taittinger war er, er verlor sich, er fiel, und das Fallen bereitete ihm eine neue, unbekannte Wonne und glich einem Schweben.

«Wann kommst du heraus?» fragte er und stülpte wieder die greuliche Haube über Mizzis armen Kopf.

«Ich weiß nicht», schluchzte sie. «Am liebsten wär's, ich bleib hier!»

«Ich werd schaun, was ich tun kann!» sagte Taittinger.

«Dank schön, Herr Baron!» sagte Mizzi.

Er war nicht mehr imstande, sie anzusehen. Es schien ihm auf einmal, daß er schuld war: er wußte nur nicht, wieso, warum. Die Schinagl fühlte es vielleicht. Sie erhob sich mit einem plötzlichen Ruck. «Darf ich gehn, Herr Baron?» fragte sie, und es war Würde und Anmut in ihrem Aufstehn, in ihrem Blick, in ihrer Stimme.

«H. v. T. – poste restante», sagte Taittinger.

Ihre holzbesohlten Sandalen klapperten auf dem hölzernen Boden der Kanzlei zuerst, dann lauter, härter, auf den Steinen des Korridos. Taittinger sah sich nicht mehr um. Er stand der Wand zugekehrt und starrte gedankenlos auf die unsinnigen Tabellen.

Er erinnerte sich jetzt erst, daß er nach dem Sohn hätte fragen müssen. Wo befand sich der eigentlich? – Oh, er hatte keineswegs etwa das Gefühl einer Verpflichtung! Es schmerzte ihn einfach, daß er das Gebot der Höflichkeit verletzt hatte. Zugleich erinnerte er sich dunkel daran, daß, zum Beispiel, der Leutnant Wander, der ein uneheliches Kind hatte, jeden Monat eine bestimmte Summe dafür zahlen mußte. Weshalb er, Taittinger, bis jetzt niemals etwas für den Jungen bezahlt hatte, konnte er sich nicht erklären. Das hing mit den unbegreiflichen «Gesetzen» zusammen. Aber es schmerzte ihn etwas, er wußte nicht genau, was es war. Er fühlte nur, daß er niemals die geschorenen Haare der Mizzi Schinagl vergessen könnte. Auch seine rechte Hand schien eine Art Gedächtnis bekommen zu haben. Auch die Innenfläche seiner rechten Hand würde immer die Erinnerung behalten an die stachligen harten Haarbüschel der Mizzi Schinagl.

Als er mit Doktor Stiasny wieder im Wagen saß und in die Stadt zurückfuhr, begann er, gegen seinen Willen, von sinnlosen Dingen zu reden, muntere, aufgeräumte, geradezu kindische Angelegenheiten zu erzählen; aus seiner Jugend. Ein paar Augenblicke hörte er sich selbst sprechen, und es war ihm, als sei er schon alt, und er empfand das Lächerliche seiner Reden, und er übte Nachsicht mit sich selbst, und er bestand aus zwei Taittingers: einem jungen und törichten und einem alten und klügeren. In einer traurigen Verwirrung fuhr er am Nachmittag zum Rendezvous mit der Matzner. Er ließ sich die Geschichte von den Spitzen und den ganzen Prozeß ausführlich erzählen. Zu seiner eigenen Verblüffung verstand er sogar die geschäftlichen Vorgänge.

Es ekelte ihn ein wenig vor der Frau Matzner. Zum erstenmal empfand er den Unterschied zwischen Langeweile und Ekel. Er war sogar imstande, sich über die Gewissensruhe der Matzner zu wundern, da er erkannte, daß allein ihre Geldgier den Prozeß verursacht hatte. Er fühlte sich auf eine merkwürdige Art abgestoßen und angezogen zugleich, rettungslos verwickelt in eine «fremde Geschichte». Als die Matzner im Laufe ihres Berichts den Namen Sedlacek fallenließ, ergriff den Rittmeister auch Angst. Und er zahlte schnell und ging und ließ die Matzner ratlos zurück.

«Meine Adresse, Herr Baron», rief sie und schrieb auf die Rückseite eines Kuverts, das sie hastig aus dem Täschchen herausgezogen hatte, ihre Adresse auf.

Der Rittmeister steckte sie höflich in die Brieftasche.

Die Matzner blieb noch bis in den späten Abend. Die abendliche Herbstluft war klar, streng und herb. Als die Matzner sich erhob, um zur Pferdebahn zu gehn, fühlte sie einen leichten Schwindel im Kopf und einen frostigen Schauer im Herzen. Sie glaubte, dies mache der Wein, den sie nicht gewohnt war, und auch die Aufregung, die ihr der Baron bereitet hatte. Unterwegs, in der Pferdebahn, nahm sie sich vor, einen Kamillentee zu trinken.

18

Auch am nächsten Tage setzte die Matzner ihr gewohntes Leben fort. Sie erwachte nicht ohne Munterkeit. Eine Zeitung las sie nicht mehr, seit dem Tage, an dem sie endgültig eingesehen hatte, daß ihr das Interesse der Welt nicht mehr galt. Die zwiefache Begegnung mit dem Baron gewährte ihr heute noch einigen Trost. Die wichtigsten Neuigkeiten aus der «Kronenzeitung» und aus dem «Neuigkeits-Weltblatt» brachte ihr die Hausmeisterin, die gegen neun Uhr morgens aufräumen kam. Obwohl sie nur spärliche Trinkgelder gab und als ledig gemeldet war, nannte sie die Hausmeisterin doch: gnädige Frau. (Meist vermied sie die Anrede.)

Dieser Tag also unterschied sich vorläufig noch nicht von allen verflossenen. Die hellen gütigen herbstlichen Tage hielten immer noch an. Die Matzner machte, während ihr die Hausmeisterin das Kleid zuhaftelte, den Stundenplan. Zuerst wollte sie zur Bank Ephrussi, hierauf zum Notar und schließlich in die Polizeidirektion, um wieder einmal den Inspektor Sedlacek zu sehn. Es war ihrer Meinung nach wichtig, dem Sedlacek mitzuteilen, daß sie mit dem Baron Taittinger zusammengekommen war.

Auf der Straße aber, als sie der milde, silberne und hoffnungsreiche Atem dieses gnädigen Herbstes umfing, erschien ihr Sedlacek immer wichtiger. Dringlicher wurde auch ihr Wunsch, sich der Zusammenkunft mit dem Baron vor irgend jemandem rühmen zu können, der so etwas zu schätzen wußte. Und sie lenkte ihren entschlossenen Schritt zum Schottenring, ins Café Wirzl, wo Inspektor Sedlacek mit den Polizeireportern von elf bis eins Tarock zu spielen pflegte. Wer kann genau wissen? Alles ist möglich. Es kann sein, daß der Baron in einer wichtigen Angelegenheit nach Wien gekommen ist; in Zivil: warum war er in Zivil? Es kann sein, daß Sedlacek schon etwas Näheres weiß. Es kann auch sein, daß es für ihn wichtig ist, etwas zu erfahren. Oft genug ist er in das Haus der Matzner gekommen, um sich zu erkundigen, wer von den Herrschaften gestern nacht dagewesen war. Diese Herren Redakteure saßen auch im Café, Lazik unter ihnen. Es konnte sein, daß auch die Zeitungen Gefallen oder Interesse an der Geschichte der Matzner finden würden.

Im Café Wirzl war Pause zwischen zwei Partien. Sedlacek und seine Tischgenossen aßen Prager Würstl mit Kren und tranken ein Schnitt Extra. Man begrüßte Frau Matzner mit einem herzlich-lauten «Lang nicht gesehn, Tante Fini!». Sie bekam eine Schale Gold mit Mohnkipfl und begann, während sie den knusprigen Kipfl mit hörbarem Genuß im Munde zersplitterte, ihre Geschichte mit den Worten: «Also, Herr Sedlacek, staunen werden S'! Sitz ich da unschuldig im Volksgarten – wer kommt da auf einmal? Die Musik spielt grad: Droben, wo die Wölklein stehn – – wer kommt da daher?...»

«Schau, schau!» sagte der Inspektor immer wieder. Der Redakteur Lazik notierte das Datum der Abreise Taittingers auf der Manschette, für alle Fälle. «Dank Ihnen sehr!» sagte Sedlacek. Die Matzner erhob sich. Sie glich einem Ballon, der soeben Ballast abgeworfen hat und stolz und frei in die höheren Regionen steigen darf. Sie schwebte zur Tür hinaus.

Sie ging zu Ephrussi.

Aber der kaiserliche Rat war heute nicht im Geschäft, zum erstenmal seit dreißig Jahren. Der Buchhalter, ein veränderter, beinahe fremd aussehender Mann heute, empfing die

Frau Matzner. Er teilte der Matzner mit, daß der kaiserliche Rat gestern nacht plötzlich in die Klinik gebracht worden sei, eben operiert werde, der Blinddarm sei es und eine Sache von Tod und Leben.

«Und was geschieht mit dem Geld?» rief die Matzner.

«Welches Geld?» fragte der Buchhalter.

«Meins, meins!» schrie sie und fiel in den Sessel, wuchtig, als hätte sie plötzlich ein doppeltes Gewicht bekommen.

«Ruhe, beruhigen Sie sich», sagte der Buchhalter. «Die Bank bleibt die Bank, Frau Matzner, auch im schlimmsten Fall, was Gott verhüten möge! Ihr Geld bleibt Ihr Geld!»

«Ich werd lieber selbst in die Klinik fahren», sagte sie. «Ich werd mich erkundigen.» Sie hatte schon Tränen in der Stimme und ein zusammengepreßtes Herz. Ein wüster Nebel wallte vor ihren Augen. «Die Adresse, die Adresse!» rief sie. Man gab ihr die Adresse. Sie war, obwohl die Füße zitterten, das Herz gewaltig pochte, wie durch ein Wunder in einem Nu draußen, schon winkte sie dem Fiaker. «Klinik Haselmeyer», schrie sie schrill, als riefe sie «Feuer!».

Sie kam knapp eine Viertelstunde, nachdem der kaiserliche Rat Ephrussi an den Folgen der Blinddarmoperation gestorben war. Man sagte es ihr, kalt und geschäftlich, wie es die Art ist in Kliniken.

Ohnmacht überfiel sie. Sie erwachte im Inspektionszimmer, im bitterscharfen Wind des Ammoniaksalzes. Sie wankte am Arm der Schwester die Treppe hinunter. Ihre Füße fühlten noch den Boden, ihre rechte Hand noch den Schirmgriff, ihre linke noch das Retikül. Aber ihre Gedanken hatten gar keinen Halt mehr. Wie ein Schwarm wildgewordener Vögel stoben sie durcheinander, in einer Art von lautlosem Lärm, stießen gegeneinander mit Köpfen und Flügeln, verschwanden plötzlich und kehrten wieder, in erneuerter Verwirrung. Das Herz klopfte nicht mehr, es wuchtete, es schaukelte, auf und nieder, auf und nieder. Jemand fragte die Matzner nach ihrer Adresse. Jemand setzte sie in einen Wagen. Jemand übergab sie der Hausmeisterin. Man führte sie in die Wohnung, legte sie auf das Sofa. Sie hatte noch Geistesgegenwart genug, zu sagen: «Lassen S' mich allein, ich will schlafen!» Man ließ sie allein. Sie ging zum Koffer und sah nach dem Geld. Sie nahm es an sich, das Portefeuille und die silberne Netzbörse. Sie steckte beides in den Strumpf. Das silberne Beutelchen fühlte sie angenehm, es glitt von der Wade zum Knöchel hinunter, ein liebes Tierchen. Sie ließ sich in den Lehnstuhl fallen. Sie schlief ein, mit dem innigen Wunsch, eine Woche, einen Monat, ein ganzes Jahr zu schlafen.

Aber sie erwachte am Abend des gleichen Tages, die Sonne war noch nicht untergegangen. Ihre Stirn brannte, ihre Schläfen waren taub und bleiern. Ein kalter Schauder nach dem andern durchjagte ihren Körper. Sie erhob sich, keuchte zur Tür, machte sie auf, nahm alle Kraft zusammen und rief: «Frau Smelik, Frau Smelik!» und wunderte sich noch selbst, daß sie noch eine Stimme hatte. Die Hausmeisterin kam, löste die Miederbänder, und alsbald glich der Körper der Frau Matzner einer formlosen, in weißes Leinen gefaßten überquellenden Masse aus unbestimmter Substanz. Die Strümpfe ließ sie nicht anrühren.

Es schien der Frau Smelik, daß es an der Zeit sei, den Doktor zu rufen. Sie sagte es auch der Matzner, obwohl sie erkannt zu haben glaubte, daß die Kranke gar nichts mehr richtig begreifen konnte. Sie irrte sich. Die Matzner fragte nur: «Was kostet eine Visite?» – «Einen halben Gulden!» sagte die Hausmeisterin, «das weiß ich vom letztenmal, wie er bei der Frau Majorin gewesen ist.» – «Meinetwegen, holen S' ihn!» sagte die Matzner. Sie dachte nur noch daran, die Strümpfe mit dem Geld ohne Zeugen auszuziehn und im Bett zu verstecken, unter dem Kissen.

Der Doktor kam. Die Matzner lag schon ausgekleidet im Bett, sie fühlte nur noch kaum den Strumpf mit dem Geld unter dem Kissen. Es schien ihr, daß sie schon eine unglaublich lange Zeit dalag und auf irgend etwas wartete. Ihr Gesicht brannte, zeitweilig hatte sie die Empfindung, daß ihr Kopf nicht mehr zu ihrem Körper gehöre: denn dieser war kalt, ein Eisklumpen. Endlich hörte sie den Schlüssel, dachte eine Weile nach, wen sie eigentlich erwartet hatte und wer jetzt kommen könnte, und vermochte nicht, sich daran zu erinnern. Sie sah wohl, daß die Hausmeisterin mit einem fremden Herrn eintrat, und wußte wohl, daß es die Hausmeisterin war und ein fremder Herr – – aber es schien ihr zugleich auch, daß Mizzi Schinagl eintrete und hinter ihr der

Baron Taittinger. Welch eine veränderte Welt! Zu zweit und zu dritt gar kamen jetzt die Leute an, und man kannte sich nicht mehr aus. Der Doktor – oder war es der Baron Taittinger – winkte der Hausmeisterin – oder war es die Mizzi? – hinauszugehn und näherte sich dem Bett und zog ein glänzendes Ding aus der Westentasche. Die Matzner schrie auf. Alsbald beruhigte sie sich, wie eingeschläfert von dem Geruch von Zigarren und Karbol, den der Doktor ausströmte.

Er tastete an ihr herum, klopfte, horchte, griff nach ihrer Hand. Seine Berührungen waren ebenso peinlich wie wohltuend, ebenso angenehm wie beschämend, sie beunruhigten und besänftigten das Gemüt der Matzner zu gleicher Zeit. Der Doktor entfernte sich. Wie ein dunkler Nebelfleck stand er irgendwo, über dem Waschbecken, und plätscherte kindisch im Wasser. Noch einmal ging die Tür, die Hausmeisterin erschien wieder, und diesmal war sie es wirklich und nicht eine zweifelhafte verwandelte Mizzi. Und der Doktor war auch der Doktor und hatte nichts mit dem Baron Taittinger zu tun. Und die Matzner hörte klar und deutlich, was der Doktor zur Hausmeisterin sagte; nämlich dieses: «Rippenfellentzündung! Sie hat hohes Fieber. Ich schicke eine Schwester. Sie wird in einer halben Stunde etwa dasein. Können Sie so lange hierbleiben?»

«Ja, Herr Doktor!» sagte die Hausmeisterin. Sie blieb da. Sie setzte sich ans Bett, hart neben die Matzner. Das Gesicht der Hausmeisterin zerfloß, verschwamm, zerrann in einem grauen Brei. Als die Schwester schließlich eintraf, wußte die Matzner gar nichts mehr. Sie erzählte kindische Ereignisse aus ihrer Kindheit.

Am nächsten Morgen ging es ihr besser. Sie ließ dem Doktor gar keine Zweifel darüber: sie fragte ihn sofort, wieviel sein Besuch koste. «Einen halben Gulden!» sagte er. Nun – meinte sie – wenn er glaube, daß er noch häufiger wiederkommen müsse, so wäre es besser, man würde gleich akkordieren. Und um ihn weicher zu stimmen, erzählte sie auch, daß der jähe Tod ihres Bankiers Ephrussi sie in Gefahr bringe, «das Letzte» zu verlieren. Ja, sagte der Doktor sanft, er würde nur noch ein paarmal wiederkommen müssen, und den Priester brauchte man auch nicht zu holen. Akkordieren würde man besser nach der völligen Gesundung.

Solange der Doktor im Zimmer war, blieb die Matzner heiter. Als er aber gegangen war, behielt sie von allem, was er gesagt hatte, nichts mehr in Erinnerung als sein Wort vom Priester. Und plötzlich erschien ihr der brave Doktor falsch und verlogen, tückisch und ein Künder des nahen Todes. Ein Geistlicher! Seit vielen, vielen Jahren hatte sie nicht daran gedacht. Ein Geistlicher! Sie erinnerte sich an ihre erste Kommunion. «Jessas!» hatte sie oft im Leben gerufen und auch: «Jessas – Marand Joseph» – ohne sich etwas dabei zu denken. Weshalb hatte der Doktor vom Priester gesprochen? Weshalb hatte er gesagt, man brauche noch nicht an ihn zu denken? Und wenn er es gesagt hatte, war es nicht ein Beweis dafür, daß es – umgekehrt just an der Zeit sei, an ihn zu denken? – Der Tod? War er nahe? – Was war der Tod? – Eine Art Kommunion, aber in Schwarz wahrscheinlich, statt in Weiß.

Die Matzner aß nur ein wenig Graupensuppe, schlief ein, träumte von ihrer Kommunion, von ihren Eltern und hierauf vom Prozeß, vom Richter, vom Staatsanwalt, von den Advokaten, von den Geschworenen. Laut rief sie ein paarmal: «Ich bitte um Gnade.»

Am Abend stieg das Fieber. Kurz vor Mitternacht bat sie um den Priester. Es war ein einfacher Mann. Mitten aus dem Schlaf geweckt, war er noch simpler als am Tage. Er hatte seit langem nicht mehr Sterbende versehen, insbesondere nicht fiebernde Kranke. Er begriff nicht alles, was ihm die Matzner sagte.

So fragte sie ihn zum Beispiel, ob er glaube, daß der Beruf, den sie ihr Lebtag ausgeübt habe, sie zur Hölle verdamme. Und als er sie fragte, was für einen Beruf sie denn ausgeübt habe, sagte sie, sie sei Besitzerin des Hauses Matzner auf der Wieden gewesen. Er verstand nicht und sagte, Hausbesitz sei keine Sünde. Sie sagte ihm ferner, daß sie ledig sei. Auch das war keine Sünde, in seinen Augen. Sie wurde müde und schloß die Augen, und es schien dem Pfarrer, daß sie eingeschlafen sei. Sie aber war wach, und trotz ihrem Fieber konnte sie auch klar denken. Die ungeheure Furcht vor dem Tode verjagte ihre Wirrnisse. Die Furcht vor dem Jenseits klärte ihr Gehirn, heiterte ihre Seele auf. In der kümmerlichen und trostlosen Vorstellung, die sie zeit ihres Lebens vom Gewicht der Schuld gehabt hatte und von den Möglichkeiten, es abzuwälzen oder auch nur ein wenig zu erleichtern, war Geld eines der ersten Mittel, mit deren Hilfe man sühnen konnte. Während sie die Augen also geschlossen hielt, überlegte sie nüchtern, daß man Sünden durch Gaben ablösen könne. Das ganze sündhafte Leben, das Freudenhaus und den Prozeß, durch den Mizzi Schinagl ins Gefängnis geraten war, die kleinen tückischen ungerechtfertigten Abzüge, die sie dann und wann ihren Pensionärinnen aufgerechnet hatte, und was es sonst für Sünden geben mochte, die im Katechismus verzeichnet standen, einfache Sünden, wie üble Nachrede zum Beispiel und gotteslästerliche Äußerungen, von denen es in ihrem Leben nur so wimmelte. Sie war auch schon entschlossen, dem hochwürdigen Herrn zu sagen, daß sie ihr Geld für wohltätige und kirchliche Zwecke hinterlassen wolle und einen Teil, zur Wiedergutmachung, für die Mizzi Schinagl, die doch alles verloren haben mußte. Ja, alles Geld! Obwohl der Bankier Ephrussi schon tot war – sie gedachte, ihn droben irgendwo wieder aufzusuchen – und trotz ihrem Mißtrauen gegen den doppelten Buchhalter, mußte ja etwas noch in der Bank geblieben sein! Etwas, nicht viel! Fürs Begräbnis mußte freilich etwas bleiben. Es soll ein schönes Leichenbegängnis werden, dachte sie und setzte sich in den Kissen auf. Sehr schnell und fließend, als rezitierte sie etwas seit langem auswendig Gelerntes, erzählte sie dem hochwürdigen Herrn, daß sie ein Drittel ihres Geldes den Armen, ein Drittel der Kirche, ein Drittel der Mizzi Schinagl hinterlassen wolle. Morgen wollte sie ihren Notar kommen lassen, gleich in der Früh. Der Pfarrer nickte. Sie fragte ihn mit einem verborgenen Mißtrauen in der Stimme, was seiner Meinung nach ein Leichenbegängnis erster Klasse koste, mit vier Rappen. Das müßte, sagte der hochwürdige Herr, die «Pietas» wissen, das Leichenbestattungsunternehmen, und es wäre leicht, es zu erfahren. Er bekäme jedenfalls nicht mehr als einen Gulden für die Totenmesse, es wäre eine Gebühr. Nun war sie auch bereit zu sterben, und der Pfarrer begann sein Werk. «In Reue und Demut beichte ich meine Sünden», sagte die Matzner mit klingender Stimme, wie ein Schulmädchen.

Sie fiel wieder in die Kissen und schlief sofort ein. Sie

schlief ruhig und traumlos die ganze Nacht. Am Morgen erwachte sie mit geringem Fieber, munter, wie einst in ihren gesunden Tagen und von Tatkraft erfüllt. Sie ließ sofort den Notar kommen, es sollte kein Geld gespart werden, die Hausmeisterin durfte einen Fiaker nehmen. Es war, als bereitete sich die Matzner zum Tod so vor wie andere zu größeren «Transaktionen». Sie ließ sich eine blaue Nachthaube reichen und das Nachtkamisol mit der blaßblauen Borde. So empfing sie den Notar.

Sie fragte ihn zuerst, was mit dem Geld geschehen sein möge, das in der Bank des seligen Ephrussi gesteckt hatte – und der Notar beruhigte sie: es gab gar keine Gefahr. Das Geld war sicher. Die Matzner verlangte nun, daß der Notar ein Testament aufsetze, und sie machte die Angaben, dem Versprechen getreu, das sie gestern nachts dem Pfarrer gegeben hatte. Der Notar notierte auf ein Blatt Papier, zog Tinte und Feder aus seiner Ledertasche und setzte sich an den Tisch. Er schrieb zuerst die üblichen Formeln mit seiner langsamen, bedächtigen, wie gestochenen Schrift.

Als er zu den Ziffern kam, wandte er sich um und fragte die Frau Matzner: «Ist es Ihnen auch klar, wie groß Ihr Vermögen ist?» Sie wußte es nicht. «Es sind genau», sagte der Notar und blätterte noch einmal in den Papieren, «zweiunddreißigtausend Gulden und fünfundachtzig Kreuzer. Tausend Gulden haben Sie vor zwei Wochen bei Ephrussi abgehoben!» – «Wieviel?» fragte die Matzner. «Zweiunddreißigtausend, fünfundachtzig!» wiederholte der Notar.

So viel Geld – – und sie mußte sterben! Warum war sie überhaupt krank geworden? War die ganze Krankheit nicht nur ein wüster Traum? Was wissen schon die Doktoren? War es nicht lediglich ein grauenhafter Schrecken infolge des Todes Ephrussis? Wer sagte, daß sie überhaupt sterben müßte? Wo stand es geschrieben? Und wenn sie noch zwanzig, oder sagen wir, nur noch zehn Jahre zu leben hatte – war da nicht noch Zeit genug, ein Testament zu machen?

«Sind Sie sicher, Herr Notar?» fragte sie. «Ganz sicher», bestätigte er. Sie lehnte sich in den Kissen zurück und dachte eine Weile nach, eine sehr, sehr lange Weile, während der Notar geduldig die gezückte Feder einen Zentimeter über dem Papier hielt.

Sie hatte sich endlich entschlossen. Sie stützte sich auf und sagte, ein bißchen verschämt: «Ich möchte nur die tausend Gulden hinterlassen, die ich hier im Hause habe, vorläufig! Wenn's nötig ist, werd ich Sie nochmals bitten lassen. Zu drei Teilen, Herr Notar! 300 für die Armen, 300 für die Kirche, 300 für die Mizzi Schinagl. 100 bleiben für allerhand Kosten.» Sie wußte nicht, was «allerhand Kosten» sein mochten, sie sagte es so hin. Es schien ihr, daß sie damit den Eindruck einer gewissen Großzügigkeit erweckte.

«Allerhand Kosten!» sagte der Notar, «das muß man spezifizieren.» – Und er schlug vor: «Leichenbegängnis und Grabstein!» Zwei Worte, die der Matzner, der eben noch todbereiten, in diesem Augenblick fürchterlich klangen.

Und schon schrieb er, der Notar, langsam, aber auch unerbittlich. Undurchsichtig war sein Körper, sein Kopf, sein Angesicht. Er mochte sich allerhand denken – oder auch gar nichts. Es war ein Beamter, er war ein versperrtes Amt. Was weiß man, was alles in einem verschlossenen Amt vorgeht, in einem kaiser-königlichen Notariat?

Die Matzner hielt den Atem an. Sie kostete die ganze Feierlichkeit des Vorgangs aus – und zugleich ihre heimliche Gewißheit, daß sie noch längere Zeit zu leben hatte. Sie machte sozusagen ein Probesterben. Alle Welt – der hochwürdige Herr von gestern mit inbegriffen – freute sich schon auf ihren Tod. Sie allein wußte, daß sie noch am Leben bleiben würde. Und was sollte das für ein Leben werden! Das Leben einer Neugeborenen, aus dem Jenseits Heimgekehrten!

«Und der Rest Ihres Vermögens?» fragte der Notar.

«Darüber sprechen wir noch!» sagte die Matzner. Sie unterschrieb mit der Feder, die ihr der Notar hinhielt. Er packte das Papier umständlich in ein dickes leinengefüttertes Kuvert. Dieses versiegelte er. Kerze und Siegellack holte er aus der Aktentasche. Vor der brennenden Kerze, die an Tod erinnerte, schloß die Matzner die Augen. Sie öffnete sie erst, als sie den Notar pusten hörte. «Auf Wiedersehn!» sagte der Notar. Sie lächelte ihm zu.

Sie aß eine Graupensuppe, mit starkem Appetit, und verlangte selbst nach etwas Festerem. Ein großes Verlangen nach einem Gulasch und einem Krügl Okocimer überkam sie. Sie war nicht krank, gar nicht krank. Sie gedachte nur noch eine Weile, ein, zwei Tage noch, eine Kranke zu spielen.

Am Abend aber, als der Doktor wiederkam, erkannte sie ihn nicht. Schweiß stand in dicken Perlen auf ihrer Stirn. Die Haube drückte mit dem strammen Gummiband. Sie hatte das Gefühl, als trüge sie eine Krone, und sie bat flehentlich: »Nehmt mir die Krone ab!» – und in der verschwommenen Erinnerung an die gestrige Absolution fügte sie hinzu: «Die Dornenkrone!» Aber man hatte nicht acht auf das, was sie sagte. Das Thermometer zeigte 40 Grad.

Plötzlich schrie sie auf. Sie fühlte einen schneidenden Schmerz im Rücken, als wenn man ihr ein Schwert, doppelt geschliffen, durch die Rippen gestoßen hätte. Sie öffnete weit den Mund, der Atem ging ihr aus, sie wollte etwas rufen: Luft oder Fenster –– aber sie vergaß es sofort. Es wurde ihr sehr heiß, eine unnennbare Furcht ergriff sie, sie trommelte mit den Fingern auf der Bettdecke. Sie verdrehte die Augen. Der Doktor schickte die Schwester nach Sauerstoff in die Apotheke, er bereitete die Morphiumspritze vor. Die Schwester kam, mit den Ballons. In diesem Augenblick erhob sich die Matzner im Bett und fiel sofort wieder zurück. Ein leichtes Zucken bewegte ihre Augenlider, und auch ihre Finger flatterten auf der Bettdecke. Dann fiel ihre rechte Hand über die Lehne. Der Friede kam über die Josephine Matzner.

Man begrub sie an einem der ersten regnerischen Tage dieses Herbstes. Es war ein Leichenbegräbnis dritter Klasse, zwei Rappen ohne galonierte Diener. Den Vorschriften gemäß veröffentlichte der Notar in den Zeitungen die übliche Notiz: «Erben gesucht!»

Es meldete sich zwei Monate später ein Neffe der Matzner, Hopfenbauer in Saaz, wohlhabend und ohne jedes Gefühl der Dankbarkeit gegen das Schicksal wie gegen die Tante.

Die «weibliche Strafanstalt» in Kagran bekam die Mitteilung, daß der Häftling Mizzi Schinagl als Erbin der verstorbenen Ledigen Josephine Matzner in den Besitz von dreihundert Gulden gekommen sei.

Die Notiz in den Zeitungen las der Polizeireporter Lazik.

In seinem einfallsreichen Gehirn formte sich ein ganz bestimmter Plan. Er sprach darüber mit seinem Freund, dem Oberinspektor Sedlacek, am Schottenring, im Café Wirzl.

19

Weit und breit herrschte ein tiefer, geradezu grausam tiefer Friede, und die offizielle Polizeikorrespondenz, die auch noch die banalsten Vorfälle mitzuteilen pflegte, umfaßte kaum zweieinhalb Seiten täglich. Das Kartell der Polizeireporter saß niedergedrückt im Café Wirzl, erschöpft von der unerträglichen Ruhe, gelähmt von dem ereignislosen Frieden und ohne die geringste Hoffnung auf eine Sensation. Sooft die Tür aufging, blickten die Männer von ihren Karten auf. Wenn einer der Geheimen eintrat, die bei Wirzl aus und ein gingen, sah man ihm mit angespannten Blicken entgegen, als könnten die Augen schon erlauschen, was die Ohren noch nicht vernahmen. «Gibt's was?» fragten fünf, sechs Männer auf einmal. Der Geheime nahm den steifen Hut nicht ab; ein Zeichen, daß er sich nicht zu setzen gedachte, daß er nichts zu erzählen hatte. Die Köpfe senkten sich wieder in trostloser Lethargie über die Karten. Der einzige Reporter Lazik nur verfolgte im stillen eine ganz bestimmte Idee. Es war ihm nichts anzusehn. Auch er tat so, als ob er genauso wie die anderen ermattet wäre von der Aussichtslosigkeit in diesen miserabel ruhigen Zeiten. Indessen aber spann er Faden um Faden, flocht sie zu Maschen und zertrennte sie wieder, knüpfte Entlegenes zu brüderlichen Knoten, schnitt andererseits auch wieder auseinander, was eigentlich zusammenhing, denn er brauchte die einzelnen Glieder einer bestimmten Gedankenfamilie für andere Ketten, Bande und Verwandtschaften. Er allein spürte einen Zusammenhang zwischen dem Tod des Bankiers Ephrussi und dem der Josephine Matzner. Wenn er sich recht erinnerte, so hatte seinerzeit der Bankier Ephrussi die berühmten Perlen der Schinagl belehnt und sogar wahrscheinlich nach Antwerpen verkauft. Direkte Zusammenhänge zwischen Perlen, Persien, dem Schah, der Matzner, dem Ephrussi und der Schinagl konnte man zwar keineswegs herstellen, aber gerade die indirekten waren ja der Mühe wert und versprachen Erfolg. Ferner war damals in den unappetitlichen Betrug, dessen Opfer der törichte Muselmann geworden war, auch der Baron Taittinger verwickelt. Gut, daß die selige Matzner noch kurz vor ihrem jähen Ende im Café Wirzl gewesen war! Der «Stoff» war reichlich vorhanden. Lazik, aufpassen! – sagte Lazik.

Eines Vormittags, während sie so bei ihrem depressiven Tarock saßen, tat Lazik von ungefähr einen schweren Seufzer. «Was ist los?» fragte Keiler, «willst du wieder Gedichte schreiben?» Es war eine Beleidigung in diesem Kreise. Es gab noch ein paar Journalisten, die sich an einen verschollenen Gedichtband Laziks erinnerten.

«Man wird wirklich wehmütig», sagte Lazik, «wenn man so an den Tod denkt. Wie lang ist es eigentlich her, daß die gottselige Matzner dagesessen ist, und jetzt nagen schon die Würmer an ihr. Das viele Geld, das sie hinterlassen hat!»

Die anderen nickten nur. «Es war Zeit, daß sie stirbt», sagte Sedlacek. «Es waren neue Zeiten. Da hat sie nicht mehr hineingepaßt. Das Haus in der Zollamtsstraße hat ihr den Rest gegeben.»

«Der Höhepunkt ihres Lebens» – sagte Lazik – «war der Schah. Erinnerst dich an die Perlen? Wo sind die eigentlich hingekommen?»

«Bei Ephrussi», antwortete Sedlacek. «Und auch der ist schon tot!»

«Ja, wenn wir jetzt so eine Geschichte hätten», begann wieder Lazik. «Kommt der Schah nimmer wieder?»

«Ich glaub, es war im ‚Femdenblatt' schon die Rede von ihm, der Doktor Auspitzer hat einmal schon davon in der Redaktion gesprochen.»

«Uns ist nichts bekannt», sagte Sedlacek. Er sprach das «Uns» sehr nachdrücklich betont, beinahe feierlich aus.

«Ephrussi hat die Perlen sicher verkauft?» fragte Lazik harmlos, rief gleich darauf: «König! Bube!» und klatschte die Karten auf den Tisch, um in diesem Geräusch die Wichtigkeit untergehen zu lassen, die er seiner Frage beimaß.

«Er hat sie dem Gwendl in Kommission gegeben. Monatelang waren sie im Schaufenster. Ich hab sie mir oft angeschaut, mit unserem Juwelenspezialisten, Inspektor Farkas. Eines Tages waren sie weg!»

Das Gespräch erstarb. Man spielte weiter. Die gewohnte Apathie senkte sich wieder über das Café, wie eine schwere Sommerschwüle zurückkehrt nach einem kleinen trügerischen und folgenlosen Windchen.

Lazik verlor fünfundzwanzig Kreuzer an Keiler. Er hatte verlieren wollen. Er war abergläubisch. Vor jeder schwierigen Aufgabe opferte er den Göttern. Er erhob sich plötzlich. «Ich bin heut eingeladen», sagte er. Und schon war er, ohne Gruß, verschwunden.

Er ging zuerst in die Wasagasse, um seine Freunde zu täuschen, denn er wußte, daß es ihre Natur war, wie ja auch die seine, vor die Tür zu treten und dem Fortgehenden nachzuspähen, um wenigstens die Richtung zu kennen, die er eingeschlagen hatte. Dann bog er in die Währingerstraße ein, sprang auf die Pferdebahn, erreichte den Opernring und stieg ab. Er ging in die Kärntnerstraße zum großen Juwelier Gwendl.

Er verlangte Herrn Gwendl persönlich zu sprechen. Herr Gwendl kannte ihn wohl. Er saß im Hintergrund des Ladens, im schmalen grüntapezierten Kontor vor schwarzen Kästen und Kästchen, die ihre sanften dunkelblausamtenen Rachen zeigten und alle glitzernde, schimmernde, jubelnde Pracht, die sie verschlungen hatten. Er verschloß alle Etuis, legte die Lupe weg und empfing den Redakteur Lazik.

«Habe die Ehre, Herr Kommerzialrat!» sagte Lazik.

«Herr Redakteur!» sagte der Kommerzialrat Gwendl. «Womit kann ich Ihnen dienen? Zigarre gefällig? Bitte, Platz zu nehmen» – und während der Kommerzialrat sich bückte, um aus der unteren Lade die Virginier herauszuholen – die Trabukos lagen in der oberen, für bessere Gäste bestimmt – Geschäftsfreunde und Kunden von Adel zum Beispiel –, beobachtete er mit einem wachsamen Auge die Hände Laziks. Und er atmete auf, als endlich die Zigarrenkiste auf dem Tisch stand.

Man redete zuerst von Neuigkeiten, deren es wenig gab, in diesen stillen Zeiten. Es sei denn, daß man in der Redaktion des «Fremdenblatt» letzthin von einem neuerlichen Besuch des Schahs von Persien gesprochen hatte.

Die Erwähnung dieses Souveräns erweckte im Kommerzialrat Gwendl höchst angenehme Erinnerungen. Sie bezogen sich auf die Perlenkette der Schinagl, die Ephrussi dem Gwendl in Kommission gegeben hatte. Im Laden hatte sie lange vergeblich gewartet. Der Kommissionär Heilpern aus Antwerpen hatte sie schließlich mitgenommen. Der Juwelenhändler Perlester hatte sie gekauft. 2000 Gulden hatten sie verdient, zu zweit. Fünfzigtausend Gulden waren die Perlen wert gewesen. Für sechzigtausend – so sagte man in Fachkreisen – hatte sie der Perlester verkauft. Tausend Gulden waren immerhin keineswegs zu verachten. Ja, da kam also der Schah von Persien wieder. Nun, weiß Gott, es konnte noch einmal etwas zu verdienen geben. Der Kommerzialrat Gwendl wurde heiter.

«Herr Kommerzialrat wissen vielleicht» – begann Lazik – er begann gewöhnlich in der dritten Person – «Herr Kommerzialrat wissen wahrscheinlich, wo diese berühmten Perlen geblieben sind?»

Der Kommerzialrat erzählte, was er wußte. Aber er versprach, sich bei dem Kollegen Perlester nach dem weiteren Schicksal der Perlen zu erkundigen. In einer Woche konnte Lazik genauere Auskunft holen.

Man sprach noch von Wind und Wetter, von der Hofgesellschaft und vom schlechten Gang der Geschäfte, in dieser Jahreszeit, wo doch sonst, in allen vergangenen Jahren, das Geschäft «geblüht» hatte, wie Gwendl sagte.

«Nun, bald ist Weihnachten!» sagte Lazik.

Und er schied mit dieser Feststellung von dem getrösteten Juwelier, der langsam zu hoffen begann, daß der mohammedanische Schah just und ausgerechnet zu den christlichen Festtagen nach Wien kommen könnte. Seine offenen Augen sahen ein Traumland, einen Orient voller Weihnachtsbäume.

Nach einigen Tagen wußte Lazik, welchen Weg die Perlen des Schahs genommen hatten. Aber er beschloß, den Lesern der «Kronenzeitung» nicht sofort und etwa auf eine so plumpe Weise, wie es sein phantasieloser Kollege Keiler getan hätte, die ganze Geschichte vorzutragen. Diese Geschichte mußte, im Gegenteil, sorgfältig komponiert werden; komponiert mußte sie werden.

Er kündigte eine Serie von Artikeln an, unter dem Titel: «Die Perlen von Teheran. Hinter den Kulissen der großen Welt und der Halbwelt». Er begann mit einer einfachen Feststellung, wie es gelegentlich oft bedeutende Romanciers zu tun pflegen: nämlich mit der Nachricht, daß Josephine Matzner – Lazik schrieb: «eine gewisse Josephine Matzner» – kürzlich gestorben sei. Und nach der üblichen rhetorischen Frage: «Wer war diese Josephine Matzner?» erfolgte die Beschreibung des Hauses, seit seiner Gründung im Jahre 1857, seiner Pensionärinnen und seiner Besucher und Stammgäste aus der großen Lebewelt, ohne Namen allerdings, aber mit unmißverständlichen Kennzeichnungen. Die Serie dieser Artikel wurde gleichzeitig in kleinen Heftchen verkauft, im Zeitungsdruck zwar, aber mit einem bunten Umschlag, auf dem ein sympathisch halbentkleidetes Mädchen auf einer giftgrünen Chaiselongue zu sehen war. Sie war ganz Buntheit und Erwartung. Sie lag da, matt und angriffsbereit zugleich. Die Hefte wurden in den Tabaktrafiken und in Papierläden verkauft. Gymnasiasten, Näherinnen, Wäschermädchen und Hausmeister kauften, selbst wenn sie die Artikel in der «Kronenzeitung» bereits gelesen hatten. Es war lange noch keine Rede von den Perlen, die der Titel jeden Tag verhieß.

In diesen Wochen kam Lazik nur für ein paar Minuten täglich in das Café Wirzl. Er konnte die Kollegen und die Geheimen nicht recht leiden. Er spürte, daß sie ihn ein wenig beneideten, aber auch, daß sie ihn nicht mehr wie einen völlig Gleichberechtigten behandelten. Sie waren keine «Dichter». Sie entfalteten keine «Phantasie». Sie hatten «Nachrichten», große, kleinere, sensationelle, aber niemals «Geschichten». In Zeiten der Dürre, wie sie jetzt herrschten, klaubten sie bescheiden die bescheidenen Tagesneuigkeiten auf, eine Messerstecherei, eine Geburt von Drillingen, einen Fenstersturz aus dem vierten Stock. Lazik hatte geradezu einen Verrat an dem Metier begangen. Er kam nicht einmal als Kiebitz beim Tarock noch in Betracht.

Er hatte oft davon geträumt, auf einmal viel Geld zu verdienen und den Beruf aufzugeben. Er näherte sich den Sechsundfünfzig, er hatte nur noch wenig Zähne im Mund, und sein Kopf war kahl. Seine Frau war in jungen Jahren gestorben, seine Tochter lebte bei seiner Schwester in Podiebrad. Er hatte keine Sorgen, aber Nöte, kleine Schulden, peinliche Gläubiger, Zinsen, die gefährlich anschwollen,

Kellner, die nicht mehr kreditierten. Ach! und seine Seele dürstete nach den Köstlichkeiten, die in den oberen Sphären vorhanden waren. Er liebte das teure Leben, die Rennen, die stillen Restaurants, in denen die stolzen Kellner bedienten und die stolzen Herrschaften mit kühlen Gesichtern, herben und maßvollen Gebärden, Speise und Trank genossen, um dann in geschlossenen Kutschen heimzukehren in ihre noch kühleren, noch mehr geschlossenen Häuser. Immer, wenn Lazik das Café Wirzl verließ, die Geheimen und die Kollegen und die fettigen Spielkarten und den Geruch aus Kaffee, Okocimer, billigen Zigarren und warmen Salzstangeln, schien es ihm, daß er sich etwas vergeben habe und daß er eigentlich gesunken sei. Es war klar: sein Weg hatte nach unten geführt: vom Dichter, der sogar ein Stück im Burgtheater eingereicht hatte, über den Gerichtssaalstenografen zum Polizeireporter, der in Fachkreisen «Unterläufel» genannt wurde. Zum erstenmal seit dreißig Jahren stand der Name Bernhard Lazik gedruckt – nicht einmal in der Zeitung, sondern auf dem bunten Titelblatt der kleinen Heftchen. Lazik schickte sie seiner Schwester und seiner Tochter nach Podiebrad. Was blieb von ihm übrig? Eine Notiz in Nonpareille in der «Kronenzeitung»: «Gestern verschied unser langjähriger Mitarbeiter . . .» und Schluß. Und ein paar Ellen auf dem Währinger Friedhof. Das «Kabinett», das er in der Rembrandtstraße bewohnte, war nicht viel geräumiger. Auch war es nicht heller als ein Grab, denn es «ging» in den Hausflur. Sparen hatte er niemals gekonnt. Er verlor das Dürftige, das er verdiente, beim Rennen und im Spiel. Man zahlte ihm zwei Kreuzer die Zeile. Ein «Coup», sagte er sich manchmal – Lazik, nur ein einziger «Coup»!

Nach ein paar Tagen, in denen er sich sehr einsam vorkam und sogar ein wenig bitter wurde, weil es ihm schien, daß nicht er seine Bekannten zu meiden angefangen hatte, sondern umgekehrt, daß er von ihnen gemieden werde, begann er jeden Morgen in der «Sicherheit» die Meldezettel der neuangekommenen Hotelgäste zu studieren. Von allen «Oberen Zehntausend», die heimisch gewesen waren im Hause der Matzner, interessierte ihn lediglich der Baron Taittinger. Noch wußte Lazik nicht genau, unter welchem Vorwand er zum Rittmeister kommen würde; noch auch, was er ihm eigentlich vorschlagen wollte. Er wußte nur, daß er mit Taittinger würde sprechen müssen; ferner, daß am fünfzehnten November die dreihundert Gulden fällig waren, die er dem Brociner, dem «Blutsauger», schuldig war. In diesen Tagen war es Lazik, als befände er sich auf einem Kreuzweg seines Lebens. Ein formloser Größenwahn umnebelte sein Gehirn und ließ ihn zuweilen glauben, daß er jetzt oder niemals seine entscheidenden Entschlüsse zu treffen habe.

Eines Tages fand er tatsächlich in der «Sicherheit» den Meldezettel des Rittmeisters. Er wohnte, wie immer, im «Imperial». Lazik machte sich sofort auf den Weg, ehe er noch recht wußte, was er dem Baron zu sagen haben würde, ja, ehe er sich noch dessen bewußt geworden war, daß er wirklich den Weg zum Hotel Imperial eingeschlagen hatte. Er hatte ein paar seiner bunten Heftchen in der Tasche, und er zog sie unterwegs immer wieder hervor, betrachtete seinen Namen auf dem Titelblatt. Schwarz und fett stand er knapp unter dem giftgrünen Sofa, auf dem das Mädchen ruhte. Er dachte auch an die dreihundert Gulden, die am fünfzehnten November fällig waren. Und der «Blutsauger Brociner» erschien ihm häßlicher und gefährlicher als sonst, obwohl er ihn seit zwei Jahren genau kannte und die Kunst besaß, ihn zu besänftigen – «ihm die Giftzähne auszubrechen», wie er es nannte.

Es war dem Baron Taittinger überaus unangenehm, Besuche zu empfangen. Er liebte die ihm bekannten Personen nicht sonderlich, sie waren meist langweilig. Auch die nicht langweiligen konnten zumindest «fad» werden, wenn man sich nicht auf sie gehörig vorbereitet hatte. Als man ihm die Visitkarte Laziks reichte, erschrak er zuerst. Eine äußerst peinliche Vorstellung erweckte in ihm schon der Name Lazik allein. Unter dem Namen Bernhard Lazik stand das Wort: «Redakteur». Es war einer jener Berufe, die der Baron Taittinger für «ominöse» hielt. Außer der Armeezeitung las Taittinger kein Blatt. Ja, wenn er gelegentlich in einer Tabaktrafik Zigaretten einkaufte, mußte er den Blick abwenden von den häßlich aufgestapelten, nach frischer Druckerschwärze penetrant riechenden Zeitungen. Er wußte nicht genau, was sie enthielten und wozu sie eigentlich vorhanden waren. Wenn er gelegentlich in einem Café einen jener Herren sah, die vor einem Berg eingespannter Zeitungen saßen, erfaßte ihn beinahe Zorn. Jetzt sollte er sogar einem leibhaftigen Redakteur begegnen! Unausdenkbar! Er legte die Visitkarte wieder auf die metallene Platte und sagte zum Ober: «Ich bin nicht zu sprechen!» Er atmete auf.

Aber es vergingen kaum drei Minuten, und schon stand vor ihm ein Mann, kahlköpfig, mit aschgrauem Angesicht und einem grauen, trist herabhängenden Schnurrbart. «Ich bin der Redakteur Lazik», sagte der Fremde. Seine Stimme war gebrechlich und erinnerte den Rittmeister an ein wehmütiges verstimmtes Spinett, auf dem er irgendwo, irgendwann, in seiner Kindheit vielleicht, gespielt haben mochte.

«Was wollen S' denn von mir?» fragte Taittinger.

«Ich möcht, Herr Baron möchten mich anhören», antwortete Lazik. «Im eigenen Interesse», fügte er hinzu, noch leiser, beinahe schon weinerlich.

«Ja – und?» sagte Taittinger – und er war entschlossen, überhaupt nicht zu hören.

«Wenn Herr Baron gestatten», begann Lazik, «die Geschichte ist einfach. Es handelt sich um eine polizeiliche Angelegenheit, im Vertrauen gesagt– – »

«Ich wünsche nichts Vertrauliches», unterbrach der Rittmeister. Obwohl er sich vorgenommen hatte, gar nicht zuzuhören, mußte er doch jeden Laut dieses wehmütigen Mannes in sein Ohr dringen lassen. Eine merkwürdige Kraft hatte diese Stimme.

«Vertrauen, Herr Baron, hab ich auch nicht sagen wollen», sprach die Stimme weiter. «Da ist nämlich vor kurzem die gewisse Josephine Matzner gestorben» – – der Name schlug mit einer Wucht an das Ohr Taittingers, er empfand ihn wie den Anprall eines körperlichen Gegenstands an die Schläfe. «Ah, die ist gestorben?» fragte er. Eine kleine Freude leuchtete in Laziks Augen auf.

«Gestorben», fuhr er fort, «und ehe man es noch glauben konnte! Und der Schinagl, die jetzt sitzt, hat sie eine Kleinigkeit hinterlassen. Viel zuwenig bei dem großen Vermögen.»

Lazik schwieg eine Weile. Er wartete. Der Rittmeister sagte zwar nichts, aber er verriet so deutlich ein interessiertes Schweigen, daß Lazik sich geradezu aufgemuntert fühlte. Seine Stimme wurde stärker. Er stand zwar immer noch vor dem Tischchen in der Halle und glich immer noch einer Art von Dienstmann, aber er wagte doch schon, mit beiden Händen die lederne Lehne des leeren Stuhls anzufassen. Es war, als dürfte er jetzt wenigstens schon seine Hände Platz nehmen lassen. Taittinger bemerkte es, unwillig zuerst, aber im nächsten Augenblick auch schon nachsichtig. Er gestand sich zwar noch nicht, daß ihn der ominöse Mensch interessierte, wenn auch in einer lästigen Weise. Aber er fand, daß es auffallend werden könne, wenn der Kerl noch lange aufrecht bliebe. Und er sagte: «Setzen Sie sich!»

Lazik saß bereits. Er hatte sich so hurtig hingesetzt, daß Taittinger seine Einladung bereute. Sein silbernes Zigarettenetui lag aufgeschlagen auf dem Tisch. Er hatte Lust, sich eine Zigarette anzustecken, aber da saß nun dieser Kerl – mußte man ihm nicht auch eine anbieten? Taittinger wußte genau, wie man Gleichgestellte, Höhergestellte, Subalterne und Diener behandelt; mit Redakteuren aber konnte er sich keinen Rat schaffen. Er entschloß sich, nach längerer Überlegung, zuerst selbst eine Zigarette anzuzünden und dann erst dem Redakteur eine anzubieten.

Lazik rauchte langsam und ehrfürchtig, als wäre just die «Ägyptische» ein besonders köstliches Kraut. Er zog seine Heftchen aus der Tasche und legte sie auf den Tisch. «Die geb ich jetzt heraus, Herr Baron!» – sagte er – «bitte, nur den Anfang anzuschaun!»

«Ich les keine Büchl'n», sagte Taittinger.

«Dann darf ich wohl vorlesen?» fragte Lazik. Und ehe noch eine Antwort erfolgte, begann er zu lesen. Jetzt is schon eh alles gleich, dachte Taittinger. Aber, siehe da; gleich nach dem Satz: «Wer war diese Josephine Matzner?» wurde er neugierig wie ein Kind. Mit unverhohlenem Vergnügen beugte er sich vor, vernahm die Geschichte von der Gründung des Hauses Matzner, und an den charakteristischen Kennzeichen, die der Verfasser den Anfangsbuchstaben der Stammgäste beigefügt hatte, erkannte er zu seiner großen Freude den und jenen seiner früheren Freunde und Genossen, die «Langweiligen», die «Gleichgültigen» und die «Charmanten». Wenn Lazik eine Pause machte und bescheiden, fast bekümmert fragte: «Darf ich weiter?» – munterte ihn Taittinger auf: «Lesen S' nur, lesen S' nur, Herr.»

«Dies ist die erste Folge!» sagte der Autor, als er das erste Heftchen vorgelesen hatte. «Verkaufen S' mir die Büchl'n!» sagte der Rittmeister.

«Herr Baron erlauben, daß ich sie gratis offeriere», sagte Lazik, und schon klopfte er an den metallenen Tischrand mit einem Bleistift und befahl dem Kellner: «Tinte und Feder!» Und schon stand alles da, und Lazik tauchte die Feder ein und schrieb in jedes der drei Heftchen die Widmung: «Herrn Rittmeister Baron Taittinger, ehrfurchtsvoll gewidmet vom Verfasser Bernhard Lazik.»

«Dank schön!» sagte der Baron. «Schicken S' mir die nächsten. Ich les sie gern.»

«Sehr geschmeichelt, Herr Baron», erwiderte der Verfasser. «Aber es ist ein Problem, ich zerbrech mir den Kopf, wie ich die Bücher weiter fortsetzen soll.»

«Aber, wie denn?» rief Taittinger. «Sie sind ja großartig unterrichtet, eingeweiht, möcht man sagen!»

«Gewiß, gewiß, Herr Baron», antwortete Lazik. «Aber das kost' halt was, und ich such eben Interessenten! Ich such, kurz gesagt, etwas Geld, um meine angefangene Arbeit fortsetzen zu können. Ja, das Leben für unsereins ist schwer!» Lazik seufzte. Sein Kopf fiel auf die linke Schulter. Taittinger hatte Mitleid mit ihm, er bot ihm eine Zigarette an. Der Kerl ist gar nicht langweilig, dachte er.

«Wieviel brauchen S' denn für Ihre Bücheln?» fragte er.

Lazik dachte zuerst an tausend Gulden, und ein jäher froher Schreck durchzuckte sein Herz. Dreihundert Gulden dem Blutsauger Brociner, dann blieben siebenhundert, es war ein «Coup», es war der «Coup», Lazik! Gleich darauf verdoppelte seine habsüchtige Phantasie die Summe. «Zweitausend!» sagte die Phantasie. Er sah die Summe in Ziffern und in Buchstaben, geschrieben und gedruckt und als bares Geld in zwanzig blauen Hundertguldenscheinen. Er fühlte, wie seine Hände heiß und feucht wurden, und gleichzeitig einen Frost, die ganze Wirbelsäule entlang, einen eisigen Faden. Er zog das Taschentuch, eine Bewegung, die Taittinger mißfiel und vor der er am liebsten die Augen geschlossen hätte, trocknete die Hände unter dem Tisch und flüsterte: «Zweitausend, Herr Baron!»

«Zweitausend Gulden kostet das?» fragte Taittinger. Er

kannte nicht genau den Wert des Geldes, aber er wußte zum Beispiel, was ein Pferd kostete, was eine Uniform, was ein Faß Burgunder, was ein Fäßchen «Napoleon». Vor Jahren hatte er einmal tausend Gulden in Monte Carlo verloren. Aber so kleine dünne «Bücheln»! – Nun, der Kerl war nicht langweilig; das nicht! Wenn er noch die Leute mit Namen nennen würde! Das wäre was!

«Ja, warum nennen S' denn die Leut nicht mit Namen, sondern nur mit Anfangsbuchstaben?» fragte der Rittmeister.

«Weil dann, weil dann – – Herr Baron – Herr Baron selber drin vorkommen müßten!» flüsterte Lazik.

«Natürlich, ich nicht!» sagte Taittinger.

Nie in seinem Leben – das ihm übrigens in diesem Augenblick sehr lang erschien und reich an Erlebnissen – hatte er Haß empfunden. Plötzlich aber, jetzt, in dieser Stunde, fühlte er zum erstenmal Wollust in der Vorstellung, daß der und jener der ihm verhaßten «Langweiligen» in einem so hübschen bunten Büchl mit Namen und Rang verzeichnet stehn könnte; auch Bitterkeit empfand er gegen die «Langweiligen», die ihn von Wien, in die Garnison zurückversetzt hatten. Es war eine unschuldige, kindliche Bitterkeit, ein Witz, eine Laune eher als ein Haß.

«Ich kann auch die Herren nennen, wie Herr Baron wünschen!» sagte Lazik.

«Gut!» sagte der Baron. «Großartig!»

Lazik blieb still. Sein Herz klopfte gewaltig, seine Glieder waren plötzlich schwer wie Blei, und zugleich fühlte er doch, wie seine Gedanken leicht, verwirrte Vogelschwärme, in seinem armen Kopf herumschwirrten. Sie schwirrten herum, zweitausend Gedanken, jeder Gedanke ein Gulden, zweitausend Gulden.

Der Baron Taittinger fragte: «Zweitausend, was?»

«Jawohl, Herr Baron!» hauchte Lazik.

«Die holen S' sich morgen!» sagte Taittinger.

Lazik stand mühsam auf. Er verneigte sich tief und murmelte: «Zu ewiger Dankbarkeit verpflichtet, Herr Baron!»

«Grüß Gott!» sagte Taittinger. Er steckte die drei Heftchen in die Tasche. Nach gewohnter Weise, wie er es schon oft getan hatte, depeschierte er an den «langweiligen» Ökonomen: «2000 Imperial.»

Die zweitausend kamen, aber mit einer Begleitdepesche: «Befohlenes anbei, dringlicher Brief unterwegs.»

Diese Depesche zerriß der Baron aus unüberwindlichem Ekel vor der Wendung: «dringlicher Brief». Er steckte das Geld in ein Kuvert, befahl dem Portier, es dem «Herrn von gestern nachmittag» auszuhändigen, und stieg in einen Zweispänner. Er war lange nicht mehr in Grinzing gewesen. Morgen mußte er in die Garnison zurück.

20

Sonst pflegte Taittinger in der Eisenbahn sofort einzuschlafen. Heute las er in den Heftchen Laziks, und sogar in der ersten Nummer, die ihm der Verfasser ja bereits vorgelesen hatte. Er stellte sich vor, daß alle Welt diese Heftchen mit dem gleichen begeisterten Behagen lesen müßte. Morgen wollte er im Regiment von seiner literarischen Entdeckung erzählen und eventuell im Kasino einiges vorlesen, freilich in Abwesenheit des Obersten. Unter solch heiteren Gedanken verging die Zeit bis zur Ankunft in die Garnison.

Es war Abend, als er ausstieg. Ein dünner langweiliger und kalter Regen rieselte sacht und zudringlich hernieder und umgab die armseligen gelblichen Petroleumlampen auf dem Perron mit einem nassen Dämmer. Auch im Wartesaal erster Klasse lauerte eine seelenbedrückende Trübnis, und die Palme auf dem Büfett ließ die schweren schlanken Blätter hängen, als stünde auch sie im herbstlichen Regen. Zwei Gaslampen, Neuerung und Stolz der Bahnstation, hatten schadhafte Netze und verbreiteten ein ewig wechselndes grünlich-trübes Licht. Ein jämmerliches Surren ging von ihnen aus, ein Wehklagen. Auch die weiße Hemdbrust des Obers Ottokar zeigte verdächtige Flecke unbekannter Herkunft. Der metallene Glanz des Rittmeisters brach siegreich in all diese Trübsal.

Der Ober Ottokar brachte einen Hennessy «zur Erwärmung» und die Speisekarte. «Heut gibt's Suppe mit Leberknöderln, Herr Baron!»

«Halten S' die Goschen!» sagte Taittinger fröhlich. Immer, wenn er dergleichen sagte, wünschte er eigentlich das

Gegenteil, und das wußte Ottokar auch. Deshalb bot er auch noch ein mürbes Beinfleisch mit Kren an und Zwetschgenknödel, extra gekocht. «Die Goschen halten und servieren!» sagte Taittinger. Der Kognak erheiterte ihn noch mehr und verstärkte seinen Appetit. Er erhob sich, um jetzt erst seinen Mantel abzulegen. Ottokar eilte hinzu. Aus der rechten Manteltasche lugten die bunten Ränder der Lazikschen Werke hervor, Ottokars lüsternes Auge erhaschte sie sofort.

«Geschichten aus der großen Welt und aus der Halbwelt», erlaubte sich der Ober zu sagen. Wenn der Rittmeister einmal «Halten S' die Goschen!» gesagt hatte, durfte man mit ihm über alles sprechen.

«Ah, Sie lesen auch, Ottokar?» fragte Taittinger.

«Jeden morgen die ‚Kronenzeitung', Herr Baron, erlaube mir ergebenst zu bemerken! Da stehn die Geschichten eh drin, und frischer noch, direkt wie vom Bäcker!»

«Ah, so, ach so», sagte Taittinger nur. Er aß mit gesundem Vergnügen, fand das Beinfleisch «famos» und die Zwetschgenknödel «direkt interessant», trank zum Schwarzen einen Sliwowitz und beschloß, vorläufig im Wartesaal sitzen zu bleiben, bis zur Ankunft des Wiener Abendzuges, der erst um 11 Uhr 47 kam und manchmal noch den oder jenen verspäteten Kameraden brachte, wenn auch meist nur Offiziere des Landwehrregiments, mit dem die Dragoner die Garnison teilten. Es gab manchmal solche Launen, solche Abende. Solange man sich noch auf der Station befand, war man gleichsam noch nicht in die Garnison zurückgekehrt. Es regnete draußen auch ekelhaft. Die Fiaker taugten wenig in dieser Stadt, und das Pflaster war nicht ordentlich. Man blieb lieber sitzen. Ottokar konnte Patiencen legen. Taittinger selbst hielt es für unschicklich. Ottokar legte für ihn, stehend, ihm gegenüber, vorgeneigt und nachdenklich, die Serviette über der Schulter, als wär's eine Kelle. Dazwischen redete Ottokar. Er war noch jung, er gedachte «sich zu verbessern», er hatte in Wien Kellner gelernt, er wollte bald nach Wien zurück. In Wien passierten noch Geschichten, wie sie da in den Büchl'n und in der «Kronenzeitung» beschrieben waren. Ja, und manche Herrschaften waren so genau beschrieben, daß man sie sogar erkannte.

«Da schau her! Man erkennt sie!» rief Taittinger.

Ja, sagte Ottokar. Der Herr Hanfl – es war der Pächter der Bahnhofsrestaurants erster, zweiter und dritter Klasse – wüßte alles. Er war seinerzeit, als der Schah Wien besucht hatte, Restaurateur auf der Wieden gewesen. Er kannte das Haus, die Geschichte von den Perlen, der ganze Bezirk hatte damals von nichts anderem gesprochen. «Ja, und sogar Herrn Baron», sagte Ottokar unbedacht, schwieg und tat so, als dächte er plötzlich angestrengt über den Ausgang der Patience nach.

«Was haben Sie da gesagt?» fragte Taittinger.

Es half nichts, der Ottokar mußte erzählen. So war es also, man kannte Taittingers Geschichte. Ottokar mußte sogar den Restaurateur aus dem Kontor holen. Der Restaurateur, Herr Hanfl, erzählte Einzelheiten, sagte aber nichts Gewisses über den Baron selbst. Er erzählte mit dem aufgeräumten Behagen der Menschen, die schon lange auf eine Gelegenheit gewartet haben, um etwas mitzuteilen, was sie allein nur wissen können.

«Woher kennen S' denn die Geschichte?» fragte Taittinger schließlich.

Der Restaurateur beugte sich etwas vor – viel zuviel, dachte Taittinger – und flüsterte beinahe so, wie man mit eingeweihten Komplicen zu flüstern pflegt: «Herr Inspektor Sedlacek ist mein spezieller Freund, Herr Baron!»

Auf einmal schien es dem Rittmeister, daß sich die Welt verwandelt habe, oder vielmehr, daß sie sich ihm in ihrer ganzen grauenhaften Gestalt zu entschleiern beginne. In seinem ganzen Leben gab es eine einzige peinliche Affäre. Seit vielen Jahren würgte sie ihn, ein ekelhafter harter Bissen, den man nicht verschlucken kann und auch nicht wieder ausspuken. Zu keinem Menschen in der Welt konnte er von dieser Affäre sprechen. Jetzt kam sie ihm entgegen, diese Affäre, die Bahnhofsrestaurateure kannten sie bereits. Wahrscheinlich sprachen auch die Kameraden, zumindest diese hinterhältigen Landwehroffiziere, von der Affäre. Die scheußliche Gestalt des Geheimen Sedlacek sah Taittinger, und jenen Augenblick auf der Treppe erlebte er wieder, den leicht gelüfteten Zylinder über dem ordinären Antlitz mit den glashellen Augen, die an blaßblaue Lämpchen erinnerten, mit dem hochgezwirbelten Schnurrbart voll sanfter goldbrauner

Frechheit, unter dem die starken, langen, gelben Pferdezähne sichtbar wurden.

Der Restaurateur sprach noch weiter, aber Taittinger hörte nicht mehr zu. Er vernahm plötzlich, was er bis nun nicht zur Kenntnis genommen hatte, das trübselige Trommeln des Regens auf das gläserne Perrondach und das wehklagende Surren der giftgrünen Gaskandelaber. Obwohl Hanfl noch mitten im angeregten Erzählen war, erhob sich Taittinger, ließ sich den Mantel anziehn, setzte die Kappe auf, befahl, man möchte ihm Reisetasche und Rechnung zum «Schwarzen Elefanten» schicken, und ging fast schon wie ein verlorener Mann hinaus. Wäre nicht sein Sporenklirren gewesen, man hätte glauben können, er sei verschämt hinausgeglitten.

Die Kaiser-Joseph-Straße, die vom Bahnhof geradewegs in die Mitte der Stadt, zum Rathaus führte, war still, der kalte Regen allein bewohnte sie. Allein mit dem Regen und der Straße war der Rittmeister Taittinger.

Schlimme oder auch nur ernstere Ahnungen und Vorgefühle waren ihm unbekannt gewesen bis zu dieser Stunde. Unangenehme, das heißt: langweilige Stimmungen konnte er in musterhafter Weise leicht verscheuchen. Diesmal gab er sich ihnen preis, wie dem Regen und der Nacht und der Kaiser-Joseph-Straße. Früher hatte er immer noch, sooft er aus Wien zurückkam, einen kleinen Sprung ins Kasino gemacht, um sich «wieder einzuleben». Heute aber flüchtete er beinahe ins Hotel «Zum schwarzen Elefanten». Die Oberleutnants Stockinger und Felch wohnten auch dort. Taittinger wollte ihnen um keinen Preis begegnen. Er ging sofort in sein Zimmer. Er machte nicht die gewohnte große Nachttoilette, die er seit fünfzehn Jahren wie einen erhabenen Ritus zu vollführen pflegte! «Laß das!» sagte er zum Burschen, der in gewohnter Weise Kamm und Bürste, Zahnpasta, Pomade für die Haare, das Netz, das den Scheitel zu bewahren hatte, Vaseline und Kakaobutter auf dem Stuhl auszubreiten begann. Der Rittmeister ließ sich nur die Stiefel ausziehn. «Geh schlafen!» sagte er dann. Er legte sich aufs Bett, in Hosen, in Strümpfen. Er wagte sich nicht auszuziehn, er verstand selbst nicht, warum er zum erstenmal in seinem Leben Angst vor der Nacht hatte. Er wollte gleichsam den Tag, den Abend noch ausdehnen. Er hatte Angst vor dieser Nacht. Ich werde ja nicht einschlafen können, dachte er. Aber er schlief sofort ein. Er verfiel in Schlaf, als hätte man ihn betäubt.

Dennoch war seine Furcht vor dieser Nacht berechtigt gewesen, denn ihm träumte zum erstenmal nach langer Zeit teils Fürchterliches, teils unsäglich Trauriges. So sah er sich zum Beispiel die marmorne rotbekleidete Treppe hinuntergehn und Sedlacek ihm entgegenkommen und den Zylinder lüften; aber er selbst, der Taittinger, war auch zugleich der Sedlacek; er selbst lüftete den Zylinder; er selbst kam sich entgegen. Er ging die Treppe hinauf, er ging sie aber auch gleichzeitig hinunter. Plötzlich stand er in der Kanzlei des Direktors, in der Strafanstalt in Kagran, und der Polizeiarzt fragte ihn: «Was fehlt Ihnen? Warum geben Sie mir keinen Bericht über die Zustände in meinem Regiment?» Er konnte nicht antworten, der arme Taittinger. Er fürchtete auch, daß der Polizeipräsident jeden Augenblick hereinkommen könnte und sagen: den Baron Taittinger kenne ich gar nicht. Ferner erschien auch die Gräfin Helene W. und hatte einen rasierten Kopf, genau wie die Mizzi Schinagl, und sie verlangte alle ihre Briefe zurück. Er konnte nur sagen, daß es ein schrecklicher Irrtum sei, niemals habe er von der Gräfin irgendwelche Briefe erhalten, schon bestimmt keine rekommandierten. «Bitte, Gräfin», sagte er, «fragen Sie den Rechnungsunteroffizier Zenower.» – «Zu spät, zu spät!» rief sie, und er erwachte. Der Bursche hatte ihn geweckt.

Es war spät, drei Viertel sieben, er fand keine Zeit mehr, sich rasieren zu lassen. Zwei Korporale, Leschak und Kaniuk, hatte er für heute zum Rapport befohlen, weil sie vorvorgestern unrasiert auf dem Exerzierplatz erschienen waren. Das dienstliche, das soldatische Gewissen plagte den Rittmeister. Einerlei, er mußte hinein, in Stiefel, Rock, Tschako und schnell zur Kaserne. Sie saßen schon in den Sätteln, die ganze Eskadron. Es war keine Zeit mehr, die Namen zu verlesen. Es regnete sacht und unerbittlich, wie es gestern abend geregnet hatte. Der Regen verband das Gestern mit dem Heute, als ob dazwischen kein neuer Sonnenaufgang stattgefunden hätte! Als würde nie mehr eine neue Sonne aufgehn! . . .

Das Regiment formierte sich, das breite, schwarzgelb gestreifte Doppeltor ging auf, man ritt hinaus. Im Sattel erst fühlte Taittinger wieder die erwachende Wirklichkeit. Er konnte jetzt erst erkennen, daß er alles Grausige nur geträumt hatte. Durch den Sattel noch und noch dadurch die Schäfte seiner Stiefel fühlte er die Wärme und das Blut des Pferdes, das er ritt. Heute saß er gut auf seiner braunen Stute. Wally hieß sie. Er liebte sie, obwohl sie lange nicht so intelligent war wie sein Schimmel Pylades. So hatte er ihn getauft, denn er lebte in der Meinung, daß Pylades ein griechischer Philosoph gewesen sei. Wally war langsam, störrisch manchmal, man mußte ihr lange zureden. Ein sachter Druck der Schenkel genügte niemals. Launisch war sie halt, nicht umsonst ein Frauenzimmer und urplötzlich aus Trägheit in Übermut umsiedelnd. Aber, man liebte sie eben.

Als er auf der Waldwiese absaß, war er fast schon wieder der alte, der gewöhnliche Taittinger. Er nahm den Rapport ab, die Unrasierten bestrafte er sehr streng, je drei Tage Einzelarrest. «Eine Schande für eine Charge, unrasiert!» sagte er. Er befühlte dabei unwillkürlich sein eigenes stachliges Kinn. Der Dienstführende Prokurak sah es wohl. Einerlei! Jetzt kamen Gelenksübungen, Reitübungen, Karabiner-Exerzieren. Rittmeister Taittinger war heute äußerst «sekkant»!

Vier Stunden später allerdings, nach dem Einrücken in die Kaserne, stand er wieder geradezu verlegen, fast kleinlaut in der Rechnungskanzlei. Es war ein rekommandierter Brief da. Schon wieder. Man mußte den Zettel unterschreiben. Rechnungsunteroffizier Zenower machte ein so erschrekkend ernstes Gesicht heute, anders als sonst bei rekommandierten Briefen. Der Brief war auch sehr dick und schwer. Wenn man ihn in den Papierkorb hätte fallen lassen, so hätte es ein ordentliches unbehagliches und unpassendes Geräusch gegeben. Auf dem gelben Kuvert stand «Bürgermeisteramt Oberndorf». Lieber jetzt als später, sagte sich der Baron Taittinger. Er riß den Umschlag auf. Er begann zu lesen.

Dem amtlichen Schreiben des Bürgermeisters, der Taittinger mitteilte, daß sich ein Minderjähriger namens Alexander Alois Schinagl im Bürgermeisteramt gemeldet habe und unter der Angabe, der uneheliche Sohn des Herrn Rittmeisters Baron Taittinger zu sein, nach der Adresse dieses seines natürlichen Vaters gefragt habe und nach der seiner Mutter, der unverehelichten Mizzi Schinagl, lag ein Brief des Ökonomen bei. Dies war eigentlich kein Brief, sondern eine Art mathematischer Schulaufgabe, wie man sie den Kadetten in Mährisch-Weißkirchen tückischerweise aufzugeben pflegte. Lediglich den allerletzten Satz begriff Taittinger, der also lautete: «Infolge des oben Geäußerten erlaube ich mir respektvoll und ergebenst, Herrn Baron mitzuteilen, daß nur seine unverzügliche Ankunft hierorts noch einige Möglichkeiten bzw. Aussichten bieten könnte.» – Beide Briefe beschloß Taittinger dem guten klugen Zenower zu geben. Er wußte schon seit langem, daß er Zenower brauchen würde. «Lieber Zenower!» – sagte er – «Sie haben doch Zivil?»

«Jawohl, Herr Baron!»

«Also, sind S' so freundlich, ziehen S' heute an, und so gegen sechs, nach dem Befehl, erwart ich Sie im Extrastübl vom ‚Schwarzen Elefanten'. Und sagen Sie mir dann genau, was die Leut eigentlich von mir wollen.»

21

Am Abend, nach dem Befehl, kam Zenower, in Zivil, ins Extrastüberl. Und er sah noch ernster aus als in Uniform. Zum erstenmal sah ihn Taittinger in Zivil. Es war gar nicht der Rechnungsunteroffizier Zenower mehr, kein Untergebener, auch kein Vorgesetzter, aber auch ebenso kein Zivilist, sondern irgendein Wesen zwischen Welten, zwischen Rassen, eigenartig, unverständlich, aber auf jeden Fall düster und Unheil atmend. Man mußte einen tiefen Schluck tun, immerhin gab es einige Zuversicht. «Lieber Zenower!» – begann Taittinger – «trinken Sie Kognak?» – Es war Taittinger, als hinge jetzt sein Wohlergehn von der Bereitwilligkeit Zenowers ab, Kognak zu trinken.

«Gewiß, Herr Baron!» sagte Zenower. Er lächelte sogar. Merkwürdig, wie sich die Leute verwandelten. Zenower war durchaus nicht langweilig, durchaus nicht subaltern, durchaus nicht gleichgültig. Wäre er nicht so streng gewesen, man hätte ihn sogar zu den «Charmanten» zählen können. Sie tranken den Kognak.

«Nun» – fragte Taittinger, und er fühlte genau, daß ihn der Kognak noch nicht mutiger gemacht hatte – «was können Sie mir Gutes sagen, Zenower?»

Man sah plötzlich Zenowers echtes Angesicht. Es war hart und kalt, härter und kälter stieg es aus dem weißen Zivilkragen als aus den grünen Aufschlägen des hochgeschlossenen Blusenkragens. Unzählige Falten gab es auf der hohen Stirn, noch viel mehr Runzeln unter den Lidern und an den Schläfen. Ja, seine Haare selbst schienen plötzlich ergraut. Es war ein älterer, strenger, besonnener Herr.

«Herr Baron» – sagte der besonnene Herr – «ich habe Ihnen leider nichts Gutes zu berichten. Wollen Sie mir, bitte, genau zuhören, Herr Baron?»

«Gewiß, gewiß!» sagte Taittinger.

«Also: Punkt eins, betrifft den Bürgermeister. Er teilt mit, daß sich Alexander Alois Schinagl, entlaufen der Anstalt in Graz und von der Gendarmerie aufgegriffen, bei ihm gemeldet habe. Der junge Schinagl ist vierzehn Jahre alt. Er kam in Begleitung des Zugführers der Gendarmerie Eichholz zum Bürgermeister. Die Anstalt in Graz war seit sechs Monaten nicht bezahlt. Der Leiter der Anstalt brachte in Erfahrung, daß seine Mutter, Fräulein Schinagl, augenblicklich sich in der Strafanstalt Kagran befinde. Sie schrieb ihm auch, auf seine direkte Anfrage, daß Herr Baron Taittinger der natürliche Vater des Jungen sei, sie auch in der Anstalt besucht habe und gewiß für das Kind sorgen werde. Der Junge muß diesen Brief gestohlen haben. Er fand sich in seinem Anzug. Er leugnete dennoch und fragte nach dem Aufenthalt der Mutter. Sein Vormund ist der Vater des Fräuleins Mizzi Schinagl. Er befindet sich jetzt im Altersversorgungsheim in Lainz. Er ist beiderseitig gelähmt, sein Laden in Sievering ist sequestriert. Er läßt dem Bürgermeister mitteilen, daß der Herr Baron Taittinger, der Vater des Jungen, bis jetzt keine Alimente bezahlt hat. – Inzwischen hat der Bürgermeister, in Anbetracht der Umstände, den Jungen Ihrem Ökonomen übergeben, damit kein größerer Skandal entstehe. Man wartet auf Ihre Entscheidung, Herr Baron!»

«Die Mizzi hat niemals Alimente verlangt», sagte Taittinger. «Schade! – Was soll ich also, Zenower?»

«Wenn ich raten darf, den Jungen nach Graz zurückschikken lassen und dort vorläufig die Schuld bezahlen. Sie beträgt dreihundert Gulden etwa.»

«Ja, lieber Zenower, das will ich tun.»

«Nun Punkt zwei, Herr Baron», sagte Zenower. Er wartete eine Weile. «Punkt zwei ist sehr unangenehm. Der Verwalter bittet um Entschuldigung, hält es aber für seine Pflicht, Herrn Baron mitzuteilen, daß nach der letzten Sendung von zweitausend Gulden nach Wien etwaige weitere Abgaben von Bargeld gefährlich werden könnten. Herr Baron haben in den letzten vier Jahren etwa fünfundzwanzigtausend verbraucht. Es bleiben an Bargeld etwa fünftausend. Dreizehntausend sind für die Auslösung der Wechsel Ihres Herrn Cousins, des Barons Zernutti, gezahlt worden.»

«Ein langweiliger Mensch, der Zernutti», sagte Taittinger.

«Man kann's auch so nennen», erwiderte Zenower. Er hatte den Rittmeister gern, so wie er war, mit all seiner munteren Herzlosigkeit, den kümmerlichen paar Gedanken, für die der Schädel ein viel zu geräumiger Aufenthaltsort schien, mit seinen winzigen Liebhabereien und kindischen Leidenschaften und den zwecklosen Bemerkungen, die ohne Zusammenhang in die Welt aufs Geratewohl aus seinem Munde kamen. Er war ein mittelmäßiger Offizier, die Kameraden waren ihm gleichgültig, die Soldaten, die Karriere. Zenower verstand keineswegs die innere Mechanik, die ein Lebewesen wie den Baron zu lauter sinnlosen, leeren und ihm selbst schädlichen Handlungen antrieb. Für Zenower, der sich über Welt und Menschen mehr Gedanken machte als das ganze Regiment, den Oberst eingeschlossen, blieb Taittinger ein Rätsel der Natur. Wenn er wenigstens ausgesprochen dumm gewesen wäre! Wenn er wenigstens ausgesprochen böse gewesen wäre! Wenn er ein leidenschaftlicher Spieler oder Liebhaber gewesen wäre! Wenn er wenigstens sichtbar gelitten hätte unter der Versetzung! Und dennoch – sagte sich Zenower – muß er unglücklich sein. Vielleicht gar hat er ein so starkes Unglück erlebt, daß es ihm jede menschliche Art zu denken und zu fühlen verschlägt! Vielleicht auch wartet auf ihn solch ein Unglück, und er weiß es schon eigentlich und gleitet ihm entgegen. Wie konnte man denn sonst beim Anhören derartiger Nachrichten gleichgültig bleiben? Da sitzt man nun, sagt einem erwachsenen Mann, daß er kein Geld mehr habe – und der antwortet nur: Ein langweiliger Mensch, der Zernutti!

«Es steht schlimm um das Gut», fuhr Zenower fort. «Die Hypothekenbelastung beträgt dreißigtausend – soviel ich der Darstellung entnehme – ebenfalls zum Teil aus Schuld des Cousins. Er dürfte, soviel ich verstehe, seinen rechtmäßigen Anteil längst überzogen haben. Ihr seliger Herr Onkel hatte offenbar bestimmt, daß Ihr Herr Vetter Bargeld abheben oder gar Darlehen aufnehmen ohne Ihre Zustimmung nicht dürfe. Ist es so, Herr Baron?»

«Ja, es wird schon stimmen!» sagte Taittinger. «Ich hab immer ja gesagt, er war auch immer zu langweilig. Alles gibt er für Buben aus, sagen Sie, Zenower, begreifen Sie, was man für ein Vergnügen an Buben haben kann?»

«Nein, Herr Baron» – sagte Zenower hart – «aber es ist nicht wichtig. Wichtiger ist, daß Ihr Gut seit drei Jahren nichts mehr eingetragen hat. Vor zwei Jahren haben Sie den kleinen Fichtenwald abholzen lassen. Der Holzhändler ist fallit gegangen, es ist bei der Anzahlung geblieben. Vor einem Jahr war der große Schneefall im Mai, die Saat verdorben. In diesem Jahr ist die Ernte kümmerlich. Das Wohnhaus ist schadhaft geworden, seit über zehn Jahren hat kein Mensch mehr dort gelebt. Von dem Zustand der Tiere nicht zu reden. Man brauchte zwei Gäule, es ist kein Geld da.»

«Lauter Pech!» sagte Taittinger, klatschte in die Hände und bestellte noch zwei Kognaks.

Er trank in zwei großen Zügen. Er schwieg. Schon begann eine leise Bitterkeit gegen Zenower in ihm aufzusteigen. Aber eine große Verlassenheit fühlte er ebenfalls und zugleich auch eine Spur von Dankbarkeit. Da war doch einer, der nahm alles Brieflesen und Überlegen und Nachdenken auf sich. Es war ein kluger Mann, der Zenower. Wahrscheinlich machte er es jetzt so mit ihm, wie alle klugen Leute seit dem Mathematikprofessor Hauptmann Jelinek in der Kadettenschule mit Taittinger zu verfahren pflegten: Zuerst schreckten sie mit langweiligen Dingen, zermürbten einen, um ihn dann wieder aufzurichten, mit guten und gesunden Ratschlägen. Man brauchte ja nicht wirklich zermürbt zu sein, man mußte nur so tun, als wäre man's, dann wurde alles wieder gut.

Diesmal aber hatte sich Taittinger verrechnet. Denn als er, das Schema anwendend, das ihm immer bei den Gescheiten genützt hatte, den Rechnungsunteroffizier fragte: «Was soll ich also tun?», antwortete Zenower: «Ihnen ist nicht zu helfen, Herr Baron!» – Welch eine merkwürdige Abart der Gescheiten, dieser Zenower.

Eine lange Weile schwiegen beide. Dann bestellte Taittinger eine Flasche weißen Bordeaux. Er sah auf die Wanduhr, es war noch eine Stunde Zeit bis zum Nachtmahl. Als er vom ersten Glas getrunken hatte, begann Zenower: «Herr Baron, erlauben Sie mir, alles aufrichtig zu sagen?» – Taittinger nickte. – «Dann also: Sie könnten für den Augenblick den Schimmel verkaufen!»

«Wen? den Pylades?», – rief Taittinger – «eher die Wally!»

«Nein, sie bringt nicht genug, und dann wird doch der Schimmel dran müssen. Dann muß man Geld für die zwei Gäule haben, Sie müssen Urlaub nehmen, auf das Gut fahren, das Haus reparieren lassen, mit den Hypothekaren sprechen, mit dem Bürgermeister, dem kleinen Schinagl einen neuen Vormund besorgen. Ich glaube, ein Urlaub von drei Monaten, Herr Baron! Für den Herrn Vetter dürfen Sie nichts mehr unterschreiben, das versteht sich. Wenn Sie all dies nicht tun, sehe ich eine trübe Zukunft. Sie werden sich zur Infanterie transferieren lassen müssen!»

«Zur Landwehr, was?! Ich kann nicht marschieren, lieber Zenower!»

«Das ist alles», sagte Zenower. Auch er sah auf die Uhr. «Erlauben Sie, daß ich mich verabschiede, Herr Baron!»

«Nein, Zenower, Sie bleiben!» sagte Taittinger, und er hatte dabei den flehenden Blick eines Knaben, den man in ein finsteres Zimmer stoßen will.

«Bitte!» sagte Zenower.

Der Rittmeister ging zum Rechen, wo sein Mantel hing, und holte die bunten Büchln Laziks hervor. «Kennen Sie das, lieber Zenower?»

Zenower blätterte in den Heftchen, las hier und dort und klappte sie wieder zu und sagte: «Grauslich, Herr Baron!»

«Im Gegenteil!» rief Taittinger. Und er erzählte, daß alle Personen, die da vorkamen, «glänzend getroffen» seien. Er selbst habe den Verfasser Lazik kennengelernt. Und die letzten zweitausend Gulden habe er eben dem Verfasser gegeben.

«Das ist noch schlimmer als alles andere!» sagte Zenower.

Er ahnte schon, nach dem Titel allein, worum es sich handelte. Auch er kannte die Geschichten, die man rings um Taittinger spann, seit dem Tage fast, an dem er zum Regiment heimgekehrt war. Als längerdienender wohlerfahrener Unteroffizier kannte er wohl jene besondere Abart menschlicher Schwächen, die manche Angehörige der Armee kennzeichnete, die phantasiereiche Schadenfreude. Längst noch bevor Taittinger rücktransferiert worden war, hatten manche Herren im Regiment ohne Wohlwollen Geschichten von ihm erzählt, deren Unglaubwürdigkeit sichtbar war. Man beneidete ihn wegen seines Postens in Wien. Dann aber, als er wieder Soldat war wie alle anderen, begann man, sich zu fragen, aus welchen Gründen er seiner besonderen Verwendung enthoben worden war. Manches erzählte der Bahnhofsrestaurateur. Der Ober Ottokar machte Andeutungen, seitdem die Artikel in der «Kronenzeitung» erschienen.

«Haben Sie ihm das Geld etwa gegeben, damit er Sie nicht in dem Zusammenhang nenne?» fragte Zenower.

«Nein», antwortete Taittinger, «was weiß er denn von mir?»

«Gibt's denn etwas, was Ihnen schaden und was er wissen könnte, Herr Baron?»

Taittinger antwortete nicht. Es war noch schlimmer als gestern abend im Wartesaal. Er hatte tagsüber den gestrigen Abend bereits vergessen, trotz der beiden Briefe. Er bedauerte schon, daß er Zenower um Auskünfte gebeten hatte. Besser wäre es wohl gewesen, man hätte, langjährigen Erfahrungen treu, die Briefe gar nicht zur Kenntnis genommen. Es hatte sich aber dennoch etwas geändert, in der letzten Zeit, man wußte nur nicht genau, was. Man konnte sich gerade noch zur Not erinnern, wann diese Veränderung angefangen hatte: man konnte sich genau erinnern: sie war in dem Augenblick eingetreten, in dem Taittinger den rasierten Kopf der Mizzi Schinagl erblickt hatte. Ja, so war es.

Es war alles so schwierig und so heillos verworren! Selbst wenn er die Kraft besessen hätte, Zenower alles zu erzählen

– auch die «Affäre» –, er hätte es in diesem Augenblick nicht vermocht, aus Unfähigkeit, auch nur zwei Sätze logisch aneinanderzureihen. «Wenn Sie gestatten, Herr Baron – ich werde vielleicht gehn», hörte er Zenower sagen.

«Nein!» rief er, «bleiben Sie, um Gottes willen! Ich kann nur im Augenblick nicht sprechen. Ich muß überlegen, lieber Zenower!»

Aber er überlegte gar nichts. Seine Augen waren leer, zwei blaue Glasmurmeln. Auch das Nichtüberlegen war sehr anstrengend. Er trank, rauchte, versuchte ein paarmal vergeblich zu lächeln, strengte sich an, einen Witz, ein heiteres Wort, eine Anekdote zu finden, und nichts half, und er schämte sich zugleich, daß er so vertrackt schweigen mußte. Ja, im Kasino, mit seinesgleichen, fiel ihm in jeder Situation irgend etwas Passendes ein. Mit seinesgleichen! Er klammerte sich an dieses Wort, es erklärte ihm, daß er eigentlich in solche Verlegenheit geriet, weil Zenower halt nicht «seinesgleichen» war. Für einen Augenblick glaubte er, Gleichgewicht, Festigkeit, Haltung wiedergefunden zu haben, und mit jener hochmütigen Freundlichkeit, mit der er zu Subalternen sprechen konnte, sagte er: «Erzählen S' doch was, lieber Zenower, aus Ihrem Leben zum Beispiel.»

«Mein Leben ist ganz uninteressant, Herr Baron!» sagte Zenower. «Ich diene heute das dreizehnte Jahr. Ich war Goldmacher von Beruf. Das ist lange her. Ich bin nicht verheiratet. Ich bin seinerzeit zum Militär gegangen, freiwillig, mit zweiundzwanzig, weil das Mädchen, das ich geliebt hatte, einen andern geheiratet hat.»

«Das ist nicht nett!» warf Taittinger ein.

«Ja, Herr Baron, das war der einzige Schmerz meines Lebens, auch der letzte.»

«Kurios!» rief der Rittmeister. «Leben denn Ihre Eltern noch?»

«Ich habe keine! Meine Mutter ist früh gestorben. Sie war Köchin. Von meinem Vater weiß ich nichts, ich bin ein uneheliches Kind.»

«Interessant» – wiederholte Taittinger – «und Sie sind so ganz allein aufgewachsen?»

«Im städtischen Waisenhaus, in Müglitz, dann kam ich mit sechzehn in die Lehre.»

«Sie sind ein kluger Mann, Zenower», sagte der Rittmeister. «Warum machen Sie denn eigentlich nicht die Rechnungsprüfung?»

«Ich will's auch», sagte Zenower. «Obwohl ich ja nicht höher kommen kann als bis zum Rechnungshauptmann. Aber da gibt's noch Schwierigkeiten wegen der unehelichen Geburt. Ich hab aber einen Freund, Rechnungsrat im Kriegsministerium.»

«Na, es wird schon gehn!» tröstete Taittinger. «Interessantes Leben haben Sie, Zenower! Sie sind eigentlich, wie nennt man das: ein Kind aus dem Volke. Das hätt ich nie gedacht.»

«Ja», sagte Zenower, «ein Kind aus dem Volke. Ich stell mir wenig darunter vor. Ich weiß nur, daß ich das Kind einer Köchin bin!»

Taittinger erinnerte sich an die alte Köchin seines väterlichen Hauses. Karoline hieß sie. Sie war alt und weinte immer, dreimal jährlich, wenn Taittinger nach Hause kam, zu Ostern, in den Sommerferien und zu Weihnachten. Plötzlich aber sagte er – und er wußte gar nicht, daß er laut sprach: «Lieber Zenower, vorher hab ich gedacht, ich kann mit Ihnen eigentlich nicht ganz frei sprechen. Jetzt weiß ich warum: ich schäme mich nämlich vor Ihnen, ich beneide Sie, und ich würde ganz gern mit Ihnen tauschen!»

Er erschrak selbst vor diesem Satz, vor seiner Aufrichtigkeit, vor allem aber über die Schnelligkeit, mit der er vermocht hatte, Rechenschaft über seine Gedanken abzulegen. Er hatte sich auf einer Wahrheit ertappt; und zum erstenmal nach langen Jahren wurde er rot, wie er einst, als Knabe, rot geworden war, wenn man ihn auf einer Lüge ertappt hatte.

Zenower sagte: «Herr Baron, Sie brauchen niemanden zu beneiden und mit niemandem zu tauschen, wenn Sie nur immer aufrichtig zu sich selbst sind. – Und heute auch zu mir!» fügte er hinzu.

«Ja, Zenower», sagte der Rittmeister. Er fühlte eine große Trauer und eine starke Heiterkeit zugleich. «Ich treffe Sie nach dem Essen bei Sedlak, wo ich oft sitze, wissen Sie? Wollen Sie kommen? In zwei Stunden verlasse ich das Kasino.»

Er drückte Zenowers große Hand, sie fühlte sich an wie ein einziger, warmer, sehr lebendiger Muskel. Er fühlte, daß etwas Gutes und Starkes von ihr ausging und etwas Beredtes und Hörbares. Es war, als ob die Hand Zenowers Gutes gesagt hätte.

22

Die Gaststube Sedlaks lag hinter den Bahnschranken, gegenüber den sogenannten «Sandbergen», man brauchte eine halbe Stunde, um sie zu erreichen. Gutspächter trafen sich dort, Getreidehändler, Gestütszüchter und von den gehobenen Ständen lediglich manchmal die zwei Veterinäre. Man war sicher, keiner Uniform in dieser Gaststube zu begegnen. Es begann sachte zu schneien, als Taittinger das Kasino verließ. «Entschuldigung, ich hab ein Rendezvous», sagte er dem Oberleutnant Zschoch in der Tür. «Wie heißt sie?» fragte Zschoch, aber Taittinger hörte nicht mehr. Es war der erste Schnee dieses Jahres. Taittinger, auf den weder die gewöhnlichen noch die unerwarteten Naturereignisse jemals irgendeinen Eindruck gemacht hatten, empfand zum erstenmal eine knabenhafte Freude an den weichen, sanften, gütigen Flocken, die lässig und verträumt auf seine Kappe und auf seine Schultern fielen und auf die ganze breite Straße, die zu den Sandbergen führte. Es schien ihm bedeutsam, daß heute der erste Schnee fiel. Munter ging er durch den dichten weißen Schleier. Der Bahnschranken war geschlossen, er mußte lange warten. An jedem andern Tag hätte er die Bahn «langweilig» genannt. Heute aber wartete er sogar genießerisch. Er hatte das Gefühl, man würde stärker eingeschneit, so, im Stehen. Ein endloser Schleppzug rollte vorbei. Was wohl in diesen stummen Waggons enthalten sein mochte? Waren's Tiere, Holz, Eierkisten, Getreidesäcke, Bierfässer? Was mir doch für Gedanken heute kommen! – sagte sich Taittinger. Es gibt so viele Dinge auf der Welt, von denen unsereins keine Ahnung hat! So Leute wie der Zenower, dessen Mutter eine Köchin war und die im Waisenhaus aufgewachsen sind, wissen sehr viel. Der Schleppzug nahm noch immer kein Ende. Die Güterwagen konnten auch Gepäck enthalten, wie damals die vielen Koffer der persischen Majestät, die so spät angekommen waren. Der charmante Kirilida Pajidzani fiel Taittinger ein. Was machte der jetzt, in Teheran? Vielleicht schneite es dort auch. Glücklich war dieser Pajidzani. Er hatte keine Affäre auf dem Gewissen, keine Mizzi Schinagl, keinen langweiligen Cousin Zernutti, keine rekommandierten Briefe, keinen Ökonomen, keinen Gutsverwalter! – Jetzt war der Zug vorbei, der Bahnschranken ging in die Höhe, als kämpfte er langsam, mühselig gegen die leichte Last des Schnees. Ich werde ihm erzählen, beschloß Taittinger, in dem Augenblick, in dem er die zwei Fenster der Gaststube durch den Schnee aufleuchten sah.

Zenower saß schon da, er las in den bunten Heftchen. Taittinger erkannte sie vom Eingang aus. Er griff in die Manteltasche, unwillkürlich, er dachte, es wären seine Heftchen, die dort auf dem Tisch Zenowers lagen.

Aber nein! Zenower las andere Büchln. «Ach, Sie haben sich bekehrt?» fragte Taittinger. «Sind's die gleichen wie meine?»

«Nein, Herr Baron, im Gegenteil! Es sind in der kurzen Zeit seit Ihrer Rückkehr schon zwei neue Heftchen erschienen. Leider!»

«Lassen S' schaun», sagte Taittinger.

«Später, Herr Baron» – sagte Zenower – «es ist unerfreulich. Für Sie unerfreulich!»

Sie tranken Vöslauer; wie schnell Zenower sich veränderte. Noch am Nachmittag hatte er anders ausgesehen. Es war nicht das Zivil, das ihn veränderte, er trug ja noch den gleichen braunen Anzug. Er war etwas jünger als der Rittmeister, aber seine schütteren hellblonden Haare schimmerten schon grau unter dem Licht des großen «Rundbrenners», und der helle Soldatenblick in den grauen Augen war weg, war in der Kaserne geblieben, mit Säbel, Kappe, Uniform. Es waren traurige, bekümmerte und prüfende Augen, die jetzt den Rittmeister anblickten. Er konnte sie kaum ertragen. Er konnte sich nicht entschließen, sie «langweilig» zu nennen. Er wußte überhaupt nicht, wo er eigentlich den Zenower einreihen sollte. Der paßte in keine Kategorie: weder zu den Charmanten noch zu den Gleichgültigen. Was alles in diesem Zenower steckte, wußte man ebensowenig wie den Inhalt der geschlossenen Güterwagen vor einer Weile. Und dennoch tat es gut, mit ihm zusammenzusitzen, und alles Grausliche, das er sagte, klang eigentlich wie Tröstliches.

«Sie sind der erste Mensch», begann der Baron, «dem ich endlich die ‚Affäre' erzählen kann.»

«Nicht nötig, Herr Baron», sagte Zenower, «ich kenne sie schon. Sie steht da drin, in dem Büchl, für jeden sichtbar, der zu lesen weiß. Sie sind nicht genannt, aber genau beschrieben.»

Taittinger wurde blaß. Er stand auf, er setzte sich wieder. Er griff nach dem Blusenkragen.

«Bleiben Sie ruhig, Herr Baron», sagte Zenower. «Ich habe vorläufig alle Büchln in den hiesigen Tabaktrafiken zusammengekauft.» Und er zog einen großen Packen aus der Tasche. «Man muß überlegen. Aber ich sehe keinen Ausweg. Um deutlich zu sein: dieser Lazik ist nicht schüchtern. Er schreibt: ‚die hohe Kuppelei' zum Beispiel. Man könnte glauben, sehr hohe Persönlichkeiten, auch Sie, Herr Baron, seien einfach Nutznießer. Es ist schrecklich.»

Er schwieg lange. Taittinger trank hastig, aber in kleinen Schlückchen. Er hatte das Bedürfnis, wenigstens die Hände nicht untätig zu lassen. Er wollte etwas sagen, etwas weitab Liegendem gewissermaßen mit Worten entfliehen. Aber gegen seinen Willen sprach er die schreckliche Phrase aus, die unaufhörlich in seinem Hirn klang: «Ich bin verloren, lieber Zenower!»

Zenowers traurige Augen ertrug er jetzt ganz ohne Mühe. Sie waren sein Trost, sein einziger. «Verloren, Herr Baron, das ist es nicht. Sie kennen nicht Verlorene. Die Welt, in der Sie leben, verzeihen Sie, ist nicht die Welt, in der man wirklich verloren sein kann. Die wirkliche Welt ist sehr groß, und sie hat ganz andere Möglichkeiten der Verlorenheit. Aber es ist ja noch nichts, auch in Ihrem Sinne, nichts verloren. Sie sind nur gefährdet. Dieser Journalist ist gewiß gefährlich, aber sehr dumm. Es muß leicht sein, ihn unschädlich zu machen. In die gute Gesellschaft kommen diese Heftchen gewiß nicht. Was die Leser betrifft, ist es ganz gleich. Aber die Gefahr besteht, daß der Verfasser selbst zu den Herrschaften kommt – wie er zu Ihnen gekommen ist. Ich glaube nicht, daß andere ihm auch Geld geben. Aber er selbst hegt derlei Hoffnungen. Er kann sich mit Recht auf Sie berufen.»

«Was soll ich tun, lieber Zenower?»

Der Rittmeister sah aus wie ein ergrauter Knabe. Er kaute an seinen Lippen. Er betrachtete seine Finger, als untersuchte er, ob es noch seine eigenen seien oder schon fremde, die Hände eines Verlorenen. «Erlauben Sie mir, mit Lazik zu sprechen», sagte Zenower. «Ich werde morgen um drei Tage Urlaub bitten.»

Gewiß, alles klärte sich auf. Taittinger gewann seine alte Heiterkeit wieder. Zenower, dieser Kluge, Gute, er wird fahren, sprechen, alles ordnen. Auch die andern Sachen. Den kleinen Schinagl schickt man nach Graz. Auf dem Gut ordnet sich schon alles. Man verkauft Pylades. Morgen, gleich nach dem Exerzieren ein Sprung zur Post, poste restante liegt wahrscheinlich ein Brief von der Mizzi aus Kagran. Man hat von nun an keine Angst vor Briefen, vor Unterschriften, kurz, vor all den grauenhaften Ereignissen, die sich außerhalb der Kaserne, des Kasinos, des Hotels Imperial in Wien und der «Gesellschaft» abspielen. Taittinger war nunmehr «ehrlich» überzeugt, daß er seit gestern um viele Jahre älter, um viele und bittere Erfahrungen reicher geworden sei und viele Hindernisse überwunden habe; alles dank diesem Zenower. Und zu denken, daß es ein Kind aus dem Volke war!

«Das Volk ist gut!» sagte Taittinger laut.

«Sie kennen es nicht» – sagte Zenower – «das Volk! Das Volk besteht aus Menschen. Der Mensch ist gut und schlecht.» – Damit erhob er sich, so entschieden, daß Taittinger keine Zeit mehr fand, ihn noch um eine halbe Stunde zu bitten. Jetzt, wie der Zenower so dastand, im Zivilmantel mit samtenem schwarzem Kragen, steifem Hut und Handschuhen in der Linken, den Stock über den Arm gehängt, erinnerte er Taittinger zum drittenmal nicht mehr an den Zenower. Noch einmal verändert war er, fremd, streng und lieb und – allerdings – auch ein bißchen wieder langweilig. Aber seine Hand war stark, warm und beredt, wie am Abend, und nachdem er fort war, fühlte Taittinger Heimweh nach ihm. Es verdroß ihn auch, daß man ihn allein gelassen hatte. Er trank noch eine Flasche, sah die letzten Gäste gehn, Hoffnung und Trost blühten wieder auf in seinem Herzen. Es wird sich alles ordnen, dachte er. Es schneite immer noch, immer dichter, was hatte man jetzt? November. Der Schnee erinnerte an Weihnachten, und also dachte Taittinger: Bis Weihnachten wird sich alles ordnen!

In dieser Nacht schlief er gut, unbekümmert und traumlos.

Am Morgen lag der Schnee schon hoch, fest und gefroren. Die Hufe des Pylades, den er heute ritt, sentimental und aus Abschiedsschmerz, glitschten gefährlich über das leergefegte Kopfpflaster. Die Trompeten bliesen verhalten, verschleiert und betäubt. «Pylades», sagte der Rittmeister, als er auf dem Exerzierplatz absaß, «Pylades, es ist das letztemal!» Er klopfte den Hals des Schimmels, holte ein Stück Zucker aus dem Patronentäschchen, steckte es zwischen die Zähne des Tiers und hielt lange die gehöhlte Hand vor die warmen weichen Nüstern und die dankbare, große, heiß-kühle Zunge. Er fühlte, daß er nicht mehr die Kraft haben würde, noch heute auf Pylades wieder in die Kaserne zurückzureiten. Er befahl dem Wachtmeister, das Pferd zurückzuschicken. Er übergab Oberleutnant Zschoch die Eskadron. In der Zehnuhrpause ging er fort, meldete sich bei Major Festetics ab und schritt schnell der Stadt zu, immer schneller, mit möglichst viel Geräusch, um die Wehmut zu betäuben und auch die leise Angst vor den Briefen, die am Poste-restante-Schalter auf ihn warten mochten.

Es war nur ein Brief, schon drei Wochen alt und mit dem ekelhaften Kagraner Stempel. Er lautete:

«Hochverehrter Herr Baron! Es war so außergewöhnliche Ehre, sowie herzliche Freude bei mir, in meinem Herzen, daß Herr Baron an mich gedacht haben. Es geht mir gut, auch sind die Schwestern gut und arbeite ich jetzt in der Näherei, wo man auch singen darf. Ich werde bald entlassen und heute ist noch im Oktober. Hochachtungsvoll und mit Liebe voll empfiehlt sich Mizzi Schinagl.»

Taittinger las den Brief zweimal, in der Posthalle, denn er war auf einem grauen porösen Papier geschrieben, aus dem man Tüten macht, und die Züge waren von großen Klecksen unterbrochen und entstellt. Taittinger war gerührt, vom Brief, noch mehr von seiner eigenen Kraft, ihn abgeholt und zweimal gelesen zu haben, am meisten aber wegen des Abschieds von Pylades.

In Tartakowers «Frühstücksstube» stärkte er sich mit Hering und Sliwowitz. Er wollte noch in die Kanzlei, Zenower sehn, vor seiner Abreise nach Wien. Er beschloß, nicht im Kasino Mittag zu essen, sondern draußen bei Sedlak. Die Luft war glashell und hart und umwehte angenehm frostig die süßen Wehmutsgefühle des Rittmeisters. Die Sonne wärmte den Rücken, durch die dicke Litewka spürte man sie. Es schien alles in der Welt gut und geordnet. Überraschungen gab es nicht mehr. Es war, als hätte man gestern, mit Zenower, das Schlimmste nicht nur besprochen, sondern auch überwunden. Es war ungefähr wie nach der Prüfung.

23

Leider stürzte das Unglück mit einer so jähen Rasanz über den armen Taittinger herein, daß er keine Zeit mehr hatte, aus der Munterkeit, in der er sich schon ganz heimisch fühlte, in die Verzweiflung hinüberzuwechseln. Er hatte nicht einmal Zeit zu erschrecken. In einer Art von Gebanntheit, wortlos und ohne Verständnis, hörte er die Meldung Zenowers in der Kanzlei. Es war wieder der alte Rechnungsunteroffizier Zenower, in Uniform. Er stand Habt-Acht, als der Rittmeister eintrat, er hatte wieder seinen dienstlichen hellen Disziplinblick, und mit seiner gewöhnlichen dienstlichen Stimme sagte er: «Herr Rittmeister, melde gehorsamst, daß ich vom Herrn Oberst drei Tage Urlaub erhalten habe; melde gehorsamst, daß ich morgen vormittag fahren werde; melde gehorsamst, daß der Herr Oberst befohlen haben, Herr Rittmeister möchten sich unverzüglich in der Kanzlei melden; der Herr Oberst wartet!»

«Ruht!» kommandierte Taittinger. «Sie können sich setzen, Zenower!» Er selbst setzte sich auf den Schreibtisch. «Was will er denn, der Alte?»

Eine ferne Ähnlichkeit mit dem Zivilblick von gestern schimmerte für eine Sekunde im Auge Zenowers: «Herr Baron, der Herr Oberst ist sehr aufgeregt. Er hat heute einen rekommandierten Brief vom Kriegsministerium bekommen, ich hab ihn gesehn, auf dem Tisch des Stabswachtmeisters. Herr Baron – –» Weiter kam der Rechnungsunteroffizier Zenower nicht. «Na, so reden S' doch!» sagte Taittinger. Noch einmal sprang Zenower in die Habt-Acht-Stellung:

«Herr Rittmeister, melde gehorsamst, daß der Herr Oberst befohlen haben, Herr Rittmeister möchten unverzüglich in die Kanzlei.»

«Aha, verstehe!» murmelte Taittinger, obwohl er noch immer nichts verstand. Er ging hinaus, überquerte den Hof. Der Alte lauerte manchmal an seinem Fenster, hinter der Gardine. Man mußte den Hof mit beflissenen Schritten überqueren und jeden Gruß der Soldaten, die sich im Hof befanden, reglementmäßig beantworten. Vielleicht hat er gehört – sagte sich Taittinger –, daß ich den Pylades abgeben will. Der Schimmel hat ihm immer schon gefallen.

Er trat in die Kanzlei. Der Oberst Kovac war kaum zu erkennen. Er war ein kleiner, rundlicher, feister Mann mit einem runden Schädel, rötlicher Nase, grauem kurzem Schnurrbart und winzigen schwarzen Augen, die eigentlich nur aus Pupillen zu bestehen schienen. Seine kurzen Ärmchen, die trotzdem in noch kürzeren Ärmeln steckten, gingen unmittelbar in rote feiste Hände über, die an eine Art hautüberzogener Hämmer erinnerten. Jetzt aber erschien der Oberst Kovac geradezu mager. Seine Nase war bläulich blaß, seine Hände fast weiß. Quer über seiner kurzen Stirn, in die das stachlige Dreieck der grauen Haarbürste vorstieß, stand eine starke geschwollene blaue Ader, die sichtbare Künderin eines verborgenen außergewöhnlichen Grolls.

Der Oberst trat vor seinen Schreibtisch, stemmte eine Hand in die Hüfte, und betrachtete aufmerksam den Rittmeister, der unbeweglich war, wie ein buntes Monument! Der Alte sagte nicht: Ruht, geschweige denn: Servus. Es begann Taittinger allmählich unheimlich zu werden. Er konnte nicht nachdenken. Die Fünkchenaugen des Obersten glitten an Taittinger auf und ab, auf und ab. Es dauerte wohl eine, zwei, drei Minuten. Es war so still, daß man die eigene Taschenuhr und die des Obersten ticken hörte.

Endlich sagte der Oberst – und er sprach erstaunlich leise: «Herr Rittmeister, kennen Sie einen Grafen W., Sektionschef im Finanzministerium?»

Taittinger fühlte die Knie kalt werden, über dem Rand der Stiefelschäfte begann das Eis, es waren gar keine Knie mehr. Es war schwer, aufrecht zu bleiben, wenn die Schenkel auf Eisklumpen saßen. «Jawohl, Herr Oberst!»

«Und kenne Sie einen, einen, einen gewissen Redakteur Bernhard Lazik?»

«Jawohl, Herr Oberst!»

«Wissen Sie jetzt, warum Sie hier stehn?»

«Jawohl, Herr Oberst!»

«Ruht!» befahl der Oberst. Der Rittmeister streckte den rechten Stiefel vor. «Sie können sich setzen!» sagte Kovac und zeigte auf den nackten hölzernen Stuhl.

«Danke respektvollst!» sagte Taittinger. Er wartete.

«Setzen S' sich, hab ich gesagt!» schrie Kovac.

Der Rittmeister setzte sich. Der Oberst ging auf und ab, kreuz und quer über den großen Teppich. Von Zeit zu Zeit verschränkte er die Arme, löste sie wieder, ballte die Fäuste, steckte sie in die Hosentaschen, klimperte mit Schlüsseln, zog die Schlüssel hervor, drehte sie im Kreis am Ring um den Daumen, steckte sie wieder ein. Er schien immer schmaler, blasser und unwirklicher zu werden. Der Novembernachmittag warf seine ersten Dämmer in die Kanzlei, und nur der blanke Widerschein des frischen Schnees, der aus dem Hof durch die Fenster drang, konnte sie noch abschwächen.

«So reden S' doch endlich!» schrie der Oberst auf. Es war ein Brüllen und ein Kreischen zugleich. «Erklären Sie, Herr Rittmeister!»

«Herr Oberst!» – sagte Taittinger – «es ist die fatale Affäre, wegen der ich zum Regiment zurückgekommen bin.»

«Fatal, fatal!» schrie der Oberst. «Schrecklich ist sie, unselig, ein –», er fand endlich das Wort: «ein Skandal! Ja! Nicht fatal, sondern Skandal! Und mir das! Unsern, nein, Herr Rittmeister, meinen Neunern! Nicht Ihren, oh, nein! Ich dulde, dulde derlei, derlei Herren nicht bei mir. Ich bin ein einfacher Frontoffizier, jawohl, einfacher Frontoffizier! Ich war nie detachiert. Ich habe keine Freunderln in Wien. Ich kenn keine Exzellenzen! Jawohl, so wahr ich der Oberst Joseph Maria Kovac bin, einfacher Oberst, verstehen Sie, Herr Rittmeister, das werden Sie büßen! Hier, solche Briefe!»

Der Oberst trat hinter den Schreibtisch und schwang den Brief des Kriegsministeriums in der hoch erhobenen Faust. «Wissen Sie, was da steht?»

«Nein, Herr Oberst!» sagte Taittinger. Jetzt stand schon der Schweiß auf seiner Stirn. Die Füße brannten in den Stiefeln, aber über den Schäften, in den Knien herrschte der Frost. Das Herz pochte so stark, daß man seine Schläge wahrscheinlich durch das dicke Tuch der Bluse sehen mußte.

«Also hören Sie, Herr Rittmeister! Als Sie von Ihrer besonderen Verwendung zum Regiment zurückkamen, wußte ich natürlich, daß Sie einen Fauxpas begangen hatten. Die Geschichte war begraben. Jetzt aber! Sie können's nicht lassen, diese Unterrockgeschichten, Sie sind, Sie sind — — Also, Sie begeben sich in die Gesellschaft eines Individuums, eines Individuums, sag ich — und geben ihm zweitausend Gulden, und Sie beteiligen sich an seinem Schmutz, an seinem Dreck, Dreck sag ich — und der Kerl geht zum Sektionschef W. und will von ihm auch Geld und sagt, was Sie schon gezahlt haben, und der Herr Sektionschef ist leider gelähmt, Paralyse, sag ich, seit zwei Monaten, und die Frau Gräfin kommt in die Scheißbüchl'n, und er kann sich nicht mit Ihnen schlagen, und das tät er auch nicht als Gesunder, und er schreibt's seinem Freund, dem Herrn Kriegsminister, Seiner Exzellenz persönlich — persönlich sag ich — und ich, und ich! Seitdem unsere Armee besteht — — ich sag nichts mehr! Ich steh Ihnen zur Verfügung. Herr Rittmeister!»

Taittinger sprang auf. «Herr Oberst!» rief er.

«Habt Acht!» befahl Kovac. Und dann: «Ruht! Setzen!»

Taittinger setzte sich wieder.

Der Oberst schrie so laut, daß man es in allen Korridoren des linken Flügeltrakts hörte. Der Adjutant, Oberleutnant von Dengl, stand eine Weile vor der Tür, ein paar Akten in der Hand und den heutigen Tagesbefehl parat, um in jedem Augenblick sagen zu können, er sei eben im Begriffe gewesen, anzuklopfen. Der Standesführer, Wachtmeister Steiner, und seine zwei Kanzleischreiber hörten durch die Verbindungstür jedes Wort, obwohl sie so taten, alle drei, als seien sie vertieft in Standesregister, Desertierungsanzeigen, Meldungen der Gendarmerie und Konduitenlisten. Sogar im Hof, in der Kantine, verstummte der Lärm der kartenspielenden Unteroffiziere. Die glasklare frostige Luft dieses Novemberabends vermittelte deutlich jeden Laut der brüllenden Oberstenstimme. Es war die grollende Stimme des Kasernengottes, ein Naturereignis allererster Ordnung. Man wußte sofort, daß es sich um Taittinger handelte; nicht nur deshalb, weil man ihn zum Obersten hatte gehen sehn; ach nein! Man hatte die Heftchen Laziks gelesen, nicht in allen Tabaktrafiken hatte Zenower sie aufgekauft! Ein gewaltiger Schrecken und eine große Betrübtheit beherrschte alle, obwohl ihnen der Baron Taittinger immer gleichgültig gewesen war. Er paßte nicht zum Regiment, er paßte nicht in die Kaserne. All die bäurischen Menschen des Regiments, die aus der Bukowina, aus der Slowakei, aus der Batschka stammten und niemals einen Wiener Salon gesehen hatten, bekamen, wenn sie den Baron Taittinger ansahen, die überzeugende Vorstellung, daß er in einen Salon gehöre. Dennoch konnten sie sich jetzt genau denken, wie er leiden mußte, dank jener soldatischen Solidarität, die aus Schwadronen und Regimentern eigentlich Familien macht, aus Vorgesetzten Väter oder ältere Brüder, aus Untergebenen Söhne, aus Rekruten Enkel, aus Wachtmeistern Onkel und Oheime und aus Korporalen Vettern. Es wurde still in der Kantine, und die Karten lagen reglos und spiegelblank auf den Tischen.

Der Oberst indessen schwieg plötzlich, und sein Schweigen war noch fürchterlicher als vorher sein Geschrei. Er hatte seine Stimme und seinen Sprachschatz erschöpft. Er, auch er, fühlte seine Knie frieren und wanken, er mußte sich setzen. Er vergrub den Kopf in beiden Händen und sagte mehr zu seinen Papieren auf dem Schreibtisch als zu Taittinger: «Der Abschied, Herr Rittmeister! Der Abschied, sag ich! Ich will kein Ehrengericht! Hören Sie! Ich will mitteilen, daß Sie den Abschied genommen haben. Der Regimentsarzt, der Doktor Kallir, ich hab schon mit ihm gesprochen, weiß genau, wie schlimm es um Ihre Gesundheit steht. Ihre Nerven sind angegriffen, Sie haben den Verstand verloren. Den Abschied! Ich wünsche keine Transferierung mit dieser Konduitenliste, verstehen Sie, Herr Rittmeister?»

Der Rittmeister Taittinger stand auf: «Jawohl, Herr Oberst! Ich werde morgen um den Abschied bitten!»

Dem Obersten wurde weh ums Herz. Er wollte aufstehn, er fühlte sich zu schwach. Er streckte Taittinger die Hand über den Tisch hin und sagte: «Leb wohl, Taittinger!»

24

Sie saßen die ganze Nacht bei Sedlak, Taittinger und der Rechnungsunteroffizier Zenower. Auch er, Zenower, war betäubt von der Schnelligkeit des Schicksals. Auch er, das Kind der Köchin, war ein Kind der Armee. Auch er, obwohl er das wahre Leid der Welt außerhalb der Kasernen kannte, war nicht imstande, den Schmerz Taittingers gering zu schätzen; und er war auch betrübt, wie heute alle, vom Obersten bis zu den Rekruten. Es gab gewiß viel Unglück auf Erden. Aber hier war ein sichtbares, ein greifbares Unglück der Kaserne, in der man schlief und aß und lebte. Gestern noch hatte er dem Rittmeister etwas sagen, raten, helfen können. Heute war er stumm. Taittinger war stumm. Manchmal sagte er nur: «Denken Sie doch, Zenower! . . .» Aber er wußte nicht, was Zenower eigentlich zu denken hatte. Die Wanduhr tickte, ihre schwarzen Zeiger drehten sich unermüdlich, gleichmäßig glitten sie an den Ziffern vorbei und hielten sich nicht auf, als wären's nur Minutenstriche, und beide Männer blickten oft gleichzeitig nach der Uhr, und beide empfanden mit der gleichen Deutlichkeit beim Anblick der unveränderlichen Zeitgesetze die menschliche Ohnmacht, auch allen andern Gesetzen gegenüber, den bekannten und den unbekannten. Die Stunden gingen, Teile des Lebens. Eine, zwei, drei oder auch zehn Stunden seines Lebens hatte Taittinger vertan oder verraten; es war nichts mehr zu reparieren.

Die letzten Gäste gingen, das Petroleum im gläsernen Rundbrenner verringerte sich zusehends. Sie ließen Kerzen bringen und Wein und blieben sitzen. Man sah, als die Lampe vollends erlosch, den silbernen Schimmer des Schnees vor den Fenstern. Der frostige Wind sang dünn und hell durch die Nacht, und die Scheiben klirrten leise. Obwohl sie einander nichts Bestimmtes gesagt hatten, wußten sie doch beide, daß es galt, das erste Morgengrauen abzuwarten. Mitten in der Nacht konnte keiner den andern verlassen. Sie warteten.

«Ich werde Sie begleiten, Herr Baron», begann endlich Zenower. «Sie werden morgen Urlaub nehmen. Ich werde mit Ihnen nach Wien fahren. Ich hätte sowieso längst zu meinem Freund müssen, dem Oberrechnungsrat. Ich glaube, daß ich im Januar noch die Prüfung machen kann.»

«Ja, gewiß!» sagte Taittinger.

Der Wirt Sedlak schlief hinter der Theke. Manchmal sprach er etwas Undeutliches aus dem Schlaf. Zenower sagte: «Der hat einen gesegneten Schlaf!»

Aber Taittinger, der gar nicht zugehört hatte, antwortete: «Ja, er hat einen ganz guten Vöslauer!»

«Am liebsten trink ich ja ein gutes Bier!» sagte Zenower. Dann war es wieder still. Vergeblich blieben ihre Bemühungen, in ein gleichgültiges Gespräch zu flüchten. Sie dachten nicht an das, was sie sagten, sie sprachen nur so, um die Uhr nicht zu hören, es waren sinnlose Beschwörungen, zusammenhanglose Phrasen, törichte kleine Verlogenheiten. Die zwei Kerzen waren schon bis zum letzten Drittel abgebrannt, als draußen, vor den Fenstern, der Schnee bläulich zu werden begann, der Gesang des Frostes heftiger, der Himmel blasser. Zenower ging an die Theke, weckte Sedlak, zahlte.

Sie gingen langsam der Stadt zu, in die Kaserne. «Morgen bin ich in Zivil, für immer!» sagte Taittinger, als sie in die Kaserne eintraten und der Posten salutierte. «Zum letztenmal salutiert er!» sprach er weiter.

Was ist es schon viel Großes! – dachte Zenower, wenn man nicht mehr salutiert wird! – Aber er fühlte auch zugleich, daß es eine ungerechte Überlegung war. Es war ein Leben, das hier zu Ende ging. Wie ein Sterbender den Körper ablegt, so zieht ein Soldat die Uniform aus. Zivil, Zivil: das war ein unbekanntes, vielleicht ein schreckliches Jenseits.

Um neun Uhr war Offiziersrapport. Den «Urlaub aus Gesundheitsgründen» bekam Taittinger sofort. Der Dienstzettel des Regimentsarztes Doktor Kallir verkündete ausdrücklich eine gefährliche Nervenzerrüttung. Sie enthob Taittinger auch der Pflicht, sich vom Regiment zu verabschieden. Um zwei Uhr vierzig, am Nachmittag, stieg er in den Zug, in Zivil, mit Zenower. Um sechs Uhr kamen sie an. Zenower schrieb das Abschiedsgesuch. Im Schreibzimmer des Hotels Prinz Eugen schrieb Taittinger es ab, mit seiner dienstlichen, steilen Schrift, vier Finger Abstand von oben, drei Finger Abstand vom Rand. Er unterschrieb sehr langsam: «Alois Franz

Baron von Taittinger, Rittmeister.» Es glich gar nicht seiner gewohnten Unterschrift, so langsam und vorsichtig hingemalt waren seine Buchstaben. Es war ihm, als wäre es gar nicht sein Name. Einen fremden Namen unterschrieb er.

In der Halle wartete Zenower. Er nahm das Gesuch, suchte lange darin zu lesen und den Anschein zu erwecken, als müßte er es vorsichtig prüfen, nur, um nicht den Rittmeister bald wieder ansehn zu müssen. Schließlich faltete er es zusammen.

Taittinger sagte: «Jetzt bin ich kein Vorgesetzter mehr, Zenower!»

Er zog die Uhr aus der Westentasche, eine goldene Uhr, sie stammte aus dem Juwelierladen des Kommerzialrats Gwendl, auf der Rückseite eingraviert waren die Initialen Taittingers und die seines Onkels. Es war ein Geschenk des Onkels, anläßlich der Ausmusterung in Mährisch-Weißkirchen. «Nehmen Sie die Uhr!» sagte Taittinger. Zum erstenmal schenkte er etwas her – außer Geld und Blumen hatte er noch niemals etwas hergegeben. Zenower sah ihn lange an, zog seine eigene, eine umfangreiche, silberne, und sagte: «Nehmen Sie diese, Herr Baron!»

Dann, als er sah, daß Taittinger wartete, die silberne Uhr in der flachen Hand, fügte er hinzu: «Wenn Sie einen Freund brauchen – – –»

«Ich fahre heute noch aufs Gut!» sagte Taittinger. Er ließ die Uhr in die Westentasche gleiten. Er tat sehr geschäftig. «Nicht wahr? Sie erledigen das Gesuch! Verkaufen Sie beide Pferde. Ich mag sie nicht. Schreiben Sie bald. Danke Ihnen sehr, lieber Zenower! Meine Adresse haben Sie ja!»

«Gute Reise!» sagte Zenower und erhob sich.

«Mein Gepäck!» rief der Baron. Er fuhr zur Ostbahn.

25

Das Gut Taittingers war nicht leicht zu erreichen. Es lag im Bezirk Ceterymentar, eingefangen zwischen den tiefverschneiten Karpaten. Man mußte zweimal umsteigen. Vom Bahnhof Ceterymentar waren noch sechseinhalb Kilometer bis zum Gut emporzufahren, hierauf noch anderthalb wieder hinunter. Es hieß Zamsky, aber Taittinger hatte es immer schon die Mausefalle genannt, auch als Knabe schon, wenn ihn der Onkel in den Ferien eingeladen hatte. Der Bürgermeister Wenk war ein Deutscher, einer der wenigen versprengten sächsischen Kolonisten, die in der Gegend wohnten. Der Ökonom stammte aus Mähren, die Bauern waren Karpathorussen, der bereits ertaubte Lakai ein Ungar, der aber vollends vergessen hatte, aus welcher Gegend er hiehergekommen war, wann und zu welchen Zwecken. Das letzte, was er in der Erinnerung behalten hatte, war die Rebellion in Budapest und der Tod seines Herrn, des alten Barons. Der Förster war ein Ruthene aus Galizien, der Wachtmeister der Gendarmerie ein Preßburger: der einzige Mensch weit und breit, mit dem Taittinger manchmal in der Schenke ein paar Reden führen konnte.

Es war Anfang Dezember. Der Frost hauste ringsum auf den Gipfeln und auch unten im Gut. Die Raben hingen reglos und schwarz an den verschneiten Tannen. Wenn sie nicht urplötzlich aufflatterten und gewaltig zu krächzen anfingen, konnte man zuweilen glauben, sie seien verzauberte Früchte. Man hatte das Wohnhaus nur flüchtig reparieren können (so schnell war Taittinger gekommen und so wenig Geld war überdies vorhanden). Der Ökonom bezahlte den Handwerkern außerdem nur die Hälfte des Ausbedungenen – und sie kannten ihn gut genug, um zu wissen, daß sie den versprochenen Rest «nach Weihnachten» nimmer sehen würden. Übrigens gab es zweimal Weihnachten, für die Römisch-Katholischen und für die Russischen! Das Dach bekam hier und dort ein paar neue Schindeln, behielt aber die alten Löcher. Als man nach so langen Jahren wieder zu heizen begann, bogen sich die alten Türleisten, die Fensterrahmen, kein Riegel paßte mehr und kein Schloß, und es seufzte und krachte in den großen schweren Schränken, in denen sich die Leisten und die Fächerbretter krümmten. Schief an halbgelockerten Haken hingen im Schreibzimmer die alten finsteren Ahnenbilder der Familie Zernutti. Im übergroßen Speisezimmer wucherte der Schwamm. Große braune, blaue und weiße Pappendeckel füllten die hohlen Fensterrahmen der Veranda. In der Küche nisteten zwei uralte Kröten, die der Lakai Joszi fütterte mit den spärlichen Winterfliegen, die hervorkrochen, wenn der Herd geheizt wurde, und die Joszi auch im Nu erspähte. Es war eine peinliche Überraschung gewesen, als der Baron ankam. Aber man hatte gedacht, er würde höchstens eine Woche bleiben, den unehelichen Sohn wegschicken, sich ein wenig umsehn und wieder abfahren. Als man aber von dem Wachtmeister erfuhr, daß Taittinger die Absicht habe zu bleiben, ja, daß er den Dienst gar quittiert habe, begann man den Baron zu hassen, mit dem besonderen Haß, den die Furcht eingibt. Sie kannten ihn nicht genau. Leichtsinnig war er bis jetzt gewesen, das stand fest: Korn und Weizen und das Wäldchen und das Geld hatte er verschleudert. Aber jetzt, wo er offenbar um seine Armut wußte, war er nicht vorsichtig geworden? Hatte er nicht deshalb die Armee verlassen? Wenn er wollte – er hatte so viel Rechenschaft zu fordern. Was war aus dem Weinkeller geworden? Wer hatte bald Heuschrecken, bald schlechte Ernten erfunden, den Fallit des Waldkäufers?

Es ist gleich der erste Abend in der Herberge, das Schlafzimmer ist angeblich noch nicht fertig, Taittinger muß im Gasthof schlafen. Ein paar Bauern sitzen noch da, an dem großen, breiten braunen Tisch, neben dem nackten großen Lehmofen. Janko, der Wirt, schleicht um den Baron herum, obwohl er weiß, daß Taittinger weder etwas sagen will noch auch neugierig ist, irgend etwas zu vernehmen. Die Bauern sind gewohnt, laut zu sprechen oder aber zu schweigen. Leise zu sprechen verstehen sie nicht. Laut sprechen können sie nicht wegen des Barons. Sie können gerade noch von Zeit zu Zeit die Pfeifen ausklopfen, aber auch nicht, wie sonst, an den Tischrändern, sondern an den Stiefelschäften, unter dem Tisch. Wie nun der Wachtmeister eintritt, stramm vor dem Baron stehenbleibt und der Baron ihn einlädt, sich zu setzen, und ihm die Hand gibt und mit ihm sogar trinkt, wird es vollends still um die Bauern und in ihnen. Sie senken die Köpfe und blicken nur gelegentlich verstohlen nach dem Tisch des Herrn. Der Baron und der Wachtmeister sprechen deutsch, man versteht jedes zehnte Wort, aber man hätte ja Angst, auch zu hören, selbst wenn die beiden slowakisch oder ruthenisch sprechen würden.

Taittinger hält es für selbstverständlich, daß die Bauern so stumm sind. Seitdem er das Gut hat, aber auch früher, war er im ganzen vielleicht zehnmal hier, und immer waren die Bauern so lautlos gewesen. Der Wachtmeister aber weiß, wie sie poltern, und er sagt dem Baron: «Sie schweigen so, aus Angst vor Herrn Baron!»

Angst – vor mir! denkt Taittinger. «Ich tu ihnen ja nix!» sagt er.

«Ja, grad deswegen, Herr Baron!» meint der Wachtmeister.

«Das ist penibel!» sagt Taittinger.

Der Wachtmeister geht hinüber und sagt den Bauern auf slowakisch, der Herr Baron wünschte, sie sollten nicht seinetwegen schweigen. Das ist nahezu ein Befehl. Sie reden etwas, zu zweit, zu dritt, Dinge, die sie gar nicht hatten sagen wollen. Dann verfallen sie wieder in Schweigsamkeit. Der Wirt bringt Gulasch und Bier. Taittinger und der Gendarm essen.

Auf einmal geht die Tür auf, und ein junger Mann tritt ein und geht geradewegs auf Taittinger zu. Der Baron hört zu essen auf, hält noch Messer und Gabel und sieht auf den jungen Mann, den er nicht zu kennen glaubt. «Servus, Xandl!» sagt der Wachtmeister. Alle Bauern wissen, daß es der uneheliche Sohn des Barons ist, und sehen auf. Die mit dem Rücken zu Taittinger gesessen sind, wenden sich um. Der Baron wird ihnen zwar nicht vertrauter, aber die Neugier ist mächtiger als die Angst; und die Schadenfreude entschädigt reichlich. Jetzt müßte noch einer der vielen Gläubiger herankommen. Die Bauern wissen, daß der Gutsherr verschuldet ist.

«Ihr Sohn?» fragt Taittinger den Wachtmeister.

«Nein» – sagt der junge Mann – «Ihr Sohn bin ich, Herr Baron!»

«Ah» – sagt Taittinger – «Sie sind der Schinagl!»

«Ja!» sagt der Junge.

Taittinger sieht ihn genau an. Er trägt einen grünen Samtanzug, hat kurze Ärmel und viel zu große, rote, aufgesprungene Hände und unappetitliche Nägel. Der Kopf könnte angehn, Taittinger bemüht sich, irgendeine Ähnlichkeit zwischen sich selbst und dem jungen Mann zu entdecken. Es geht nicht, beim besten Willen nicht. Der Junge hat rotgeränderte Augen aus blauem Porzellan, er verzieht den Mund unaufhörlich, seine Ohren glühen rot, sein Kopf ist kahl rasiert, so daß man die Haarfarbe nicht erkennen kann, seine blaue, tintenbefleckte Kappe mit dem schäbigen, verrunzelten Lackschirm knetet er unaufhörlich mit den häßlichen Fäusten. Er kann nicht einen Augenblick still sein. Er tritt von einem Fuß auf den andern, manchmal wippt er im Stehen. Taittinger hat noch nie ein ähnliches Lebewesen gesehn. Er denkt schon daran, morgen abzureisen.

«Ja, Herr Schinagl», sagt er, «was wünschen Sie?» Er hat seine gewohnte, die alte Baron- und Rittmeister-Stimme, eine sehr langsame, lässige, dennoch scharf trompetende Stimme. –

Der Junge wippt einen Schritt zurück. «Ich möcht wissen, wie es der Mutter geht!» Er spricht sehr laut, Taittinger empfindet, daß die Stimme gleichsam rot ist, gerötet, wie die Fäuste und wie die Ohren. Der Kerl ist unausstehlich, denkt er und schiebt das Gulasch weg und trinkt Bier.

«Was wollen Sie?» fragt der Baron noch einmal.

«Wissen, wie's der Mutter geht!» wiederholt der Xandl. Der Baron denkt nach, aber nicht über das Befinden der Mizzi Schinagl, sondern darüber, ob er sagen soll: Ihrer Frau Mutter oder Ihrem Fräulein Mutter! Es kommt ihm nicht in den Sinn, daß man einfach sagen könnte: Ihrer Mutter.

«Ich hab lang nichts mehr von Fräulein Schinagl gehört», sagt er schließlich.

«Aber ihre Adresse?» fragt der Junge.

«Sie sind doch in Graz, in der Schule?» fragt der Baron.

«Ja, aber hinausgeschmissen haben s' mich. Meine Mutter hat auch nicht bezahlt. Ich hab auch was angestellt, und ich möcht auch gar nicht zurück!»

Der Wachtmeister hat unbeirrt sein Gulasch aufgegessen, sein Krügl ausgetrunken, jetzt bestellt er noch ein Bier, tut einen gewaltigen Schluck, läuft plötzlich blaurot an und wischt sich den Schnurrbart mit einem fast ebenso rotblauen Taschentuch trocken. Dann erhebt er sich, steckt das Taschentuch ein und schlägt Xandl ins Gesicht. Der Junge torkelt. Der Wachtmeister setzt sich und sagt ruhig: «Du wirst mit dem Herrn Baron so reden, wie es sich gebührt, oder ich führ dich ab, und du kommst zwei Jahre später erst aus dem Kriminal. Weißt du, wie du dich zu benehmen hast?»

«Jawohl, Herr Wachtmeister!»

«Also bitte den Herrn Baron um Verzeihung!»

«Ich bitte um Verzeihung, Herr Baron», sagt Xandl.

Die Bauern lachen schallend im Chor und klatschen sich auf die Schenkel.

«Also, Herr Wirt», ruft der Baron, «geben S' dem Jungen was zu essen. Drüben!» fügt er hinzu. «Wenn Sie gegessen haben, gehen S' heim, zum Herrn Ökonomen, und sagen ihm, daß Sie morgen nach Graz zurückfahren!»

«Dank schön, Herr Baron, möcht noch etwas bitten!»

«Ja?»

«Ob ich zu Weihnachten wieder herkommen dürft?»

«Ja!» sagt der Baron.

«Erlauben mir schon die Freiheit, Herr Baron», sagt der Wachtmeister, «aus dem wird nix Rechts.»

«Ist nicht seine Schuld!» antwortet der Baron.

«Ich weiß schon», meint der Wachtmeister, «die hohen Herrschaften denken immer viel zu gut von derlei Gesindel. Unser Herr Bezirkshauptmann, wenn ich ihm politisch subversive Elemente angebe, sagt immer, es wird nicht so schlimm sein.»

«Er ist ein Kind aus dem Volke!» sagt Taittinger, er denkt dabei an Zenower und daß dieser auch ein uneheliches Kind war, vielleicht auch von irgendeinem Taittinger. Wer weiß, es ist alles so verworren. – Der Xandl hat gegessen, erhebt sich, geht, bleibt noch einmal stehn, sagt: «Bitte um Entschuldigung!» und reicht dem Baron ein Kuvert und macht einen schauerlich unappetitlichen Knicks und geht. Taittinger gibt dem Wachtmeister das Kuvert: «Was will er?»

Der Wachtmeister liest vor: «Sehr geehrter Herr Baron, der Herr Ökonom ist unehrlich, und der Bürgermeister weiß es. Die Frau des Ökonomen hat alle Tischtücher, Servietten und Leintücher mit der Krone und die große Fischterrine mit dem Porträt einer Kaiserin. Dies erlaubt sich Ihnen mitzuteilen, aus Dankbarkeit Xandl Schinagl.»

«Es ist leider wahr!» sagt der Wachtmeister.

Taittinger sagt: «Da kann man nix machen!» Er starrt in die Luft. Er weiß schon, er ist nicht für diese Welt gemacht.

Seit dieser ersten Begegnung mit seinem Sohn weiß Taittinger, daß er sein Gut haßt, die ganze Gegend, das Haus, das Andenken an den toten Onkel Zernutti, dessen Sohn, den langweiligen Vetter, die Berge, den Winter, den Ökonomen, das gestohlene Geschirr, sogar den tauben Joszi. Man heizte nicht ausgiebig. Mitten in der Nacht, wenn das Feuer im Schlafzimmer ausging, wurde es plötzlich, ohne Übergang, frostig und naß, die Kissen und Leintücher schwitzten feuchte Kälte aus und rochen nach faulem Heu. Weihnachten nahte, ein unleidliches Fest, erfüllt von heuchlerischen Wünschen aller bösen Menschen, von gierig ausgestreckten süchtigen Händen, von verkleideten Bauernbuben und Engeln aus Papier — — und Weihnachten dauerte in dieser Gegend, dank dem russischen Kalender, etwa drei Wochen. Nun hatte dieser junge Schinagl noch gedroht, hierherzukommen. Ohne den Wachtmeister war es unmöglich, den Jungen anzusehn. Beide Pferde waren verkauft, das nächste Semester für den Schinagl bezahlt, der Baron Taittinger hatte eigentlich noch Geld genug, um einige Wochen in Wien zu leben. Bescheiden allerdings, nicht im Hotel Imperial. Jede Nacht, wenn Taittinger die Herberge Jankos verließ, um den bitterkalten Leidens-Heimweg anzutreten, hatte er so viel Sliwowitz getrunken, daß er überzeugt war, er könnte heute noch packen, morgen früh einspannen lassen und wegfahren. Aber als er sein Haus betrat und die Kerze zuerst, dann die Lampe entzündete, ergriffen ihn Furcht und Ekel vor den nächtlichen Schatten der Möbel, vor dem Schwamm an den Wänden, vor den Geräuschen der knakkenden Türen und Fenster. Er legte sich schnell hin, solange das Feuer im Ofen noch hielt, verfiel in unruhigen Schlaf, erwachte spät, trank einen Kaffee aus Zichorie, hierauf einen bleichen Landwein, kleidete sich an, streifte gedankenlos und ziellos durch die Gegend, sehnte sich nach dem Abend, ging in die Herberge, erwartete den Wachtmeister, sprach kaum ein Wort mit dem Bürgermeister und dem Ökonomen, die gelegentlich auch eintraten, und trank sich neuerlich einen kümmerlichen Zweistundenmut an, der gerade noch für den Heimweg reichte. Der Baron Taittinger gehörte zu den nicht seltsamen Menschen, die, in der Disziplin des Militärs herangewachsen, vom Schicksal genauso Befehle und Anweisungen erwarteten wie von vorgesetzten Stellen.

Eines Tages kam auch solch eine Weisung. Der Rittmeister Taittinger hatte sich am vierzehnten Dezember, 9 Uhr 30 vormittags, vor der Superarbitrierungskommission im Zweiten Wiener Garnisonsspital zu stellen. Dies war die Folge seines Gesuches um einen längeren Urlaub aus Gesundheitsgründen. Man hatte nicht wenig Eile, diesen Rittmeister loszuwerden. Sonst pflegten Befunde nicht so schnell zur Superarbitrierung zu führen! Freilich war Taittinger gekränkt. Er fühlte Wehmut, Schmerz, Selbstverachtung.

Am zehnten Dezember schon fuhr er weg. Dem Ökonomen sagte er vor der Abreise: «So, im Februar bin ich wieder hier! Da wird alles anders!» Dem Gendarmeriewachtmeister, beim Abschied am Bahnhof, sagte er: «Ich verlaß mich drauf, daß Sie diesen Buben, den Schinagl, nach Graz zurückschikken. Er kann eine Woche beim Ökonomen bleiben!» Als der Stationsvorstand das Zeichen zur Abfahrt gab, winkte ihm Taittinger vom Fenster freundlich zu, Dankbarkeit im Herzen, als hätte der Beamte, lediglich des Barons wegen, den Zug abfahren lassen.

Im Februar komm ich wieder, dachte er, und erfüllt von einer vollkommen grundlosen Sicherheit sagte er sich auch: Im Februar bin ich ein ganz anderer Mensch; und: Im Februar ist ja schon beinah Frühling.

Er dachte, daß es gut wäre, in Wien auch den guten, lieben Zenower wiederzusehn, und er telegraphierte von Preßburg aus, wo er umzusteigen hatte: «Erwarte Sie dringendst Wien, Prinz Eugen.» Er ging voller Hoffnung der Superarbitrierung entgegen.

Sein «Befund» lautete Herzerweiterung, hochgradige Neurasthenie, Herzmuskelschwäche, zu aktivem Dienst vorläufig ungeeignet. Er war nicht einmal untersucht worden. Der Generalstabsarzt im Zweiten Wiener Garnisonsspital hatte nur «Servus!» gesagt und das Papier unterschrieben.

«Alles Gute, Rittmeister!» sagte er dann noch. Es war eine Kondolenz.

So also! Das war der Abschied von der Armee. Baron Taittinger ging die Währingerstraße entlang, er ging achtlos durch den geschmolzenen kotigen Schnee, zum erstenmal kein Soldat mehr, seit er denken konnte, zum erstenmal kein Soldat. Was denn sonst? Ein Zivilist eben. Es gibt lauter Zivilisten auf der Straße, aber die sind es schon lange. Er aber ist sozusagen ein Rekrut unter den Zivilisten. Der Abschied liegt gefaltet in der Brieftasche.

Es ist nicht leicht, so mir nichts, dir nichts ein Zivilist zu werden. Ein Zivilist hat vielleicht Vorgesetzte, aber keine höheren. Ein Zivilist kann hingehn, wohin es ihm beliebt und zu welcher Zeit auch immer. Ein Zivilist ist nicht unbedingt verpflichtet, seine Ehre mit der Waffe in der Hand zu verteidigen. Ein Zivilist kann aufstehen auch ohne Burschen: einen Wecker hat ein Zivilist. Man geht, als wollte man sich immer noch zivilistischer machen, achtlos durch den kotigen Schnee, biegt links ein, in den Schottenring und will sich im Café niederlassen. Man sieht nicht mehr, wie früher, flüchtig durch die Scheiben, ob das Lokal standesgemäß ist. Ein Zivilist kann sich alles erlauben.

Taittinger tritt also in ein beliebiges Café am Schottenring, in der Nähe der Polizeidirektion. Es ist ein kleines, ein sogenanntes Volkscafé. An einem der wenigen Tische sitzen sechs Männer mit Hüten. Alle mit steifen Hüten. Sie spielen Tarock. Geht mich nichts an! denkt Taittinger und sieht in den trüben Wintertag hinaus und trinkt Kaffee mit Schlagsahne. Noch ein Gast kommt. Taittinger nimmt wohl zur Kenntnis, daß irgendwer eingetreten ist, aber nicht anders, als wie man eine Fliege zur Kenntnis nimmt.

Der Mann setzt seinen Hut nicht ab, er salutiert mit einem Finger und setzt sich zu den Tarockspielern und beginnt zu kibitzen. In dem Augenblick, wo Taittinger «zahlen!» ruft, springt der Mann auf und sieht sich um. Taittinger glaubt, ihn irgendwo gesehen zu haben. Er zieht den Hut. Er kommt näher und sagt: «Herr Baron erkennen mich nicht? Herr Baron hier?»

Ja, das ist der Mann von den Büchln, Taittinger weiß es sofort. «Darf ich Platz nehmen?» fragt Lazik, und er sitzt auch schon. Und er erzählt auch schon: «Diese Welt, heutzutage! Ich habe sie ganz durchschaut, diese Feiglinge, diese Schufte. Diese noblen Herrschaften! Jeder von ihnen hat mindestens ein Menschenleben auf dem Gewissen, Mörder sind es, privilegierte Mörder. Orden und Geld und Ehre haben sie. Sehen Sie, Herr Baron, wie ich heruntergekommen bin.» Und Lazik stand auf, zupfte an seiner Hose, klappte den Rock um und zeigte das zerfranste Unterfutter, hob den Fuß und deutete auf das zerrissene Oberleder, berührte den Kragen und sagte: «Seit einer Woche hab ich ihn nicht gewechselt.»

«Das ist schlimm!» sagte Taittinger.

«Herr Baron sind ein Engel. Herr Baron, Sie waren der einzige, der gut zu mir war», sagte Lazik. «Ich möchte Ihnen die Hände küssen, Herr Baron. Erlauben Sie mir die Gnade, Ihnen die Hände zu küssen.» Lazik beugte sich vor, Taittinger verwahrte die Hände in den Taschen. «Nein, ich verstehe, ich bin nicht würdig», sagte Lazik. «Aber ich darf Ihnen von der himmelschreienden Ungerechtigkeit erzählen, ja?»

«Ja!» sagte der Baron.

«Also da bin ich mit meinen Büchln zu dem Grafen W. gegangen, gelähmt ist er jetzt, Gott sei Dank, eine himmlische Gerechtigkeit gibt's noch. Und ich red mit ihm, wie ich seinerzeit mit Herrn Baron gesprochen hab. Aber der Herr Graf hat leider noch einen gesunden Arm, und den streckt er aus und klingelt, und der Diener kommt, und der Graf sagt: ‚den Sekretär', und der Sekretär kommt, und der Graf sagt: ‚Behandeln Sie den Herrn, wie es sich gebührt!' Ich sprech ahnungslos, ein unschuldiges Kind, mit dem Sekretär – und wie ich nach Haus komm, steht der Rothbucher von der Brigade da und sagt: ‚Lazik, ich muß dich verhaften!' – Also, kurz und gut, die Büchln sind beschlagnahmt und verboten, aus der Zeitung schmeißen s' mich hinaus, jetzt leb ich nur noch von den Jüngln drüben, sie sind auch von der Brigade!»

«Schlimm, Herr Redakteur!» sagte Taittinger.

«Herr Baron sind noch so lieb, mich so zu betiteln», sagte Lazik, Tränen glucksten schon hörbar in seiner Kehle. «Wenn ich mich revanchieren darf: ich hab hier so eine kleine Vertretung von Medikamenten.» Er zog Tübchen und Pulverchen aus den Taschen. «Man ist schlaflos, manchmal, ich weiß, Herr Baron, und der Doktor verschreibt's nicht!»

In diesem Moment erhoben sich die sechs Männer, grüßten mit den ernsten steifen Hüten, und der letzte sagte: «Entschuldigung!», steckte die Tuben und Pulver in die Tasche und befahl Lazik: «Komm!» – Lazik erhob sich, verbeugte sich und folgte den Männern.

Der Kellner kam an den Tisch. «Bitte um Verzeihung, Herr Baron, ich soll vom Herrn Oberinspektor Sedlacek (Herr Baron haben ihn nicht erkannt, sagt er) ausrichten, daß der Redakteur Lazik mit Kokain handelt, und die Polizei benützt ihn und – und, sollt ich sagen, daß Herr Baron ihn nicht unterstützen sollten!»

«Danke!» sagte Taittinger. Er trat hinaus, winkte einem Fiaker, befahl: «Kagran!»

Als er die Strafanstalt betrat und sich beim Direktor melden ließ, hatte er das Gefühl, daß er hierhergekommen sei, um sich freiwillig einsperren zu lassen. Es war noch immer der alte Direktor, er erkannte Taittinger sofort. «Ich lasse Herrn Baron hier», sagte er, wie damals.

«Nein, bitte!» sagte Taittinger, so bestimmt, daß der Direktor sitzen blieb. «Ich möchte Fräulein Schinagl nicht allein sprechen!»

Man machte die Tür auf, die Schinagl kam, sie blieb an der Schwelle stehn, wie damals, sie schlug auch die Hände vors Gesicht, Taittinger ging ihr entgegen. «Grüß Gott, Mizzi!» sagte er. Mizzi erblickte den Direktor hinter dem Schreibtisch, erschrak und machte einen ungelenken Knicks.

«Kommen S' näher, Mizzi!» sagte der Direktor – und zum Baron: «Sie ist sehr brav! Im März wird sie frei.»

«Was wirst du machen?» fragte Taittinger.

«Oh, Herr Baron sind so gut!» sagte Mizzi. Sie erschien Taittinger anders als das letztemal. Er schob ihre Haube empor, das Haar quoll blond und voll hervor.

Der Direktor sagte: «Wir sind nicht so grausam, Herr Baron!»

«Dank schön! Herr Rat!» sagte Mizzi und versuchte noch einmal einen verfehlten Knicks. Sie zog ein Taschentuch aus dem blauen Kleid und wischte sich die Augen. Aber ihre Augen waren trocken, der Baron sah es wohl. Nichts rührte sich in seinem Herzen. Es war nicht so wie das letztemal. Er wollte gut sein, vielleicht war die Schinagl nur wegen des Direktors so verändert oder wegen der nachgewachsenen Haare.

«Dein Sohn war bei mir!» sagte Taittinger. «Ich hab ihn wieder nach Graz zurückgeschickt!»

«Der Xandl!!» rief Mizzi. «Wie sieht er aus?»

Leider nicht wie ich – wollte Taittinger antworten, aber er sagte: «Ganz gut, recht gut!»

Mizzi begann wirklich zu weinen, aber diesmal wischte sie sich die Augen mit den Handknöcheln trocken. Sie war übrigens schnell fertig mit dem Weinen. Mit einer harten, gleichgültigen, metallenen Stimme bat sie um die Erlaubnis, gehen zu dürfen.

«Bitte!» sagte Taittinger. Sie wurde abgeführt.

«Die fühlt sich ganz wohl, Herr Baron!» sagte der gefällige Direktor.

«Gewiß, das sieht man!» sagte Taittinger. «Sie sind sehr liebenswürdig.»

«Immer zu Diensten, Herr Baron!» Der Direktor erhob sich. «Immer zu Diensten!» wiederholte er.

Der Fiaker wartete. Taittinger hatte das deutliche Gefühl, daß etwas zerbrochen sei. Zugleich kam es ihm auch vor, daß er durchaus nicht imstande sei, nie und nimmer imstande sein würde, die verworrene Welt zu begreifen. Es war genauso wie einst, in Mährisch-Weißkirchen, vor der mathematischen Schulaufgabe. Er war kein Soldat mehr, und er war noch kein Zivilist. Hing es damit zusammen? Er wußte nicht, ob ein Mensch gut sei oder nicht. Er hätte, würde man ihn danach gefragt haben, nicht sagen können, ob Lazik gut, schwach, gemein sei, ob Mizzi brav, verdorben, böse, nicht einmal, ob ihr Sohn – sein Sohn, dachte er nebenbei – ein Luder sei oder noch kein Verlorener. – Wenn wenigstens der Zenower schon da wäre.

Es war offenbar ein ereignisreicher Tag, das Wort: schicksalsschwer, das er einmal irgendwo gelesen hatte, kam dem Baron in den Sinn. Man sagte ihm im Hotel, daß der Herr Leutnant Zenower eben angekommen sei.

Zum viertenmal verändert war Zenower in der Offiziersuniform, fremder noch als in Zivil. Jetzt, da er nicht mehr die Streifen des Wachtmeisters trug, sondern die jugendliche Distinktion des Leutnants, erschien er alt, weit älter, als er in Wirklichkeit war. Er selbst mochte es wohl spüren. Er ging nicht soldatisch mehr einher, er sah aus, wie Reserve aussieht: ein wenig verkleidet. Es war nicht Zivil, und es war auch keine Montur. Ein Rechnungsleutnant hat keine Sporen. Man glaubt, nachdem man dreizehn Jahre lang Sporen getragen hat, entweder, daß man Zivil trägt, oder aber, daß man gar nicht geht. Es ist fast, als hätte man keine Füße! All dies erzählte Zenower mit einem echten, beinahe bittern Ernst. Taittinger begriff ihn vollkommen. Bei der Paradeuniform hatte man keinen Tschako mehr, sondern einen Krappenhut, wie ein Bezirkskommissär. Taittinger verstand diesen Schmerz. Es dauerte noch lange, ehe sie aufhören konnten, gemeinsam das tiefe Unrecht zu verdammen, das ein lächerliches Reglement den Rechnungsoffizieren zufügte. Die ganze angeborene Klugheit nutzte Zenower nichts. Dreizehn Jahre Kavallerie waren genauso stark wie die Natur. Man war ein Rechnungsleutnant. Man war ein ältlicher Leutnant.

Es konnte nicht fehlen, daß sie in dieser Nacht noch Bruderschaft tranken. Arm in Arm kehrten sie in das Hotel zurück. Der Rechnungsleutnant Zenower hatte am nächsten Tag in eine entfernte Garnison abzugehn, just dorthin, wo ein Rechnungsleutnant gebraucht wurde. Es war das vierzehnte Jägerbataillon, weit weg von aller Welt, in Brody, an der russischen Grenze.

Man erwachte spät, hatte kaum noch Zeit, miteinander zu sprechen, vor allem wieder in den familiären Duzton der gestrigen Nacht heimzufinden. «Wer weiß, wann ich dich wiedersehe!» sagte der Baron. «Wer weiß, ob ich dich wiedersehe!» sagte Zenower. Sie umarmten sich und küßten sich auf beide Backen. Der Baron blieb verlassen zurück, ein Waisenknabe. Er ließ sich gehen. Seine Nachlässigkeit gewann allmählich auch einen bestimmten Rhythmus. Er traf keine alten Freunde mehr. Er genoß stundenlange Gedankenlosigkeit, Gänge ohne Ziel, Essen ohne Appetit, Trank ohne Lust, eine Frau ohne Freude, sinnlose Einsamkeit mitten im geschäftigen Getriebe und zuweilen den Rausch ohne Fröhlichkeit.

Manchmal dachte er an Mizzi Schinagl und an den März. Eines Abends schrieb er an den Gefängnisdirektor. Er erfuhr, daß die Schinagl am fünfzehnten März entlassen werden sollte. Weder empfand er etwas Besonderes für die Mizzi noch auch etwas gerade für den fünfzehnten März. Es war wenigstens ein Datum, ein fester Punkt, eine Grenze. Die ruhelosen Gedanken hielten manchmal vor diesem Datum inne; vor einem Schranken.

26

Dieses Jahr brachte einen frühen Frühling. Im März wärmte bereits eine maienhafte Sonne. Mit einer jähen übersatten Kraft blühte der Goldregen in den Gärten. Die Amseln übertönten alle Geräusche der Stadt. Zusehends breiter und wuchtiger wurden die hellgrünen Blätter der Kastanien, und ihre Kerzen dufteten herb, stolz, weiß und ragend. Sogar die hurtigen Schwalben schienen in diesem Jahr zutraulicher zu sein. Hart über den Köpfen der Passanten schossen sie vorbei, friedliche Pfeile des Himmels. Vom Kahlenberg wehte ein ständiger sachter Atem in die Stadt. Die Mauern und das Pflaster erwiderten ihm dankbar und zärtlich mit ihrem eigenen besondern Atem. Und wenn der Abend kam, konnte man von jedem Punkt der Stadt das gütige Rot der Sonne die Spitze des Stefansturms liebkosen sehn. Es roch nach erwachendem Holunder, nach dem frischen Brot der Bäckerläden, deren Türen weit offenstanden, nach dem Hafer in den Säcken vor den Fiakergäulen, nach jungen Zwiebeln und Radieschen von den Märkten.

An einem solchen Tage, morgens um neun Uhr vierzig, wurde Mizzi Schinagl aus der weiblichen Strafanstalt entlassen. Ihre Entlassung war für Taittinger seit Wochen ein Grund gewesen, nicht so bald auf das Gut zurückzukehren.

Manchmal, wenn er so allein saß, in einem der frühreif erblühten Gasthausgärten der Wiener Vorstädte, der Wein ihn traurig gemacht hatte und die Luft zugleich heiter, führte er stumme Zwiesprache mit sich selber. Er stellte sich Fragen, auf die er keine Antwort wußte. Nicht sein Gewissen plagte ihn! Ob die Mizzi durch seine Schuld ins Haus der Matzner gekommen war oder nicht, beschäftigte ihn schon deshalb nicht, weil er nichts Betrübliches im Schicksal einer verlorenen Frau sehen konnte. Er kannte nur heitere, sorglose Freudenmädchen, denen das Leben viel mehr Spaß zu bereiten schien als zum Beispiel den Frauen der Ministerialräte, der Sektionschefs, als den versauerten und bösen Tabaktrafikantinnen, als verweinten Köchinnen, von Männern verlassenen Bürgerstöchtern. Im übrigen hatte er durch seine ekelhafte «Affäre» der Mizzi ein paar gute, sogar märchenhafte Jahre verschafft; durch die gleiche «Affäre», dank der er selbst seinen Glanz, seine Sorglosigkeit und um ein Haar Ehre und Namen verloren hatte. Weshalb also kümmerte er sich noch um die Mizzi? Liebte er sie? – Auch dies nicht. Das Herz gehörte zu den verkümmerten Organen Taittingers. Er wußte keine Antwort. Er fühlte nur irgendeine unbegreifliche und unlösliche Beziehung zur Mizzi, zur «Affäre». Unbegreiflich war all dies zwar, aber, so schien es ihm, beschlossen und besiegelt. Gegen Beschlossenes und Besiegeltes war einfach nichts zu machen.

Er konnte sich einer gewissen feierlichen Stimmung nicht enthalten, als er am Morgen des fünfzehnten März nach Kagran hinausfuhr. Er wußte selbst nicht mehr, daß er allein es sich vorgenommen hatte, die Schinagl abzuholen. Ihm schien es, daß ihm irgendein Zeremoniell diese törichte Handlung diktiere. Übrigens war die Fahrt im Fiaker durch den üppigen Triumph dieses Morgens durchaus geeignet, Taittingers aufkeimende Überlegungen in einem heiteren Rausch aufzulösen.

So kam er, als wäre es das Selbstverständliche, in die Kanzlei des Gefängnisdirektors, um die Schinagl abzuholen. Sie wurde infolgedessen eine halbe Stunde früher aus der Zelle geholt. Sie trug den braunen Mantel, in dem man sie im vergangenen Herbst eingeliefert hatte. Den großen Filzhut mit den Glaskirschen hielt sie in der Hand, aus Angst, er könnte in der Zwischenzeit unmodern geworden sein. Ihr immer noch kurzes, üppig nachgewuchertes schönes Haar leuchtete mit frischem Glanz, und ihr gebleichtes Angesicht erschien schmal, edel geradezu. Jetzt sieht sie wirklich wie die Helen aus! dachte Taittinger.

«Ich kann mir die übliche Sittenpredigt ersparen», sagte lächelnd der Direktor. «Mizzi Schinagl, der Herr Baron kümmert sich in so edler Weise um Sie, daß ich bestimmt weiß, ich werd Sie hier nicht mehr wiedersehn. Herr Baron, ich steh Ihnen immer zur Verfügung!»

Auf Taittinger wartete draußen der Wagen. «Wohin willst du?» fragte er.

Mizzi aber sah sich erst bekümmert um, offenbar vermißte sie jemanden. «Ich muß noch warten» – sagte sie – «die Leni kommt noch. Sie haben mich zu früh herausgeholt!» Es war ein Vorwurf. Die Freiheit, der Frühling, der wartende

Gummiradler und der Baron schienen der Mizzi keine Freude zu machen.

«Wer ist die Leni?» fragte Taittinger.

«Meine Freundin, Herr Baron! Wir waren alle beide in der Zelle. Die Leni wegen Beihilfe zur Fruchtabtreibung, die ist ein sauberes Weibsstück, die Leni, wir waren gut miteinander, sie ist schon vor vier Wochen freigekommen. Die hält Wort, die kommt sicher.»

In diesem Augenblick sah der Baron auch etwas Stattliches, Grelles und Winkendes eilig herannahen. Jetzt konnte man diese Erscheinung schon vernehmen. Schrille Rufe wehten von ihr einher. Immer deutlicher erkannte man, daß sie den Namen «Mizzi» rief und daß es sich um ein weibliches Wesen handelte, in einem gelben, rohseidenen Kostüm, mit einem hellgrünen, radgroßen Hut, mit schwarzen, hervorquellenden Locken, in gelben Knopfstiefeln, mit Regenschirm, Boa und Pompadourtäschchen. Es war Magdalene Kreutzer, konzessionierte Karussellbesitzerin im Prater.

Die Frauen küßten sich innig. «Sie sind der Herr Baron, weiß eh schon, mir brauchen S' nix mehr zu sagn, i weiß eh schon alles von der Mizzi. Und das ist der Wagen, da steign m'r ein und fahren erst zu deinem Papa, der is gelähmt, sonst wär er hergekommen!»

Und ehe Taittinger noch wußte, was eigentlich vorgefallen war, saß er schon auf dem Rücksitz, Mizzi und Leni gegenüber, schüchtern und äußerst unbequem, mit hochgezogenen Knien. Er senkte den Kopf. Über ihn hinweg rasten unverständliche Redensarten, zuckten Ausrufe wie grelle Blitze, klatschte Gelächter wie heiterer Platzregen, in einem Dialekt, den er noch niemals so intensiv und in solcher Nähe vernommen hatte und der an Räderrollen, Miauen und Hörnerblasen zugleich erinnerte. Endlich erreichte man Sievering.

Hier war Mizzi einmal großartig vorgefahren, als «Kebsweib» des persischen Kaisers. Die Hausmeisterin freilich lebte noch, der Friseur Xandl war verheiratet und nach Brünn verzogen. Der Laden war wieder geöffnet (er gehörte jetzt einem jungen Mann). Nur für diesen Tag war der alte Schinagl aus dem Heim in Lainz entlassen worden, denn er wollte seine Tochter nichts von seiner «Schande» wissen lassen. Drinnen, hart neben der offenen Tür, saß der gelähmte alte Schinagl. Im dunklen Hintergrund schimmerten die weißen Meerschaumpfeifen wie Knochen von Skeletten. Auch im Baron erweckte der Laden einige Erinnerungen. Hier hatte er die Mizzi zum erstenmal gesehn. Der alte Schinagl konnte nur die Arme bewegen. Auch seine Zunge war hilflos, er stotterte, stöhnte und schneuzte sich schließlich, mit unerwarteter Kraft. Aus Verlegenheit kaufte Taittinger fünf Pfeifen. Die Hausmeisterin fragte, ob sie Tabak holen dürfe. Aus Verlegenheit sagte er: «Ja, bitte, danke vielmals!» Ob die Mizzi nun hierbleiben wollte? stammelte der Alte. «Nein!» entschied Magdalene Kreutzer. Es war längst beschlossen. Die Mizzi wohnte, um sich ein bisserl «zu renovieren», vorläufig im Hause der Kreutzer, Klosterneuburger Straße. Sie hatte auch gedruckte Visitkarten im Pompadourtäschchen, sie kramte eine hervor, gab sie dem Taittinger und sagte: «Nicht verschmeißen, Herr Baron, wir erwarten Sie morgen, Sonntag, dritter Stock links, Tür einundzwanzig, nicht vergessen, nachmittag fünf. Bitte, nicht zu spät kommen, Herr Baron!» Damit verabschiedete sie Taittinger. Er verneigte sich, sagte dem Fiaker die Adresse der Kreutzer, bezahlte die Fahrt der Frauen im voraus und verlor sich in der nächsten Seitengasse, wo ihm eine Caféterrasse tröstlich entgegenwinkte.

Er verschmiß die Adresse nicht, er vergaß auch nicht die Stunde, er hielt alles Abgemachte ein, wie immer. Mit einiger Bangnis stand er am Sonntag vor der Tür 21, roch er Sauerkraut, Katzen und trocknende Kinderwäsche, hörte er Stimmen aus allen Zimmern, unter, über, neben sich, auch die Stimme der Mizzi unterschied er jetzt. Er zog entschlossen an der Klingelschnur, er trat unmittelbar in ein Zimmer, das aus rotem Plüsch, grünem Tischtuch, gelben Vasen, Torten, Orangen, Kaffeetassen und einem enormen Guglhupf bestand. In sommerlichen weißen, schwarzgetupften Kleidern saßen beide Frauen wie Schwestern da. Schwarz die eine, goldblond die andere. Er tat alles, was sie ihm befahlen: er aß Guglhupf, schleckte Eingemachtes, trank Kaffee, hierauf Himbeerwasser, rauchte eine Trabuco, obwohl er nur Zigaretten vertrug, hörte zu, verstand nichts, dachte auch nichts und bekam Sodbrennen. Er entschloß sich, nach der Toilette zu fragen, wurde in die Küche geleitet, in einen unerkennbaren Raum gesperrt, begnügte sich damit, Wasser aus der Blechkanne in die Muschel zu gießen und wieder hinauszugehn. Er hatte sich kaum wieder hingesetzt, als die Klingel ertönte. Ein Ungeheuer trat ein, nicht von dieser Welt. Es erinnerte an einen Kutscher, an einen Schlachtermeister und ein angekleidetes Monument. Es war Ignaz Trummer, der Freund der Magdalene Kreutzer. So stellte er sich vor, und von allem, was er im nächsten Augenblick noch hersagte, mit einer Geschwindigkeit, die weder seinen körperlichen Ausmaßen noch seiner grollenden Stimme entsprach, verstand Taittinger nur, daß er sich geehrt fühle. Er aß, trank, sprach, rauchte, trank, aß und sprach. «Wos habt's denn nur?» fragte er schließlich. «Und fah ma endli aussa?» – «Um Gottars wölln!» – rief er ohne Grund von Zeit zu Zeit und dann wieder: «Haarfix no amoi!»

Es war nicht mehr einfach der Wiener Dialekt. Es war, wie wenn ein Bär den Versuch gemacht hätte, italienisch zu sprechen.

Die Pferdebahn war überfüllt, der Trummer, Haarfix no amoi, bestand darauf, daß sie zu Fuß in den Prater gingen, ins «Geschäft» – er meinte das Karussell. Gehorsam schritt Taittinger neben dem Ignaz dahin, die Frauen gingen voran. Wenn man sich an den Dialekt gewöhnte, konnte man bald einiges begreifen. Trummer kannte die große Welt, er war in der Tat einmal Kutscher gewesen, beim Grafen Zamborski. Nach dem Tode des Alten war er Pferdehändler geworden. Dann hatte er leichtsinnig gehandelt und einer militärischen Pferde-Assentkommission Schwierigkeiten gemacht, einem Freunde zuliebe, und ein anderes Tier geschickt statt des assentierten, und so «Sperenzchen» gemacht. Na, der Herr Baron kennen ja auch so G'schichten, vom Ärar halt, und so ist man jetzt beteiligt am Karussell der Magdalene Kreutzerl und ein gutes Geschäft wär's; man könnt jetzt eventuell das Wachsfigurenkabinett billig kaufen. Das ist was Nobles und direkt hohe Kunst, musealische . . .

Das Karussell war in der Tat stattlich, es bestand aus Pferden, Wagen, Schlitten und Booten. Es drehte sich um eine große Statue aus buntem Pappmaché, eine Jungfrau, mit zwei weizenblonden Zöpfen, Riesenarmen, einer turmhohen

Frisur und einer Riesenkrinoline. Auch diese Jungfrau selbst drehte sich um die eigene Achse. Aus ihrem Innern ertönte eine Drehorgel. Das Karussell stand auf einem runden hölzernen Unterbau. Eine Tür in diesem hölzernen Rund ging auf, die Frauen traten ein, Taittinger mußte folgen, selbst das Ungetüm kam seltsamerweise durch die kleine Tür. Jetzt stand man unten, über sich den Lärm der Menschen, die Musik der Orgel, das Gerassel der Ketten, an denen die Fahrzeuge schlenkerten. Es war dunkel und feucht. Ein Esel, grau wie der Dämmer in diesem Raum, drehte sich unaufhörlich im Kreis, einem Hafersäckchen nach, das unerreichbar vor ihm baumelte. Das Tier erhielt das Karussell in Betrieb, Schani feuerte es manchmal an, dermaßen, daß es zu galoppieren begann, als wär's ein Gaul.

«Mir san keine Unmenschen», erklärte die Kreutzer, «mir habn noch an andern Esel, zum Ablösen!» Sie klemmten sich alle wieder durch die kleine Tür an die Luft. Auf den Befehl Trummers mußten sie ins «Zweite Café». Die Militärmusik spielte, die Leute lachten, weiß, fröhlich, verschwitzt, in einer bewußtlosen Gemeinsamkeit. Die Luft war dennoch leicht, würzig, elegant beinahe, eine gesittete Luft, und selbst in der Lautheit blieben die Menschen diskret. Ihre Ausrufe klangen wie Aufmunterungen, an die Betrübten gerichtet, Wunsch der Fröhlichen, nur Fröhliches ringsum zu sehen. Taittinger wurde heiter.

Die Kreutzer fragte ihn, ob er schon ein Panoptikum gesehen habe. Gewiß, sagte er, und er erzählte angeregt, was er dort alles gesehen hatte. Zum Beispiel den Blaubart, den Schwerverbrecher Zingerl, den Räuberhauptmann Krasnik aus Siebenbürgen, die Komitadschis aus Bosnien, die zusammengewachsenen Zwillinge. «Der Herr Baron» – sagte Trummer, diesmal hochdeutsch und feierlich – «haben ein scheniales Kopfvermögen!» Niemals hatte Taittinger derlei Komplimente gehört. Wann er wieder in Uniform erscheinen würde, wollte die Mizzi wissen. «An Kaisers Geburtstag», sagte Taittinger. Er wußte, daß er log. Aber er wollte aller Welt eine Freude machen. Eigentlich war dies alles hier ja Volk. Sie waren ganz charmant, die «Kinder aus dem Volke», sogar das Ungetüm, der Trummer.

Um Mizzis zertrümmerte Existenz wieder aufzurichten,

war es nötig, ihr jetzt die einzig günstige Gelegenheit zu verschaffen; das war das Panoptikum. Die Frau Kreutzer meinte, daß der Baron nichts dagegen haben könnte. Taittinger sagte auch: «Aber,wie denn!» Nun sei es ja einfach, man müßte sich nur nicht anschwindeln lassen und einen richtigen Preis erzielen. «Is zu vüll!» rief Trummer.

Nicht, wenn der Herr Baron was beitragen wollte, statt der Alimente sozusagen, wo doch die Mizzi selber den Buben großgezogen hat und sogar so nobel, wie es sich gehört für das Kind eines solchen Vaters.

So – dachte Taittinger. Auf diese Weise bin ich endlich diese langweiligen Alimente los. «Selbstverständlich!» sagte er. «Im Rahmen meiner Möglichkeiten» – er sagte die Phrase nicht aus Vorsicht, sondern weil sie so seriös klang – «will ich der Mizzi helfen!»

Leider geschah im nächsten Augenblick etwas außergewöhnlich Peinliches. Der Oberleutnant Teuffenstein von den Elfer Ulanen ging, Arm in Arm mit seiner Braut, Fräulein Hoffmann von Nagyföteg, vorbei und rief: «Da ist er ja! Taittinger!»

Es war eine fürchterliche Situation, um ganz genau zu sein, eine «unkommode». «Ich wohne im Prinz Eugen!» sagte er zu seiner Tischgesellschaft. «Bitte morgen nach mir zu fragen.» Er vergaß sogar zu zahlen, stand auf, eilte dem Teuffenstein entgegen, wurde von ihm an einen andern Tisch gezogen, trank Wein, mußte lachen, Anekdoten hören, erzählen, daß er sich auf sein Gut beschränke. «Weißt», sagte er, «es ist immerhin ein Vermögen, und es wär sonst rettungslos verloren.»

Spät in der Nacht ging er einsam durch den Prater. Der Staub wirbelte immer noch in der Luft. Durch die Hauptallee trommelten zärtlich die eleganten Hufe der Pferde vor den lautlosen Gummiradlern. «Rettungs-los-ver-loren, rettungs-los, rettungslos», trommelten die Hufe. Aus den Büschen am Alleerand kam das lüsterne Flüstern der Verliebten. Eine Blumenfrau bot ihm Veilchen an. Er kaufte fünf Sträuße und behielt sie gedankenlos, bis ihm das erste Mädchen in den Weg kam. Er gab der Kleinen die Blumen und ging mit ihr ins Hotel zur Nordwestbahn. Denn er hatte Angst vor der einsamen Nacht.

27

Der Prater offenbarte am Vormittag die gesittete Lieblichkeit eines Parks, die geheimnisvolle Stille eines Waldes und die rührige Bewegtheit eines Vorfeiertages.

Man sah damals den Baron Taittinger häufig in der Hauptallee zu Fuß. Vor vielen Jahren – eine Welt lag dazwischen – war er diesen Weg geritten, auf dem Rücken des «Pylades».

Manchmal ging der Baron den Rand der Reitallee entlang. An ihm vorbei trabten und galoppierten die Herrschaften. Manche erkannte er, ohne sie erst gesehn zu haben, am Rhythmus und am Schritt der Tiere, an der Reiter Art, im Sattel zu sitzen, Zügel und Peitsche zu halten, an der Krümmung der Rücken. Dies hier war die Stute Glans-Ei-re pasz. Dort ritt Tibor von Daniel. Drüben grüßte eben Emilio Casabona seinen Landsmann, den Grafen Pogaccio. Das Pferd des Bankiers von Goldschmidt war ein Brauner aus dem Gestüt des Grafen Khun-Hedervary, es war seine zweitausend Gulden wert. Dagegen ritt die Seilern und Aspang eine häßliche Stute mit plumpem Gang und viel zu breitem Hinterteil. Mit gründlichem Ernst machte Taittinger jeden Vormittag derlei Feststellungen. Er ging nirgends mehr hin, er kannte immer noch alle. Es kam ihm vor, daß es seine Aufgabe sei, sie in «Evidenz zu halten». Manchmal beunruhigte ihn die Abwesenheit eines Kavaliers, der schon zwei Tage nicht in der Allee erschienen war. Dann ging er bis zum Spitz und setzte sich ins Gasthaus, wo viele von den Reitern abzusteigen pflegten.

Viele erkannten ihn. Was denn mit ihm geschehen sei, fragten sie, und er antwortete immer mit der gleichen lügnerischen Phrase: «Ich bin ganz verbauert!» – So sagte er. Es sei schauderhaft auf dem Gut, aber seine Anwesenheit wäre unbedingt notwendig. Weltfremd und menschenscheu sei er geworden. In einen Salon traute er sich nicht mehr. Und das Leben habe für ihn jeden Sinn verloren.

«Jetzt endlich solltest du heiraten!» sagte der alte Baron Wilmowsky, Mitglied des Herrenhauses und seit Jahren leidenschaftlich beflissen, ältliche Herren mit jungen Mädchen aus verschuldeten Familien zu verheiraten. Er gestand freimütig, daß er keine andere Politik betreibe und anerkenne als Familienpolitik.

«Ich hätte damals die Helen heiraten sollen!» sagte Taittinger.

«Sie ist recht unglücklich!» antwortete Wilmowsky, «Graf W. ist paralytisch. Der junge Tschirschky macht ihr den Hof. Ihr Mann war immer schon ein bissel teppert.»

Die Vormittage waren auf diese Weise meist der Aristokratie gewidmet. Die Nachmittage aber weihte der Baron dem «Volk», ebenfalls im Prater. Er kam oft am Karussell vorbei, unterhielt sich mit der Mizzi, mit der Kreutzer und mit Herrn Trummer, ging mit ihnen gerne zur Militärmusik, ins Zweite Caféhaus, und ließ sich den Stand der Verhandlungen über das Wachsfigurenkabinett berichten. Er fand Gefallen am Panoptikum überhaupt. Wachsfiguren waren ganz sympathisch; netter als ein Karussell auf alle Fälle. Trummer sagte, es gehöre ein ordentliches Stück Geld dazu, die Geschichte – Himmel-Herr-Gott-sakra no amoi! – richtig zu machen. Allerdings waren dann die Verdienstchancen unabsehbar. Manchmal kam es vor, daß Mizzi Schinagl, als hätte sie sich plötzlich wieder einer längst vernachlässigten Pflicht entsonnen, mit der Kreutzer oder dem Trummer den Platz tauschte, hart an den Baron heranrückte und leise seine Hand streichelte. Das erstemal erschrak er und wurde plötzlich schweigsam. Dann gewöhnte er sich an seine Ausrede: es macht eh nix, die Mizzi ist brav; es sind überhaupt alles brave Leute. Es waren halt ihre «volkstümlichen Sitten».

Allmählich gefielen ihm diese Sitten sogar. Es ging eine freundliche Wärme von Mizzi Schinagl aus, an so kühlen Frühlingsabenden. Warme Erinnerungen erwachten, Erinnerungen an ihren Körper, an manche seiner geheimen Merkmale, an seine verborgenen Lüsternheiten, an seine wollüstigen Geschenke. Störende Gebärden vollführte die Mizzi freilich. Sie merkte sie aber selbst zuerst und begann allmählich, sich ihrer zu enthalten. Sie bändigte ihre Lebhaftigkeit, schlug nicht mehr die Hände vors Gesicht, wenn sie lachte, und schrie nicht mehr auf, wenn sie erschrak. All dies zwang sie sich ab, den Trost im Herzen, den sie einst in der Schule parat gehalten hatte: es dauert ja doch nur vier Stunden. Sehr wirres und widerspruchsvolles Zeug huschte durch ihren Kopf. Sie hatte sich auch in der Anstalt lediglich bestraft gefühlt, ebenfalls wie einst in der Schule; aber keineswegs etwa entwürdigt. Jetzt aber, in der Freiheit, empfand sie, daß ihr zu Unrecht ein Schimpf anhaftete. Zu Unrecht! Denn worin war sie schuldig? Sie überlegte angestrengt und schritt mit der Genauigkeit, deren nur Beleidigte und Geschmähte fähig sind, Jahr für Jahr, Handlung für Handlung ihres bisherigen Lebens ab. Am Anfang stand Taittinger. Vorher war nichts als der unbestimmte Dämmer des väterlichen Ladens gewesen. Ein Glanzumflossener trat plötzlich ein. Sterne hat er am Kragen, Sonnen am Rock und einen silbernen schmalen Blitz an der Hüfte. Man hätte brav den Friseur Xandl geheiratet, wenn der Strahlende nicht gekommen wäre! Man wäre zur Matzner nicht gekommen! Man wäre auch nicht ein Kebsweib geworden und mit Perlen beschenkt. Perlen bringen Unglück! Schuld war der Taittinger.

Unfähig, wie sie war, lange Zeit zu schweigen, sprach sie ihre Gedanken auch vor der Kreutzer aus. Sie erntete Zustimmung. Den Bankert erwähnte die Kreutzer. Es war Taittingers Pflicht, Mutter und Sohn zu erhalten. Ignaz Trummer kam herbei. Er war der gleichen Meinung. «Alle Menschen san gleich», von dieser Prämisse ging er aus. «Unseresgleichen wird ‚vurgeladen', wann er kane Alimenter zahlt – und ujegerl, was noch für Tanz. Zarwuzeln kennt ma si! –» Trummer dachte an seine drei unehelichen Kinder. Was für Scherereien! Ihn hatten die Mütter natürlich geklagt. In zwei Fällen war es ihm gelungen, die Vaterschaft abzuleugnen. Das dritte Kind, ein Mädchen, hatte er bei seiner alten Tante in Krieglach untergebracht. Da war es in einen Waschkessel gefallen und verbrüht. Derlei «Sperenzln» machte man den noblen Herren nicht. Es war nur selbstverständlich, wenn der Baron das Wachsfigurenkabinett der Mizzi zum Präsent machen tät! Und das wär doch auch für all das Ausgestandene eine mittelmäßige Entschädigung.

«Ich lieb ihn halt, immer noch!» gestand die Schinagl. Sie liebte ihn in der Tat. Manchmal glaubte sie, daß sie dem Taittinger noch einmal folgen könnte, wie einst, vom Vater fort in die Herrengasse und hierauf ins Haus der Matzner gehen und ein Kind haben und Unglücksperlen bekommen und noch einmal eingesperrt werden. Sie bereute nichts von alldem. Auch das Heimweh nach ihm, seinen Händen, seinem Geruch, seinen Nächten, seiner Liebe zehrten an ihrem Herzen. Sie verlangte nach ihm; und es erschien ihr selbst merkwürdig, in klaren Augenblicken, daß ihr dieses Verlangen nicht allein die Liebe befahl, sondern auch Rachsucht. Vergeltung wollte sie üben. Sie gehörte zu Taittinger. Weshalb blieb er ihr fern?

Sie wußte, daß er am Vormittag im Prater zu spazieren pflegte; sie machte sich einmal auf, um ihm zu begegnen. Sie erblickte ihn zuerst aus der Ferne, weit vor ihr ging er, seinen Rücken erkannte sie und seinen Gang. Dünn und zart ging er dahin, mitten zwischen den starken Bäumen, es rührte sie zu Tränen; über seine Art dahinzugehn allein hätte sie weinen mögen. Es war eigentlich wunderschön, dem Herrn zu folgen, nur seinen Rücken zu sehen und zu lieben und seinen Schatten, wenn er dann und wann die Allee verließ und in der sonnigen Straße weiterging. Sie nannte ihn in Gedanken: den Herrn, den Baron, den Rittmeister. Auch im stillen wagte sie nicht, ihn Franz zu nennen – aus körperlicher Angst. Wenn sie «Franz» dachte, fuhr ein Schwert durch ihr Herz.

Es war gut, daß sie ihm nicht zufällig entgegengekommen war; das hätte sie vielleicht nicht ausgehalten. Sie wollte auch schon umkehren, damit er ihr heute, heute nicht, heute noch nicht begegne; das Umkehren aber konnte noch etwas Zeit haben. Sie ging, ohne es zu wissen, immer schneller. Jetzt konnte sie schon seinen Schritt hören. Plötzlich blieb er stehn, wandte sich schnell um und erblickte sie. Er hatte gefühlt, daß man ihm folgte.

Er ließ sie herankommen. «Weißt, Mizzi, Überraschungen hab ich nicht gern!» – Es war ehrlich, er haßte Überraschungen. Weihnachtsgeschenke, die er nicht selbst gewünscht und gleichsam bestellt hatte, haßte er, vernichtete oder verlor er auch sofort. Er empfand Überraschungen als vulgär, ebenso wie Schreckrufe, lautes Weinen einer Frau, geräuschvolles Tarockspiel im Café, Streit zwischen Männern auf der Straße.

«Es ist ein Zufall, bitt um Entschuldigung, Herr Baron!» log die Mizzi. «Ich hab gedacht, Herr Baron reiten?»

«Ich hab kein Pferd, Mizzi. Auf gemieteten Pferden reit

ich nicht! Wohin gehst denn?» Es war beinahe schon mißtrauisch. «Nix, so halt», sagte Mizzi.

«Nun, geh zurück, setz dich zu Steinacker in den Garten, trink ein Bier. Ich komm in einer Stunde!» Er wandte sich um und ging.

Er hatte aber in Wahrheit keine Lust mehr an diesem Spaziergang. Auch mied er die Reiter. Er kehrte um. Ein wenig Mitleid rührte sich für die Mizzi. Er schämte sich auch dieses Mitleids. Alles wäre gut, wenn sie nur nicht diesen vertrackten Sohn hätte. Er erinnerte sich plötzlich, daß es ja sein Sohn war. Schuldig fühlte er sich nicht – keineswegs. Aber es war ein Faktum: unleugbar war der Xandl sein Sohn, und die Mizzi konnte nichts dafür – oder nur sehr wenig.

Als er das Gasthaus Steinacker betrat, hatte er fast schon ein freundliches Gesicht. Es war ein etwas vorweggenommener Nachmittag des Barons. Die Mizzi eröffnete schon gegen elf die Abteilung Volk. Automatisch erwachte auch das Interesse Taittingers an den Wachspuppen. Es sei viel Geld nötig. Wieviel? Das wüßte der Trummer. Und wieviel sie selbst habe, fragte Taittinger. Mizzi gestand lediglich die von der seligen Matzner ererbten 300 Gulden. Was von der Pfaidlerei übriggeblieben war, verschwieg sie. Noch in der Zelle hatte ihr die Kreutzer geraten, von diesem «Notgroschen» keiner Seele etwas zu sagen, nicht einmal dem Trummer. Am allerwenigsten dem Sohn. Aber es war nicht nur der gute Rat der Leni, den sie jetzt befolgte, sondern auch die Stimme ihres Herzens. Seit ihrer Haft hatte sie eine grauenhafte Angst vor dem Alter und vor der Not. Es war, als ob der ganze Leichtsinn, dessen sie überhaupt fähig gewesen war, aufgezehrt, geschmolzen wäre, gleichzeitig mit dem Geld; der ganze Vorrat an Unbekümmertheit, Vertrauensseligkeit, Übermut und Großzügigkeit verbraucht. Übrig blieb auf dem Grunde ihrer Seele die natürliche, lediglich durch die Jugend verhüllt gewesene Angst vor dem Zufall des bittern Lebens, Sehnsucht nach der garantierten Sicherheit, warme Liebe zu Hab und Gut, eifersüchtige Zärtlichkeit für Zurückgelegtes, Aufgespartes und Verborgenes, kurz, der ewige, den Frauen ihrer Art angeborene Glauben an Sparkasse und Assekuranz. Sie empfand keine Scham. Dieses

Verschweigen war geradezu eine moralische Pflicht. Ebenso war es ein moralisches Gebot, Taittinger zahlen zu lassen. Das Geld, das er für sie ausgab, nährte noch ihre Liebe zu ihm. Die zweitausend Gulden lagen in der Post, und das Sparkassenbüchl, eingewickelt im Taschentuch, auf dem Grunde des Koffers. Und der Kofferschlüssel hing um den Hals, neben dem Kruzifix und dem Medaillon mit der heiligen Therese.

«Dreihundert sind gewiß zuwenig», meinte Taittinger, dem die Ehrfurcht vor den Wachsfiguren schon zu tief eingegraben war, ebenso die Geringschätzung des Geldes. Dergleichen Wachsfiguren konnten gar nicht billig sein. Gewiß, gewiß, er begriff es. «Ich werd mir erlauben, dir mit etwas auszuhelfen», sagte er.

«Oh, dank schön! Das ist so lieb, so nobel, ganz Ihre Art, Herr Baron!»

Und sie faßte schon mit ihren beiden Händen nach seiner Rechten: und ehe er noch eine Bewegung der Abwehr machen konnte, beugte sie sich über seine Hand und küßte sie innig. Er war erschrocken, verzweifelt, machtlos. Plötzlich brach Mizzi in Tränen aus. Dies steigerte Taittingers Unwillen, aber es rührte auch an sein Herz, fast so wie damals, als Mizzi in der Kanzlei des Gefängnisdirektors zu weinen angefangen hatte.

«Sie haben mich noch ein bißchen lieb?» fragte Mizzi.

«Ja, ja, sicherlich», sagte Taittinger, mit der festen Zuversicht, daß die Tränen innehalten würden. Aber das Gegenteil ereignete sich: sie strömten noch heißer und dichter. Es währte allerdings nicht mehr lange.

Mizzi erhob ihr Gesicht. Ihr zerzaustes Haar, der verbogene Hut, das zerknüllte Taschentuch, das treuherzige Blau der Augen, die zwischen den verweinten Lidern geradezu kindlich erschienen, gefielen dem Baron eigentlich und machten ihm die Frau vertraut. Sie fühlte es sofort, und mit der Schnelligkeit, mit der ein Adler nach langem, lauerndem Kreisen auf die Beute hinunterstürzt, sobald er deren schwachen Augenblick gekommen weiß, fragte sie: «Darf ich heute zu Ihnen kommen – abends?»

«Heut nicht!» sagte Taittinger. Er liebte nichts Unvorbereitetes.

«Morgen? Übermorgen? Wann?»

«Ja, morgen!» – sagte Taittinger – «das heißt, wenn ich nicht plötzlich abgehalten bin!»

28

Er hatte wirklich noch die vage Hoffnung auf irgendein Ereignis, das geeignet wäre, ihn abzuhalten. Aber solch ein Ereignis traf nicht ein, und die Mizzi Schinagl kam, wie abgemacht. Er gewöhnte sich schnell an sie, wie überhaupt an das meiste, an das Gute, an das Schlimme, an das Charmante und an das Langweilige, das ihm zustieß. Er fand bei Mizzi vertraute Wärme wieder und entdeckte ihre wohlbekannten Geheimnisse. Mizzi kam immer häufiger. Sie fütterte die wiedererwachte Gewohnheit eifrig. Sie liebte inbrünstig, wie einst, als es angefangen hatte. Und wie einst ergab sie sich zuweilen jenen gefährlichen Träumen, von denen sie wußte, daß sie töricht waren und das Erwachen aus ihnen eine wüste Bitterkeit. Lächerliche Träume, gütig in ihrer Flüchtigkeit und beseligend noch in der Enttäuschung, die sie selbst ankündigten: der Baron wird alt werden, vielleicht auch ein bißchen krank. Oh, nicht viel! Vielleicht eine ganz kleine, vorübergehende, Pflege erfordernde Lähmung. Dann pflegt man ihn, gehört ihm ganz, nicht nur so, sondern auch als Opfer. Dann wird er immer älter, und er braucht die Mizzi – und dann wird sie seine Frau. Eine Nacht lang war sie schon einmal Gräfin gewesen. Die letzten zehn Jahre ihres Lebens konnte sie ganz gut Baronin sein.

An einem dieser Tage bekam der alte Schinagl – da er noch Vormund seines Enkels war – vom Direktor der Grazer Anstalt die Verständigung, daß man nicht mehr in der Lage war, den Xandl zu behalten; er müßte sofort nach Wien, zur Mutter, oder sonst irgendwohin. Weder sein sittliches Betragen noch sein Fleiß, noch auch seine Begabung würden ihm gestatten, noch eine andere Anstalt, in der Steiermark wenigstens, zu besuchen. Der Alte schickte den Brief seiner Tochter. Sowohl die Magdalene Kreutzer als auch der Trummer waren der Meinung, daß ein Kind zur Mutter gehöre und ein Bankert niemals in eine Anstalt. In die Lehre sollte er einfach, da konnte etwas Anständiges aus ihm werden. Es war übrigens ein Wink des Himmels, ein Fingerzeig Gottes, wie's geschrieben steht und der Katechet immer schon gesagt hat. Der Vater war hier, an Ort und Stelle. Dem sagt man nix. Der Bub kommt einfach her. Dann schickt man ihn zum Herrn Baron, am besten morgens. Da bin ich, was soll ich nun machen? Da bin ich, Herr Vater! Vielleicht schickt er ihn aufs Gut, wer kann's wissen? Der Baron hat manchmal so Launen, Himmel-sakra no amoi!

Eine Woche später, am Morgen, als Taittinger das Hotel verlassen wollte, meldete man ihm den jungen Mann, Schinagl. Der grausliche Junge hatte einen starken Eindruck im armen Taittinger hinterlassen. Er wußte jetzt, ganz gegen seine Natur, im Nu, um wen es sich handelte.

«Holen Sie ihn!» befahl er. «Aber wenn er noch einmal hierherkommt, schmeißen S' ihn 'naus!»

Ja, das war der grausige Junge, größer als das letztemal, das Maul schiefer, die Augenränder röter. Sein eigener Sohn! Sein eigener Sohn sah genauso aus, als wenn sich die Natur über den Baron hätte lustig machen wollen. Die Stirn war ähnlich, der Haaransatz, das Kinn, die Augenbrauen, der Schnitt der Augen.

«Guten Morgen!» sagte der Junge. Er hielt die Mütze in der Hand. Er war verändert, bedeutend häßlicher geworden, aber es war dennoch beinahe so, als ob man ihn gestern erst gesehen hätte.

«Herr Schinagl?» sagte Taittinger. «Die Mutter hat g'sagt, ich soll guten Morgen wünschen!»

«Danke, grüßen Sie Fräulein Schinagl!» sagte Taittinger und winkte einem Fiaker.

Ein schrecklicher Tag war angebrochen. Wohin fahren? «Nach Baden!» rief Taittinger, besann sich aber gleich darauf, in der Kärntner Straße schon, und sagte: «Zur Polizeidirektion!» Er stieg aus, zahlte, hatte nicht den Mut, den Polizeiarzt aufzusuchen, mit dem er eigentlich den Fall Schinagl hatte besprechen wollen. Er wanderte ziellos durch die Straßen. Als es zwölf von den Türmen schlug, kam er just an der Burg vorbei, eine Sekunde vor der Wachablösung. Der Leutnant der Deutschmeisterkompanie kommandierte: Kurzer Schritt!, weil die Uhr im Burghof noch nicht den Mittag zu verkünden begonnen hatte. Der Tambour hob sein Zepter, die letzten Klänge des Radetzky-Marsches erstarben wehmütig und weckten schon ein schwaches Echo unter der Wölbung des Burgtors. Jetzt dröhnte die Uhr im Hof, jetzt trommelte es sachte, wie wenn Sammetpfötchen auf das Kalbfell schlügen, jetzt erscholl drinnen das «Gewehr heraus!». Jetzt erschien irgendwo, hinter einem Vorhang, der Kaiser selbst. Eine unsägliche Traurigkeit bemächtigte sich Taittingers. Zum erstenmal nach langer Zeit empfand er wieder Heimweh nach der Uniform und Schmerz um die Armee. Die Kapelle spielte den Donauwalzer. Das Volk im Burghof glaubte an einem der Fenster den Kaiser erblickt zu haben. Hüte und Hände erhoben sich. Im Hurrageschrei erstarb beinahe die Musik. Die Frühlingssonne lag milde über der Burg und lächelte: eine junge Mutter. Das Gott-erhalte! erklang, Taittinger durchrann der alte wohlbekannte Schauer, der Soldatenschauer, der Hymnenschauer. Er stand da, den Hut in der Hand; er hätte lieber salutiert.

Auf dem Weg zum «Deutschen Haus», wo er heute mittag essen wollte, überlegte er ernstlich, ob er nicht wieder in die Armee eintreten sollte. Er hatte kein Geld mehr. Gut! Auch die Landwehr war ihm lieb. Den Befund konnte man wieder ändern. Sein Freund Kalergi saß im Kriegsministerium. Für die Dauer einer Stunde oder zwei sah der Rittmeister a. D. die ganze Vergeblichkeit seines Lebens. Das Gut, die Mizzi, das Volk im Prater, diese Kreutzer und dieser Trummer! – – – Und auch die Wachsfiguren weckten nicht mehr das geringste Interesse. Einmal hatte er schon eine Pfaidlerei gekauft, jetzt wird er freilich noch ein Panoptikum beschaffen müssen, aber dann ist's aus. Den lächerlichen Rest des Guts verkaufen! Und zurück zur Heimat! Heim in die Armee! Er wollte noch im Hotel ein wenig nachdenken. Er ging nach Haus, er setzte sich in die Halle.

Der Portier kam und meldete ihm, daß der junge Mann von heute morgen wieder dasei, in Begleitung der Dame, die jeden Tag komme, und man wisse nicht, was zu tun sei. Sie möchten beide herkommen, sagte Taittinger. – Sie kamen. Taittinger hatte sich vorgenommen, nicht aufzustehen, aber er erhob sich: es hob ihn vom Sessel hoch. Er war unfähig, vor einem Wesen in Frauenkleidern sitzen zu bleiben. (Wenn sich ihm ein Kleid aus irgendeinem der Mode-Schaufenster genähert hätte, wäre er ebenfalls aufgestanden.) Er lächelte sogar. Er bat, Platz zu nehmen.

Mizzi Schinagl zog den Brief des Schuldirektors aus dem Säckchen und zeigte ihn Taittinger. Hierauf nahm sie auch das Taschentuch in die Hand. Sie präparierte schon das Weinen. Taittinger las ein paar Zeilen und legte den Brief auf den Tisch. Mizzi rührte schon mit dem Tuch an die Augen. Und schon mit heftig schluchzender Stimme stieß sie den Satz hervor: «Der Bub ist ganz mißraten!» Es war ein deutlicher Vorwurf. Das Werk Taittingers war mißlungen.

«Liebes Fräulein Schinagl», sagte Taittinger, «wie alt ist Ihr Sohn?»

«Er wird jetzt grad achtzehn, morgen!»

«Ah, gratuliere!» sagte Taittinger zu Xandl.

«Was wollen Sie jetzt anfangen?» fragte Taittinger.

«Ich denk, und der Herr Trummer sagt's auch, er soll zu meinem Vater, im Geschäft helfen, und dann erbt er vielleicht das Geschäft, und der Vater ist ja krank!»

«Morgen nicht» – sagte Xandl – «morgen ist mein Geburtstag!»

«Da will ich Ihnen auch gleich was schenken» – sagte Taittinger – «da brauchen Sie sich morgen nicht noch einmal hierher zu bemühen!» Er zog einen Hundertguldenschein aus der Brieftasche. Xandl faltete ihn zusammen und behielt ihn in der Faust.

«Danke!» sagte er. «Sag dank schön, Herr Baron!» rief Mizzi.

«Ja», sagte Xandl, «dank schön, Herr Baron!» – Es war eine Weile still. Dann sagte Xandl plötzlich: «Geh' ma, Mizzi!» und erhob sich.

«Ich muß auch fort!» sagte Taittinger, sah auf die Uhr und erhob sich. Er nahm den Hut und ging zuerst.

«Gib mir das Geld!» sagte Mizzi zu ihrem Sohn auf der Straße. «Fällt mir grad ein!» rief Xandl. «So 'n Hunderter is nix für Frauenzimmer wie du!»

Er ging schon neben ihr ein Stückchen weiter, aber bei der nächsten Querstraße bog er ein, ohne ein Wort zu sagen. «Xandl, Xandl!» rief Mizzi. Er wandte sich nicht um.

Sie ging zu Fuß, durch die Rotenturmstraße, am Franz-Josephs-Kai mußte sie sich setzen. Es war still um diese Stunde. Man hörte das gute Murmeln der Donau hinter den dichten Goldregenbüschen. Zutrauliche Amseln kamen zur Mizzi auf die Bank. Sie kamen um Atzung, den Straßenmusikanten ähnlich, die einsammeln gehn, nachdem sie ihr Liedchen gespielt haben. Mizzi erhob sich, sie wollte im Café nebenan einen Kipfel holen, um die Vögel zu füttern. Sie hatte für Vögel die Zärtlichkeit aller kleinen Frauen, deren rührselige Dankbarkeit für die Zutraulichkeit der Tiere. Sie zerbröckelte langsam und sparsam einen Kipfel, um die Amseln möglichst lange in der Nähe zu wissen. Sie konnte heute nicht allein sein. Sie wollte auch schnell zur Kreutzer und zum Trummer zurück. Sie sprach leise zu den Amseln. Sie erzählte ihnen, wie schlimm der Xandl sei, seit dem Augenblick seiner Ankunft. (Und so goldig is er gewesen, wie er zur Welt gekommen is – und später auch, wie er noch die Locken g'habt hat. Und so g'freut hat's mi, wann er mir Mutter gesagt hat. Und jetzt sagt er mir nimmer Mutter, Mizzi sagt er halt und Frauenzimmer, Frauenzimmer!) Sie begann bitterlich zu weinen. Sie hatte das Gefühl, daß sie erst seit der Ankunft des Buben zum erstenmal Erniedrigungen erfahren habe. Im Haus der Josephine Matzner hatte man sie freilich mißbraucht, aber niemals beschimpft. Auch bei dem obligaten wöchentlichen Besuch beim Arzt, auf der «Sitte», hatte sie nie Kränkungen gefühlt, und später auch nicht, weder in der Untersuchungshaft noch im Gefängnis. Ihr eigenes Kind mußte kommen, um sie zu schänden. Sie empfand in diesem Augenblick das ganze Gewicht des Wortes: schänden. Dieses Wort – wie wunderlich – gehörte, seit sie denken konnte, zu ihrem täglichen Sprachschatz – jetzt erst begriff sie seine wuchtige Bedeutung. Sie erhob sich, sah sich um, es war kein Wachmann in der Nähe. Sie traute sich auf den Rasen, trat an die Brüstung des Donau-Kanals und sah hinunter auf den Fluß. Vor ein paar Jahren hatte sich die rothaarige Karolin in die Donau geworfen, etwas weiter oben, bei der Augartenbrücke; man hat sie nie gefunden. Die Matzner hat damals gesagt, daß die Donau nicht gerne Leichen hergibt. Sie schleppt sie bis zum Meer. Der Mizzi schaudert vor solch einem Tod; je länger sie auf das dahineilende Wasser blickte, desto stärker wurde der Schauder; aber sie begann zugleich auch ihre Furcht zu lieben. Sie liebte ihre Furcht vor dem nassen Tode. Als sie unten, am Kai-Ufer, den Helm eines Wachmannes aufblinken sah, kehrte sie auf die Bank zurück.

Sie hatte Sehnsucht nach dem Gefängnis. Dort war sie nicht so allein gewesen, die Zelle war klein. Aber hier draußen war die Welt groß, eine kleine Frau war tausendfach einsam. Die Einsamkeit war so groß wie die Welt. Die Kreutzer war eine Freundin, aber sie hatte ihren Trummer. Wo gibt's eine Freundin, auf die man sich verlassen kann, wenn sie einen Mann liebt? Den Baron konnte man niemals haben. Das einzige, was man von ihm behalten konnte, war der Xandl – und der lief ihr weg, für den war sie keine Mutter. Wenn man nur vergessen könnte, wie goldig er einmal gewesen ist. Vielleicht tat's ihm schon leid, und er erwartete seine Mutter wie jeden Nachmittag im Karussell. Sie ging in den Prater, sie ging langsam. Je später sie kam, desto sicherer war er schon dort.

Aber Xandl kam erst spät, am Abend, er roch nach Bier und Schnaps. Er war stiller als sonst. In seinen Augen blinkte ein kleines fremdes Licht. Sie zögerte lange, bevor sie ihn nach dem Hunderter fragte. Aber schließlich war die Vorstellung, daß sie wenigstens siebzig Gulden retten könnte, unbezwinglich.

«Hier ist es!» sagte Xandl. Er zog ein Bündel Zehnguldenscheine hervor. «Zwanzig Gulden hab ich ausgegeben. Ich hab ein Bizykl angezahlt, morgen will ich's holen.»

«Gib mir den Rest!»

Xandl steckte das Geld wieder ein. Er ging hinunter, den Esel ein bißchen anzutreiben und mit Schani zu sprechen. Er wollte auch seinen Reichtum zeigen. Schani brauchte Geld. Er hatte einen silbernen Ring mit einem echten Stein, aber Xandl traute weder dem Silber noch dem Juwel. Der einzige Wertgegenstand, den Schani besaß, war ein Revolver. Er verkaufte ihn, samt zwanzig Patronen, dem Xandl für fünf Gulden. Morgen sollte man den Revolver ausprobieren, auf der Wasserwiese, wo die Soldaten exerzierten und wo die Schüsse keinem Wachmann verdächtig erscheinen konnten.

Herr Trummer zwängte sich eben durch den kleinen Eingang, im Augenblick, da der Handel abgeschlossen wurde. Er sah die Scheine, fragte, woher sie kämen, nannte den Baron einen Teppen, ein närrisches Gewächs, befahl Xandl, das Geld sofort ihm oder der Mutter zu geben. Sonst wollte er den Wachmann holen; wegen des Revolvers würden beide Buben eingesperrt.

«Aber den Revolver behalt ich», sagte Schinagl konziliant. Er behielt den Revolver und lieferte das Geld aus. Trummer sagte der Mizzi, er würde es aufheben, solang der Bub im Hause sei. Ihm könne er's nicht stehlen, wie der Mutter. Mizzi hielt das Geld für verloren, und sie wurde noch trauriger. Sie suchte ein paar Tage nach Taittinger. Er kam nicht mehr in den Prater. Im Hotel traf sie ihn nicht. Sie ging in die Konditorei Schaub in der Petersgasse, wo sich die noblen Herren zuweilen trafen. Da saß er auch, mit zwei Offizieren. Sie wagte nicht, an ihn heranzugehn, nicht einmal, sich an einen anderen Tisch zu setzen. Sie blieb draußen. Sie ging vor der Tür auf und ab. Taittinger kam endlich, er war allein. «Pardon, Mizzi», sagte er, «ich hab in diesen Tagen zu tun. Eine Woche noch. Grüß Gott!»

Er betrieb mit einer Energie, die er nie an sich gekannt hatte, seine Rückkehr zur Armee. In einer Woche wollte er vor der ärztlichen Kommission erscheinen. Um zur Infanterie transferiert zu werden, brauchte er noch einen Kurs von sechs Monaten. Er war jugendlich aufgeregt wie ein Kadett. Er hatte, wie gesagt, einen heißen Eifer, aber unselig kindliche Vorstellungen von dem Eifer der militärischen administrativen Behörden. Er glaubte, es ginge im Kriegsministerium so zu wie im Regiment, der Vorgesetzte befahl, der Subalterne gehorchte. Am Nachmittag wurde der Regimentsbefehl verlesen, und am nächsten Tag vollführte sich alles so, wie es im Befehl gestanden hatte. Aber so war es nicht in den Kanzleien des Ministeriums. Man sprach nicht zueinander, man korrespondierte. Taittingers Gesuch konnte auch der Oberstleutnant Kalergi nicht vor der verworrenen Wanderung bewahren, die alle Schriftstücke in der alten k. u. k. Monarchie zurücklegen mußten. Der «Akt Taittinger» wuchs und schwoll an, während er wanderte. Er hatte noch lange nicht jene Üppigkeit erreicht, die ihm gestattet hätte, zum Oberstleutnant Kalergi zurückzukehren. Und mochte dieser auch noch so aufmerksam die Kreuz- und Querfahrten des Aktes überwachen, dieser entschlüpfte immer, just in den Augenblicken, in denen er ihn gerade erwischt zu haben glaubte. Nein, Baron Taittinger kam noch lange nicht vor die ärztliche Kommission.

29

An einem dieser Tage erhielt er den höchst peinlichen Besuch seiner «Freunde aus dem Volke». Sie kamen gemeinsam diesmal, das Fräulein Kreutzer und der Herr Trummer. Taittinger saß in der Halle und sah sie mit einem gelinden Schrecken anrücken. Herr Trummer kam zuerst und fragte nach dem Baron. Im gleichen Augenblick sah er auch schon Taittinger vor seiner Kaffeetasse. Er schwenkte den feierlichen schwarzen Hut. Es sah aus, als gäbe er Signale mit einer Trauerfahne. Er wandte sich sofort wieder dem Ausgang zu und winkte Magdalene Kreutzer heran. Er war würdig schwarz gekleidet, die Kreutzer sommerlich bunt. Neben dem dunklen Ernst des Mannes erinnerte sie an ein wandelndes Gartenbeet, das vom Tod persönlich betreut wird. Sie waren nun einmal da, Taittinger fand sich damit in einigen Sekunden ab. Er konnte nicht leugnen, daß er selbst schon daran gedacht hatte, sie an einem dieser Tage aufzusuchen.

Sie setzten sich sofort, sahen einander lange an, überlegten gleichsam mit den Augen, wer von ihnen zuerst sprechen sollte. Schließlich fingen sie gleichzeitig an, hochdeutsch und mit dem gleichen Satz: «Es ist ein großes Malheur passiert!»

«Was ist geschehn?» fragte Taittinger.

«Ein Malheur!» wiederholte die Kreutzer – und sie weinte auch schon.

«Ruhe, Leni!» befahl Trummer. Er nahm das Wort, verfiel nach zwei hochdeutschen Sätzen wieder in den Dialekt, wurde unsicher, fragte immerzu: «verstanden?» und mußte schließlich innehalten.

Frau Kreutzer begann die Geschichte wieder von neuem. Das Weinen steckte noch in ihrer Kehle, färbte ihre Rede, erinnerte an das Miauen einer Katze und an Messerschleifen zugleich und hie und da an den durchdringenden Aufschrei einer Gabel, die auf einem Teller ausgleitet. Sie betäubte Taittinger dermaßen, daß er zehn Minuten lang gar nichts begriff. Dazu kam, daß sie selbst nicht immer zu wissen schien, was sie eben erzählt hatte, denn von Zeit zu Zeit unterbrach sie ihre Rede mit der Frage: «Wos hab ich jetzt gesagt?», worauf Taittinger schwieg und Herr Trummer wieder von vorn anfing. Jetzt, nachdem er sich entschlossen hatte, durchwegs beim Dialekt zu bleiben, gelang es ihm auch, einen Zusammenhang in den Bericht zu bringen. Es verging immerhin eine Viertelstunde, bevor Taittinger begriff, daß der Xandl etwas Schreckliches angestellt hatte – und zwar infolge der Schuld des Barons.

«Schuld hob i gsogt!» wiederholte Trummer.

«Allen gehorsamen Respekt, Herr Baron», warf die Kreutzer ein, «aber man kann dem Buben doch kein Vermögen in die Hand geben!»

«Was hat er denn damit angestellt?» fragte der Baron. Alles ist falsch, was ich mache, dachte er. Jetzt hab ich ihm das Geld gegeben, damit ich Ruh hab, und das Gegenteil ist der Fall.

«An Murd hat er begangen!» sagte Trummer – «aber Gott sei Dank: an mir. Und i leb noch! I leb noch lang!»

«Wieso, einen Mord?» fragte Taittinger.

«Geschossen hat er halt!» sagte die Leni. Und sie erzählte, noch einmal, daß Trummer das restliche Geld vom Hunderter dem Xandl abgenommen hatte; den Revolver hatte aber Xandl behalten. Vorgestern abend nun, wie der Trummer das Geld vom Karussell, wie gewohnt, zusammenzählt und sich nach Mitternacht auf den Heimweg macht, kommt ihm der Xandl entgegen und verlangt nicht nur sein Geld, sondern einen ganzen Hunderter. Der Trummer holt aus zum Schlagen. Da zieht der Xandl den Revolver und sagt: Hände hoch. Aber der Trummer, der hat noch nie Angst vor so einem Hascherl von Räuber gehabt und gibt dem Xandl einen Stoß, der Bub fällt hin, und der Schuß geht los, und nun schießt der Xandl, wie ein Wilder, noch die anderen Patronen ab, so platt auf der Erde liegt er und schießt hinauf, und da ist auch gleich die Polizei da. Und jetzt sitzen wir alle «in der Tinten».

«Lesen S' denn gar nie a Blattl?» fragte Trummer. Er war

beleidigt. Seit gestern stand die ganze Geschichte ausführlich in der Zeitung; auch sein Verhör im Polizeikommissariat Leopoldstadt. Heute hat ihn so ein Journalist sogar gezeichnet, und sein Porträt kommt morgen in die Öffentlichkeit. So war's. Die Mizzi saß den ganzen Tag auf der Polizei. Es wird ein großer Prozeß werden, hat der Herr Kommissär gesagt, und die Delikte – «Dalikter» sagte Trummer – hießen, versuchter Raubüberfall und Mordversuch. Auch die Mizzi ist verhört worden, und sie hat ausgesagt und erzählt, wer der Vater ist. – Und da steht's auch schwarz auf weiß in der Zeitung – Trummer holte ein Blatt heraus und deutete auf einen Satz. Taittinger las: «Der junge Attentäter ist die uneheliche Frucht einer echt romantischen Liebesbeziehung zwischen der jungen Mizzi Schinagl und einem Dragoneroffizier von Adel, der zur besten Wiener Gesellschaft gehört, einem Baron . . .» Hier kamen drei Sterne.

Der arme Taittinger blieb versteinert sitzen. «Hätten S' nur nicht dieses Sündengeld gegeben, Herr Baron!» sagte die Kreutzer. Sie hatte sich fest vorgenommen, dem narrischen Baron die Wahrheit zu sagen. Sie stellte alles Fürchterliche dar, das nicht nur den Buben, sondern auch die Mizzi und den Taittinger selbst erwartete, wenn es zum Prozeß kam. Der Advokatursschreiber Pollitzer, ein Bekannter der Kreutzer, hat alles gesagt, wie es kommen muß. In anderen Ländern, in Amerika zum Beispiel, so hat Pollitzer gesagt, werden Jugendliche ganz anders vom Gericht behandelt. Aber bei uns in Österreich ist alles rückständig.

«Weil's wahr is!» grollte Trummer. «Weil die Herrn kan blauen Dunst haben. Himmel – Herr-Gott – Sakra – no amoi!»

Taittinger überlegte, aber er wußte ja schon längst, daß ihn noch niemals eine Überlegung zu irgendeinem vernünftigen Ziel geführt hatte. Es galt vor allem, die beiden loszuwerden. Er bediente sich also einer Methode, die einst, beim Militär, in vielen Fällen geholfen hatte, wenigstens eine vorläufige Beruhigung herbeizuführen. Er erhob sich und sagte: «Ich werde das Nötige veranlassen!» Mit dem Bewußtsein, alles erreicht und dem Baron eine Niederlage beigebracht zu haben, verließen die Kreutzer und der Trummer das Hotel.

Im Laufe der nächsten Tage aber mußte Taittinger die Erfahrung machen, daß er durchaus nicht imstande war, «das Nötige zu veranlassen». Die Sache Schinagl–Trummer war bereits dem Untersuchungsrichter anvertraut, als Taittinger den Polizeiarzt aufsuchte. «Weißt du», sagte der Doktor Stiasny, «bei uns, bei der Polizei, da läßt sich immer noch was machen. Bei uns, weißt du, da gibt's sozusagen Abtreibungen, da sind die Geschichten noch Embryos. Aber du bist zu spät gekommen! Beim Untersuchungsrichter reift die Frucht langsam, aber sicher und unaufhaltsam. Und da gibt's auch nix zu machen. Du kannst grad noch verhindern, daß beim Prozeß dein Name genannt wird, direkt oder indirekt. Das übernehm ich gerne: der Doktor Blum von der Gerichtssaalkorrespondenz ist mein Freund. Auch wenn von dir die Rede sein sollte, im Verlauf des Prozesses, so kommt nix davon in die Zeitungen. Lieber Baron, das ist alles, was ich für dich machen kann.»

Der Oberstleutnant Kalergi meinte ebenfalls, daß die Affäre unrettbar verloren sei. Taittinger begriff nicht ganz, weshalb es schwieriger sein sollte, etwas beim Gericht zu unternehmen als bei der Polizei. «Ein Richter, weißt du» – so belehrte ihn Kalergi –, «ist etwas anderes als ein Beamter der Polizei. Die sind so was wie die Engel unter den Beamten. Aber dich geht ja die ganze Geschichte nur insoweit an, als sie deinem Gesuch um Wiederaufnahme in die Armee schaden kann. Fahr weg! Vorläufig! Ich sorg schon dafür, daß alles gut geht.»

Nein, Taittinger fuhr nicht weg. Eine seltsame Bangnis hielt ihn zurück. Beinahe war es schon eine Furcht des Gewissens. Schon fühlte er sich schuldig und unlösbar verbunden mit fremden Schicksalen und Angelegenheiten. Er fühlte selbst, daß eine große Veränderung in ihm vorgegangen war, er wußte nicht genau, wann sie angefangen hatte. Vielleicht damals, als Sedlacek ihm auf der Treppe entgegengekommen war. Vielleicht früher schon, im Laden Schinagls, in Sievering. Vielleicht später dann, als er die Mizzi im Gefängnis besucht hatte. Vielleicht gar erst nach dem Abschied von der Armee. Er war jetzt sogar imstande, die gleichgültige Heiterkeit seiner früheren Jahre zu erklären: Ahnungslosigkeit war es gewesen. Manchmal kam es ihm vor, daß er lange Jahre gleichsam mit verbundenen Augen an wüsten und gefährlichen Abgründen vorbeigewandert und lediglich deshalb nicht gestürzt wäre, weil er sie nicht gesehn hatte. Viel zu spät hatte er sehen gelernt. Große und kleine Gefahren sah er jetzt überall. Gedankenlos begangene Handlungen, harmlos ausgeführte, harmlose Einfälle, leichtsinnig hingeworfene Redensarten und aus purer Gleichgültigkeit unterlassene Maßregeln rächten sich fürchterlich. Längst war die Welt nicht so einfach mehr wie früher; besonders nicht mehr seit der Stunde, in der man die Uniform abgelegt hatte. Längst gab es nicht nur drei einfache Kategorien von Menschen mehr: Charmante, Gleichgültige und Langweilige, sondern vor allem: Unerkennbare. Wie leicht hatte vor Jahren das nette Verhältnis mit der netten Mizzi ausgeschaut, eine der vielen angenehmen Episoden, unbedeutend wie eine gute Mahlzeit, ein angenehmer Ritt, eine Einladung zur Jagd, eine Flasche Champagner, ein zweiwöchentlicher Urlaub. Die Erlebnisse sahen damals, als man ihnen begegnete, bunt, heiter, schwebend aus. Man hielt sie an einem Faden, wie Luftballons, solange sie Freude bereiteten. Dann, wenn sie anfingen langweilig zu werden, ließ man den Faden los. Sie schwebten freundlich in die Luft, man sah ihnen noch dankbar eine Weile nach, dann mochten sie irgendwo in den Wolken zerplatzen. Aber einige waren gar nicht zerplatzt. Tückisch unsichtbar hatten sie sich lange Jahre irgendwo aufgehalten, allen Naturgesetzen zum Trotz. Mit Ballast gefüllt, fielen sie jetzt, wuchtige Gewichte, auf den armen Kopf Taittingers zurück.

Er wehrte sich nicht mehr gegen das sinnlose Pflichtgefühl, das ihn jeden Tag antrieb, in den Prater zu gehn und der Mizzi, der Kreutzer und dem Trummer von den Mißerfolgen seiner «Demarchen» zu berichten. Er konnte nichts gegen das quälende Bewußtsein, daß er an allem schuld war: an der Existenz Xandls, an den hundert Gulden, an der Grauslichkeit des Buben. Er sank – er fühlte es wohl – in der Wertschätzung des «Volkes» (denn die drei Personen waren für ihn das «Volk»).

«Wann i die Großkopferten so kenna tät wie Sie!» sagte der Trummer.

«Es g'hört nur Kurasch dazu!» meinte die Kreutzer.

«Mein armer Bub!» schrie die Mizzi. Sie weinte leicht,

schnell und gehässig. Nicht der Kummer, sondern der Haß gebar ihre Tränen.

Alle drei bildeten eine feindliche Front gegen Taittinger. Selbst er, der ebenso unfähig war, irgendein Mißtrauen zu empfinden, wie er außerstande gewesen wäre, etwa einer Pferdebahn nachzulaufen oder sich nach einem fremden Gegenstand, der auf seinem Wege lag, zu bücken: selbst er entdeckte hie und da die flinken Blicke, die geheimnisvollen, die zwischen den drei Repräsentanten des Volkes über seinen Kopf hinweg ausgetauscht wurden. Manchmal wurde «das Volk» auch direkt. Es sprach deutlich durch den Mund der Magdalene Kreutzer: «Ja, wann S' immer die Alimente gezahlt hätten!» und: «Mit so aner Pfaidlerei abfinden, wann man ein ehrliches Mädchen verführt hat!» – Die Geringschätzung der drei ging so weit, daß sie nur noch selten und immer seltener in den Dialekt verfielen. Sie schufen gewissermaßen eine hochdeutsche Distanz zwischen sich und dem Baron. Er war nicht mehr würdig, Dialekt zu vernehmen.

«Mir werden uns schon selber helfen!» sagte bedeutsam eines Tages die Kreutzer.

Sie hatte einen großartigen Einfall, wie es ihr schien. Mit Hilfe Pollitzers, der für zwei Gulden fünfzig jedes gewünschte und gebrauchte Gesuch abzufassen bereit ist, schreibt man an Seine Majestät persönlich: ein Gnadengesuch. In der Hof- und Kabinettskanzlei – sagt Pollitzer – wird alles sorgfältig geprüft. Man schreibt, daß die arme Mizzi von Baron Taittinger verführt und mit einem Kind ohne Alimente sitzengelassen wurde. Der Junge ist leichtsinnig und ohne Vater aufgewachsen. Man vernichtet sein blühendes Leben. Die allerhöchste Gnade des Kaisers allein kann einen Knaben, einen Staatsbürger, einen künftigen treuen Soldaten vor der unbarmherzigen Strenge des Gesetzes retten. Zuerst meinte der Pollitzer zwar, daß man mit diesem Gesuch noch Zeit hätte, bis zur Gerichtsverhandlung. Allein er dachte an die zwei Gulden fünfzig – und sagte: «Ich schreib's – aber auf Ihre eigene Verantwortung!» Und er schrieb.

Eine Vietelstunde, bevor Seine Majestät der Kaiser seine tägliche Spazierfahrt durch die Straßen der Stadt Wien unternahm, kamen die «Geheimen» an die Kreuzungen und

Straßenecken – nicht etwa, um nach Verdächtigen Ausschau zu halten, sondern, im Gegenteil, um ihre uniformierten Kollegen, die Wachleute im Straßendienst zu warnen.

Die Spazierfahrt des Kaisers ist ähnlich wie einer der gewohnten und vertrauten Feiertage: man kennt sie schon lange, aber man erwartet sie, wie etwas Unbekanntes. So kennen die Menschen auch den Frühling, zum Beispiel, und sie begrüßen ihn doch jedes Jahr mit der gleichen begierigen Freude. Die Geschäftsleute schließen ihre Läden und stellen sich am Straßenrand auf. In den großen Warenhäusern, die einige Stockwerke einnehmen, reißen die jungen Verkäuferinnen, Näherinnen, Modistinnen, ewig neugierige, ewig flatterhafte, nach Abwechslung lüsterne, frühlingshaft genäschige Kinder Wiens, alle Fenster auf. Eine halbe Stunde lang ist Feiertag: Der Kaiser fährt vorbei.

Da hört man auch schon seinen Wagen, die zwei schlanken Braunen, die hurtig und sachte, mit empfindlichen Hufen, das Pflaster zu liebkosen scheinen, während sie es treten. Auf dem Bock sitzt der Livrierte, in kleiner Gala, und der Kutscher hält die Peitsche, lediglich als Zeichen seiner Würde und seines Amtes. Denn kaiserliche Pferde brauchen keine Peitsche. Die Pferde des Kaisers wissen immer, was sie zu tun haben, und auch, wen sie dahinführen. Es ist, als ob sie es auch gar nicht nötig gehabt hätten, vor den kaiserlichen Wagen eingespannt zu werden: von selbst haben sie sich Zügel und Geschirr angelegt. Sie geben dem Kutscher Richtung und Rhythmus an; nicht er ihnen.

An diesem Tage stürzte, als die Pferde vom Ring in die Mariahilfer Straße einbogen, eine Frau aus der dichten Reihe der «Hoch»- und «Vivat»-Rufenden, war in einer Sekunde am Trittbrett des Wagens angelangt und warf einen Brief hinein, der dem Adjutanten auf den Schoß fiel. Ähnliche Vorfälle hatten sich schon oft ereignet, der Kaiser kannte sie bereits. Es waren Gnadengesuche, geschriebene Hilferufe seiner Untertanen. Er hatte schon viele gelesen, viele gutgeheißen, viele abgelehnt. Genauso aber, wie er derlei Begebenheiten für gewöhnliche, selbstverständliche Folgen seines Amtes halten mochte, so erschienen seinen Dienern diese heftigen und überraschenden Bitten um Gnade äußerst gefährliche Symptome einer anarchistischen und bedrohlichen Freiheit. Die Geheimen stürzten hervor, zwei, drei, vier, fünf; zu viel Männer für eine einzige Frau. Der Hut fiel ihr vom Kopf, das Pompadourtäschchen aus der Hand. Ein Polizist hob beides auf. Der Kaiser war schon weit fort. Man brachte die Frau in die Wachstube, in die Neubaugasse, untersuchte sie genau, wie es die Vorschrift befahl, nahm ihre Personalien auf. Es war Mizzi Schinagl. Sie wurde entlassen. Man sagte ihr, daß sie von nun ab unter besonderer polizeilicher Bewachung stehe und gewärtig sein müsse, jeden Moment vorgeladen zu werden. All dies bekümmerte die Mizzi nicht. Sie wußte, wie alle Welt, daß sie zwei Tage Arrest oder fünf Gulden Strafe zu bekommen hatte. Die Kreutzer und der Trummer, die mit der Mizzi gekommen waren, um ihr Mut zu machen, begleiteten sie triumphierend in den Prater.

«Deinem Baron sagst nix!» befahl Trummer. Der Baron war bereits ein erklärter Feind, für vogelfrei erklärt sozusagen. Wenn er zu früh von dem Gnadengesuch der Mizzi erfuhr, war er imstande, das Geld für das Wachsfigurenkabinett zu verweigern.

Mizzi Schinagl litt unter einigen peinlichen Empfindungen, wegen der Angaben, die sie im Gesuch gemacht hatte. Allein, sie sagte sich, daß sie ihren Sohn, ihr einziges Kind, ihr «Alles auf der Welt» retten mußte. Eine Mutter bin ich eben! sagte sie sich. Sie beschloß, später erst, in zwei Tagen vielleicht, Taittinger von ihrer Tat zu berichten. Später erst: sobald das Panoptikum bezahlt wäre. In zwei, drei Tagen sollte man abschließen; im Café Zirrnagl, im Artisten-Café in der Praterstraße, wie es eine alte Überlieferung den Budenbesitzern vorschrieb.

30

Um fünf Uhr nachmittags sollte Taittinger ins Café Zirrnagl kommen. Seit vier Uhr erwarteten ihn die Schinagl, die Kreutzer und der Trummer. Jeden von den dreien beherrschte die Furcht, der Baron könnte es sich im letzten Augenblick überlegen und also ausbleiben oder, was noch schlimmer war, gestern schon weggefahren sein. Man hätte ihn fester halten müssen! dachte die Kreutzer.

Aber da kam er schon, im Fiaker. Sie kannte seine Gewohnheit. Er liebte es nicht, an dem Ort vorzufahren, an dem er aussteigen sollte. Sie hatte Zeit genug, die breite Straße zu überqueren und ihn noch rechtzeitig zu erreichen.

«Ich bin hoffentlich nicht zu spät?» fragte Taittinger. «Hast du hier auf mich gewartet?» Er sah auf die Uhr, er war pünktlich, wie immer.

«Ich muß was schnell vorher erzählen!» sagte Mizzi. Sie hatte gar keine Angst mehr vor dem Widerwillen des Barons gegen heftige und intime Bewegungen. Sie glaubte, in diesem Augenblick zu fühlen, daß er allein, von allen Menschen in der Welt er allein, ihr vertraut war. Ihr Geliebter war er. Sie liebte ihn mehr als ihren Sohn und ihren Vater. Sie wußte es jetzt ganz genau.

«Was gibt's denn, was gibt's denn?» fragte er. Er ließ sich in die Seitengasse führen.

«Ich möcht nicht, daß du das Kabinett kaufst», begann sie. Sie sagte «du», es schien ihr selbstverständlich, sie sprach zum erstenmal so zu ihm, am Tage, wie sonst nur in der Dunkelheit vertrauter Nächte. Sie habe selbst noch Geld genug und sie brauchte ja auch seine Hilfe nicht. Sie hatte nur die Ratschläge der Kreutzer befolgt, aber dies sei schlecht von ihr. Sie wollte nichts mehr Schlechtes anstellen. Und außerdem hatte sie noch ein Gnadengesuch gemacht, für den Xandl, ja – –.

«Nein, liebe Mizzi», sagte er, mit einer Stimme, die sie nicht kannte. Er befreite seinen Arm. Seine Stimme kam von weitem, jede Silbe war eine zuschlagende metallene Tür. Die Sätze schnappten ein wie einst der Riegel an der Zellentür draußen. «Nein, ich zahle meine Schulden. Du hast dann eine sichere Existenz und der Junge auch, wenn er einmal herauskommt! – Gehn wir!» sagte er, und sie folgte ihm, einen halben Schritt hinter ihm, so schnell ging er dahin. Ihr Herz klopfte nicht mehr, obwohl sie jetzt eilen mußte, und ihr Kopf war leer, ausgehöhlt und dennoch schwer. Wie eine fremde Last saß er auf ihrem Hals.

Nur schnell fertig werden, dachte Taittinger, als er ins Café Zirrnagl eintrat. Da saßen sie schon, der Besitzer des Panoptikums und der Makler und noch einer, den Taittinger noch nicht kannte. Es war der juristische Beirat, der den

Vertrag aufsetzen sollte, der Pollitzer. Taittinger strengte sich gar nicht an, um die einzelnen Phasen des Gesprächs zu begreifen. Er bemühte sich lediglich, die Verwirrung zu unterdrücken, die nicht aus ihm selber kam, sondern die von allen Seiten auf ihn einströmte, eindrang, wie Wind, Gestöber, Staub und Eisregen zugleich.

Er hatte noch kaum seinen Kaffee angerührt, und schon mahnte der Pollitzer zum Aufbruch. Taittinger fragte, ob man endlich fertig sei. «Leider nicht, Herr Baron!» sagte Pollitzer, der hier das Wort führte und den alle «Herr Doktor» nannten. «Wir müssen mit dem alten Percoli sprechen, er wohnt nur zwei Häuser weiter. Herr Baron ziehen es vielleicht vor, uns hier zu erwarten?» Nein, dagegen wehrte sich etwas in Taittinger. Er konnte hier nicht allein bleiben, obwohl er auch etwas Unbehagen vor Pollitzers Lavalliere-Krawatte, vor seinem Schlapphut, seiner bunten Samtweste und den vielen Papieren in seiner Rocktasche empfand. Er ging, zwei Häuser weiter. Er folgte dem Trupp, gehorsam wie ein Haustier und mit verdoppelter, weil mühsam gezähmter Ungeduld. Er stieg die drei Treppen empor. Er trat hinter den andren durch eine finstere Küche in ein helles, von einem Glasdach überdecktes Atelier. Der alte Neapolitaner blieb sitzen.

Den Vertrag hatte Pollitzer mitgebracht, der alte Tino Percoli verpflichtete sich darin, die Aktualitäten der letzten Monate nachzuliefern, gegen einen Vorschuß von hundert Gulden. Er durfte innerhalb der Monarchie keine gleichen Modelle anbieten, an das Berliner Panoptikum erst in einem Abstand von zwei Wochen. Ausgenommen war das Musée Grevin in Paris und überhaupt das Ausland. «Den Vertrag behalt ich bis morgen», sagte Percoli. «Morgen nachmittag! Ich will ihn allein durchlesen.»

«Ich bitte um die Freundlichkeit, das durchzulesen, was Herrn Baron betrifft», sagte Pollitzer. Taittinger mußte noch einmal ins Café.

Es erwies sich, daß er siebenhundert Gulden in bar zu erlegen hatte, für den Rest – achthundert rund – garantierte er. Man brachte ihm Tinte und Feder. Er unterschrieb mit fester und heiterer Hand. Es kam ihm vor, daß er gewaltige Lasten abgeworfen, das Gewissen befreit hatte, Sorgen entronnen war, allen möglichen Verwicklungen und Peinlichkeiten. Er nahm geradezu herzlichen Abschied von allen. Er versprach, Sonntag zur Neueröffnung des Panoptikums zu kommen. Es sollte einen neuen Namen tragen. Pollitzer hatte vorgeschlagen: «Das Welt-Bioscop». Der Name gefiel allen Beteiligten. Man ging trinken. Man machte nicht einmal den Versuch, den Baron einzuladen.

Mizzi Schinagl begann plötzlich zu weinen. «Warum?» fragte man. «Ach so, vor Freude», erwiderte sie.

Die Eröffnung des neuen «Großen Welt-Bioscop-Theaters» fand statt unter dem Andrang des spektakelsüchtigen Publikums der Reichshaupt- und Residenzstadt.

Der arme Taittinger hatte gar keine Möglichkeit fernzubleiben. Er ließ das ganze Programm über sich ergehen.

Der Vorhang ging leise kreischend auf, und Taittinger sah maßlos erschrocken die Mizzi auf einem roten Thron. Es war in der Tat unmöglich zu erkennen, ob sie wächsern oder lebendig war. Eine schwere, gelb, silbern und zugleich auch bläulich schimmernde, dreifach geschlungene Kette aus schweren großen Perlen zierte ihren wächsernen Hals und den wächsernen Ausschnitt der Büste. Wuchtige Diamanten hingen an ihren Ohrläppchen. Zauberlicht kam aus einem Rundbrenner, der sich hinter einem blauen Schleier verbarg, an der Decke. Auf dem Kopf trug die «Lieblingsfrau des Schahs» einen türkischen Halbmond, gestützt und gehalten von zwei silbernen schmalen Pfeilen zwischen denen das Haar in goldener Fülle wucherte. Reglos saß die Mizzi – war sie es wirklich? – auf ihrem roten Thron.

Ja, es war die Mizzi. Sie begann jetzt mit ihrer gewöhnlichen Stimme zu sprechen: «Seine Majestät, der Schah von Persien, ist sehr gut zu mir, einmal war ich ein armes Kind aus dem Wiener Volke. Ich herrsche über alle Frauen des Harems, und mich hat er am liebsten. Ich gedenke, noch lange Jahre zu herrschen, und ich grüße Wien, die Wienerstadt und das Wiener Volk und den alten Steffl!»

Alle klatschten. Mit hurtigem Gerassel schloß sich der Vorhang. «Die Vision ist zu Ende!» verkündete Trummer.

Alle Welt drang nun zum Vorhang vor. Die Verwirrung benutzte Taittinger. Er ging. Er floh.

31

Langsam zuerst, vorsichtig und dann immer heftiger begannen die Zeitungen, nach langen Jahren wieder einmal von Persien zu sprechen, dem befreundeten Königreich im Nahen Orient und von Seiner Majestät, dem Schah, dessen letzter Besuch in Wien dem Volk von Österreich, ja, allen Völkern der Monarchie noch in Erinnerung sein mußte. Russische Aspirationen, englische Winkelzüge, französische Intrigen berichteten die Korrespondenten aus Petersburg, London und Paris.

Das «Fremdenblatt» schickte einen Journalisten nach Teheran. Er erzählte von persischen Sitten, persischen Frauen, persischen Gärten, von der persischen Armee, von persischen Bauern. Nach einigen Artikeln glaubte sich ein Wiener ebenso heimisch in Teheran wie in Döbling, Grinzing, in der Leopoldstadt und am Alsergrund.

Nichts steht in den Zeitungen über Persien, was nicht eine besondere Bedeutung hätte, eine besondere, politische Bedeutung. Die Politiker, die Diplomaten, die Journalisten wissen es: der Schah von Persien wird noch einmal nach Wien kommen.

Am Ballhausplatz durchstöbert man die Protokolle. In der Hof- und Kabinettskanzlei Seiner Majestät forscht man nach dem geringsten Vorfall, der sich seinerzeit, beim letzten Besuch des Schahs von Persien ereignet hatte. Man blättert auch in den alten Archiven der Wiener Sicherheitspolizei.

In diesen Tagen hatte Lazik den glänzenden, um nicht zu sagen: unbezahlbaren Einfall, das neue Welt-Bioscop-Theater im Prater um eine Aktualität zu bereichern. Alle Zeichnungen, Skizzen und Porträts der «Kronenzeitung» vom Besuch der persischen Majestät besaß er noch. Zehn Gulden zahlte Mizzi Schinagl für die Idee.

Es war kein Zweifel: die Reichshaupt- und Residenzstadt bereitete sich auf einen Empfang der persischen Majestät vor. Alle Redaktionen wußten es. Bald wußten es alle Amtsdiener, alle Hoflakaien, alle Kutscher, alle Dienstmänner, alle Wachleute (zuletzt erfuhren es, wie gewöhnlich, die fremden Diplomaten).

Tino Percoli stellte für fünfzig Gulden die «brennende

Aktualität» her: den Schah von Persien, den Großvizir und dessen Adjutanten und den Obereunuchen. Die Haremsfrauen waren überflüssig. (Zur Not konnte man sie aus dem bereits fertigen Harem des Sultans in das neu zu errichtende «Persische Zimmer» übernehmen.)

In der Hof- und Kabinettskanzlei, im Ministerium des Innern und im Ministerium für Verkehr und Handel, in der Wiener Polizei und in der von Triest, im Triestiner Hafen und in der Direktion der Südbahn: überall war man parat. Winzige Rädchen, unverständige, im unverständlichen Betrieb des vielfältigen Reiches, begannen die kleinen Beamten, mit sinnlosem Eifer zu surren, zu suchen, zu schreiben, zu schwirren, Berichte zu erstatten, Berichte entgegenzunehmen. Man erinnerte sich, daß die Koffer Seiner persischen Majestät einst eine unverzeihliche, fast irreparable Verspätung erlitten hatten. An alles erinnerte man sich. Alles grub man aus: Zeremonielle, Namen, Programm des Hofballs, des Empfangs, die Offiziere des seinerzeit an der Franz-Josefs-Bahn gestellten Ehrenregiments, die Oberstenuniform des persischen Eliteregiments, dessen Inhaber der Kaiser war. Man erinnerte sich auch an den Rittmeister Baron Alois Franz von Taittinger, der seinerzeit, zwecks besonderer Verwendung, von seinem Regiment detachiert gewesen war. Und einer der besonders eifrigen Beamten, Werkzeug des Schicksals und ahnungslos, wie die Werkzeuge des Schicksals sein sollen, folgte gewissenhaft den Spuren, die Taittingers Taten und Untaten hinterlassen hatten, und berichtete getreulich, was er erfahren hatte, der Polizei. Auch hier gab es eifrige Werkzeuge des Schicksals, und sie schickten Berichte an das Kriegsministerium.

Um jene Zeit befand sich der Akt Taittinger in den Händen des Kriegsministerialrats Sackenfeld. Schon war er im Begriff gewesen, die Überprüfungskommission zu bestimmen und das Datum, an dem sich der Rittmeister vor ihr präsentieren sollte, als er den Bericht bekam mit der Überschrift: «Streng geheim, betrifft Taittinger». Er ging mit dem Akt und dem Bericht zum Oberstleutnant Kalergi, in den linken Trakt. Es war beiden Herren klar, daß man jetzt, im Augenblick, an Taittingers Gesuch nicht denken dürfe. Man mußte es dem Baron sagen. Oberstleutnant Kalergi schnallte den Säbel um und ging. Er traf Taittinger im Hotel; einen verbitterten, veränderten und, wie es Kalergi schien, sehr schnell gealterten Taittinger. Das runde Tischchen in der Hotelhalle, an dem er saß, war von einem riesigen viereckigen Plakat überdeckt, das der Baron bekümmert studierte. Er erhob sich schwerfällig. Obwohl Taittinger keinen Stock hatte, schien es Kalergi, als stützte er sich auf einen unsichtbaren Stock. Kalergi setzte sich. Taittinger unterließ die übliche Frage nach Wohlergehn und Gesundheit und Frau.

«Du kennst ja mein ganzes Leben, Kalergi», begann er sofort. «Du weißt ja die blöde Geschichte mit der Schinagl und dann die Affäre. Und von meinem Sohn hab ich dir auch erzählt. – Jetzt also, vor zwei Wochen, hab ich alles geregelt. Ich hab das Panoptikum bezahlt, du weißt, das Neue Welt-Bioscop-Theater. Ihr Sohn, das heißt: mein Sohn, Xandl heißt er – das wirst du auch wissen, ist wegen Raubmordversuchs, glaub ich, eingesperrt –.»

«Ah, die Geschichte!» sagte Kalergi. «Die hab ich gelesen!»

«Ja, also!» fuhr Taittinger fort. «Jetzt hab ich natürlich, bevor ich wieder in die Armee geh, entschieden Schluß machen wollen mit den alten blöden Geschichten. Und jetzt aber, vor einer Viertelstund eben bringt mir der Trummer, es führt zu weit, dir zu erklären, wer er ist – aber ist ein Freund der Mizzi – dies Plakat – und morgen wird's in allen Zeitungen stehn, an allen Wänden kleben.» Taittinger schob das Plakat dem Oberstleutnant Kalergi zu, der las:

«Das Neue Welt-Bioscop-Theater zeigt aus Anlaß der Wiederkehr Seiner Majestät des Schahs von Persien, naturgetreu gestellt und nachgebildet:

1. Die Ankunft des großen Schahs mit seinen Adjutanten am Franz-Josefs-Bahnhof (Hofzug verkleinert).

2. Den Harem und den Ober-Eunuchen von Teheran.

3. Die Kebsfrau von Wien, ein Kind des Volkes von Sievering, dem Schah zugeführt von höchsten Persönlichkeiten und seitdem Beherrscherin des Harems in Persien.

4. Restliche Suite des Schahs von Persien.»

Oberstleutnant Kalergi faltete sorgfältig das große Plakat zusammen, sehr langsam, ohne aufzusehn. Er hatte Angst, den verzweifelten Blick Taittingers anzuschauen. Aber er war gekommen, um ihm die Wahrheit zu sagen. Er wollte anfangen. Er glättete noch ein wenig das gefaltete Plakat und überlegte die ersten Worte.

«Ich bin ungeduldig», sagte Taittinger. «Verstehst du das? Ich hab mein ganzes Leben leichtsinnig gehandelt, ich seh's jetzt, aber es ist zu spät. Schau her – heut hab ich mich im Spiegel angeschaut und hab gesehn, daß ich alt bin. Jetzt grad, vor dem Plakat, ist mir eingefallen, daß ich immer blöd gewesen bin. Vielleicht hätt ich die Helen heiraten sollen. Jetzt gibt's nix mehr für mich als die Armee. – Was weißt du Neues von meiner Sache?»

«Eben deswegen bin ich gekommen», sagte der Oberstleutnant.

«Na, und?»

«Ja, lieber Freund! Die alte Geschichte, die Affäre, wie du sagst! Ich hab eben die Sache mit dem Sackenfeld besprochen. Du mußt warten, der Tepp von Teheran kommt uns dazwischen. Die Polizei gräbt die alten Akten aus und grad jetzt, jetzt kommst du wieder vor. Ich kann nur sagen: abwarten!»

«Ich kann also nicht jetzt – –?»

«Nein», sagte Kalergi. «Deine blöde Geschichte ist wieder da. Lieber rührt man nicht dran.»

Taittinger sagte nur: «So» und «Danke!». Dann blieb er eine kurze Weile still. Es war schon spät am Abend, man entzündete die Lichter in der Halle. «Ich bin ein Verlorener», sagte Taittinger. Er schwieg eine Weile und fragte dann schrill, mit einer Stimme, die nicht aus ihm selbst kam: «Also, ist nichts mit dem Gesuch?»

«Vorläufig nichts!» erwiderte Kalergi. «Warten wir ab, bis die persische Geschichte aus is'.» – Und um den Freund wieder in das normale Leben zurückzuführen, fügte Kalergi hinzu: «Gehn wir zum ‚Anker' essen!» – und sah auf die Uhr.

«Ja, ich muß mich nur waschen!» sagte Taittinger. «Wart einen Augenblick! Ich geh ins Zimmer.» Er stand auf.

Fünf Minuten später hörte Kalergi einen Schuß. Mit langem Echo tönte er wider auf Treppen und Korridoren.

Man fand den Baron tot, neben dem Schreibtisch. Offenbar hatte er versucht, etwas aufzuschreiben. Der Revolver lag noch in seiner Rechten. Der Schädel war zerschmettert. Die Augen quollen hervor. Der Oberstleutnant Kalergi schloß sie mühsam.

Man begrub Taittinger mit den üblichen militärischen Ehren. Ein Zug schoß die Ehrensalve ab. Am Leichenzug nahmen teil: der Direktor des Hotels Prinz Eugen, Mizzi Schinagl, Magdalene Kreutzer und Ignaz Trummer, der Oberstleutnant Kalergi und der Ministerialrat Sackenfeld.

Auf dem Rückweg fragte der Ministerialrat: «Weshalb hat er sich eigentlich umgebracht? Sie waren ja sozusagen dabei?»

«Halt so!» antwortete Kalergi. «Ich glaub, er hat sich verirrt im Leben. Derlei gibt's manchmal. Man verirrt sich halt!»

Dies war der einzige Nachruf auf den ehemaligen Rittmeister, den Baron Alois Franz von Taittinger.

32

Diesmal hatte der Kapellmeister Nechwal von der Regimentskapelle der Hoch- und Deutschmeister kaum drei Tage Zeit, die persische Nationalhymne mit seinen Leuten ordentlich einzuüben. So plötzlich war der Befehl gekommen. Man übte also auch außerhalb der Dienststunden.

Der Tag, an dem die persische Majestät anlangte, war ein gütiger, blauer Frühlingstag; einer jener Wiener Frühlingstage, von denen das kindliche Gemüt der Bevölkerung annahm, daß lediglich ihre Stadt imstande wäre, dergleichen hervorzubringen. Die vorgeschriebenen drei Ehrenkompanien, eine am Perron aufgestellt, die zwei anderen vor dem Bahnhof Spalier bildend, vor der Menge der Neugierigen, der Jubelwütigen und der Beflissenen, sahen in ihren blauen Uniformen wie ein integraler ärarischer Bestandteil des spezifischen Wiener Frühlings aus. Es war ein Frühlingstag, ähnlich jenem weit zurückliegenden, an dem der Schah zum erstenmal nach Wien gekommen war; so ähnlich wie ein später geborener Bruder dem ältern.

Diesmal hatte den Schah nicht die Unruhe des Blutes nach dem Okzident gebracht, auch nicht die Neugier und kein rätselhaftes Verlangen nach Abwechslung. Seit einigen Monaten nämlich lebte er in einer vollkommenen Seligkeit mit einer neuangekauften vierzehnjährigen Inderin Jalmana Kahinderi, einem Geschöpf aus Sanftheit und Wonne, ein braunes Reh, ein gutes Tier von den fernen Ufern des Ganges. Sie allein hatte der Schah diesmal mitgenommen und, ihretwegen allein, auch den Obereunuchen. Es war längst ein neuer Großvizir vorhanden (den früheren hatte seine Majestät aus plötzlichem Unwillen in eine mediokre Pension geschickt). Aber der Adjutant war der gleiche geblieben; es war immer noch der leichtlebige Kirilida Pajidzani, Liebling des Schahs geworden im Laufe der Jahre und, verhältnismäßig noch jung, dennoch befördert zum General mit dem Honorartitel eines Kommandanten der gesamten Reiterei.

Der arme Taittinger freilich lag seit zehn Tagen im Grabe, und die Würmer nagten schon an seinem Sarg. Statt seiner war ein anderer Kavallerie-Offizier, diesmal ein Ulane, zur besonderen Verwendung nach Wien versetzt, ein Pole namens Stanislaus Zaborski, der seinen Dienst ernster nahm, sei es auch nur, um den Herrschaften zu beweisen, daß der Ruf der polnischen Unzuverlässigkeit keineswegs berechtigt sei.

Der Oberleutnant Zaborski stand auch nicht, wie einst der charmante Taittinger, im Bahnhofsrestaurant am Büfett, sondern auf dem Perron, neben dem Güterwagen. Das Gepäck war diesmal auch ordnungsgemäß angekommen. Er stellte sich ordnungsgemäß Seiner Exzellenz, dem Adjutanten des Großvizirs, dem General Kirilida Pajidzani, vor. Pajidzani, an dessen Schläfen und dünnen Koteletts schon mattes Silber schimmerte, entsann sich des lustigen Rittmeisters Taittinger und fragte, ob der noch in Wien geblieben sei.

«Exzellenz», erwiderte der Oberleutnant Zaborski, «der Herr Rittmeister ist vor zehn Tagen plötzlich gestorben!»

Pajidzani hatte ein oberflächliches Herz und ein hartes Gemüt, aber auch Angst vor dem Tod, besonders vor einem plötzlichen. Er sagte: «Der Herr Rittmeister war doch noch jung?» – und dachte gleichzeitig daran, daß er selbst noch jung war.

«Es war ein plötzlicher Tod, Exzellenz!» wiederholte Zaborski.

«Herzschlag?» insistierte Pajidzani.

«Nein, Exzellenz!»

«Also Selbstmord?»

Zaborski antwortete nicht. Pajidzani atmete auf.

Seit einigen Jahren unterhielt Pajidzani mit dem Obereunuchen beinahe brüderliche Beziehungen. Beide hatten sie eifrig daran gearbeitet, den Großvizir unmöglich zu machen. Es gelang ihnen, nun waren sie auf Tod und Leben Verbündete. Pajidzani war zwar nicht Großvizir geworden, aber immerhin General. Der Obereunuch hatte den harmlosen Kirilida Pajidzani gerngewonnen. Es war ein Mann nach seinem Herzen. Ungefährlich, hörig, leichtfertig, hilflos manchmal und für jeden Rat dankbar; gelegentlich ein williges Werkzeug. Ein vorzüglicher Freund!

Zwei Tage schon nach ihrer Ankunft schlenderten beide in europäischem Zivil durch die hellen Frühlingsstraßen. Sie betrachteten die bunten Läden, kauften sinnlose Dinge ein, Spazierstöcke, Operngucker, Stiefel, Westen und Panamahüte, Regenschirme und Hosenträger, Pistolen, Munition, Jagdmesser, Brieftaschen und Lederkoffer. Als sie durch die Kärntner Straße kamen, blieb der Obereunuch gebannt, verblüfft, beinahe erschrocken vor dem Schaufenster des Hoflieferanten Gwendl stehen. Auf einem breiten, dunkelblauen Kissen aus Samt leuchteten opalen, wie eine Hagelwolke, weiß wie der Schnee auf den Gipfeln der heimatlichen Berge und bläulichrosa zugleich wie ein gewitterschwangerer Himmel drei Reihen schwerer großer Perlen, die dem Eunuchen vertraut waren wie Schwestern. Unvergleichlich war sein Blick für Edelsteine. Rubine, Smaragde, Saphire, Perlen, die er einmal mit der Hand, ja einmal nur mit den Augen betastet hatte, konnte er niemals vergessen. Diese Perlen – er bewußte, woher sie kamen. Diese Perlen hat er einmal, auf Befehl seines Herrn, in ein bestimmtes Haus gebracht.

«Du hast mir gestern», sagte der Obereunuch zum General, ohne den Blick von den Perlen zu lösen, «von dem Dragoneroffizier erzählt, der sich das Leben genommen hat!»

«Ja», sagte Pajidzani.

«Nun, das ist ganz gut!» sagte der Obereunuch. «Komm mit! Du mußt dolmetschen! Ich will den Händler drin sprechen.»

Sie gingen in den Laden, sie verlangten den Besitzer. Der General nannte Rang und Namen. Der Hofjuwelier Gwendl kam würdig die steile Treppe herunter.

«Wir sind vom Gefolge Seiner Majestät, des Schahs», sagte der Obereunuch.

Und der General übersetzte: «Woher stammen die Perlen in Ihrem Schaufenster?»

Gwendl antwortete der Wahrheit gemäß, daß er sie zuerst vom Bankhaus Ephrussi erhalten, nach Amsterdam verkauft habe. Jetzt waren sie ihm wieder in Kommission zurückgegeben worden.

«Was kosten sie?» fragte der Obereunuch – und Pajidzani übersetzte.

«Zweihunderttausend Gulden!» sagte Gwendl.

«Ich werde sie zurückkaufen», sagte der Eunuch.

Er zog einen schweren blauen Lederbeutel, löste langsam die dicken Schnüre, die den Beutelhals umschlangen, und schüttete den Inhalt auf den Tisch, lauter goldene Reindln. Es waren fünfzigtausend Gulden. Er verlangte, daß die Perlen morgen für ihn bereitgelegt würden und daß sie sofort, im gleichen Augenblick noch, aus dem Schaufenster verschwänden. Er brauchte die Bestätigung nicht, die Gwendl zu schreiben sich anschickte. Er sah den Zettel eine Sekunde an, zerriß ihn und ließ die weißen Papierschnitzel auf die rötlichen Dukaten niederfallen. «Morgen um diese Zeit bin ich hier!» sagte der Obereunuch – Pajidzani übersetzte es.

«Warum hast du das getan?» fragte der General.

«Ich liebe diese Perlen!» antwortete der Obereunuch.

Pajidzani blieb an der Ecke der Kärntner Straße und des Stephansplatzes stehen. Hier lehnte eine große hölzerne Plakatwand. Eine bunte, von persischen Fähnchen eingerahmte rote Inschrift auf schwarzem Grunde lautete: «Der Schah, Seine Majestät, der Herr der gläubigen Perser und Anbeter Mohammeds in Naturähnlichkeit. – Der Harem von Teheran. – Die Geheimnisse des Orients. – Alles im Großen Welt-Bioscop-Theater Prater-Hauptallee!»

«Fahren wir!» sagte Pajidzani.

33

Nach alter Gewohnheit ließ der Schah am Morgen den Obereunuchen rufen.

Die Majestät schlürfte den gewohnten Karluma-Tee. Die Pfeife lehnte am Tisch, lang wie ein Wanderstab; sie schien von selbst zu rauchen.

«Gestern hast du die Welt gesehn!» begann der Schah. «Was meinst du? Ist sie verändert seit dem letztenmal, da wir hier waren?»

«Alles verändert sich, Herr», antwortete der Eunuch. «Und alles bleibt sich dennoch gleich. Dies ist meine Meinung!»

«Hast du alte Bekannte vom letzten Besuch her wiedergesehen?»

«Nur einen, Herr, eine Frau!»

«Was für eine?»

«Herr, sie war deine Geliebte, eine Nacht. Und ich hatte die unermeßliche Ehre, ihr dein Geschenk zu überbringen.»

«Denkt sie noch an mich? Hat sie von mir gesprochen?»

«Ich weiß es nicht, Herr! Sie hat nicht von dir gesprochen.»

«Was hast du ihr damals geschenkt?»

«Die schönsten Perlen, die ich in den Kisten gefunden habe. Es war ein würdiges Geschenk. Aber . . .»

«Aber?»

«Sie hat es nicht behalten. Ich habe die Perlen gestern im Schaufenster eines Ladens gesehn. Ich habe sie zurückgekauft.»

«Und wie ist die Frau?»

«Herr, sie ist nicht wert, daß von ihr gesprochen werde.»

«Und damals? War sie damals mehr wert?»

«Damals, mein Herr, war es anders. Eure Majestät waren jünger, auch damals sah ich, wer sie war. Ein armes Mädchen. Nach den Sitten des Westens eine käufliche Ware.»

«Sie hat mir aber damals gefallen!»

«Herr, es war nicht dieselbe; es war nur eine ähnliche!»

«So bin ich also blind?»

«Wir sind alle blind», sagte der Obereunuch.

Dem Schah ward es unbehaglich. Er schob den Honig, die

Butter, die Früchte beiseite. Er dachte nach, das heißt, er gab sich den Anschein, als dächte er nach, aber sein Kopf war leer, ein ausgehöhlter Kürbis.

«So, also, so!» sagte er. Und dann: «Sie hat mir dennoch Freuden gegeben!»

«Wohl, wohl, das ist so!» bestätigte der Eunuch.

«Sag mir noch», begann der Schah wieder, «sag's mir aufrichtig: glaubst du, ich irre mich, ich irre – in andern – – wichtigeren Dingen auch?»

«Herr, wenn ich aufrichtig sein muß; es ist gewiß! Du irrst, denn du bist ein Mensch!»

«Wo gibt es Sicherheit?» fragte der Schah.

«Drüben!» sagte der Obereunuch, «drüben, wenn man tot ist.»

«Hast du Angst vor dem Tod?»

«Ich erwarte ihn, lange schon. Ich wundere mich, daß ich noch lebe!»

«Geh!» sagte der Schah, rief aber im nächsten Augenblick: «Bring mir die Perlen zurück!»

Der Eunuch verneigte sich und glitt hinaus, ein behäbiger Schatten.

34

Eine Woche später verließ der Schah die Reichshaupt- und Residenzstadt. Der Kapellmeister Nechwal dirigierte die Regimentskapelle der Hoch- und Deutschmeister auf dem Perron. Die Ehrenkompanie präsentierte das Gewehr. Der Oberleutnant Zaborski nahm einen herzlichen Abschied vom General Kirilida Pajidzani. Die kleine Jalmana Kahinderi stieg in einen diskret angehängten Waggon, in Begleitung eines alten, behäbigen, immer noch munter scheinenden Herrn. Seine Majestät der Kaiser verabschiedete sich mit geübter Herzlichkeit vom fremden Monarchen. Hinter dem Fenster im Büro des Stationsvorstands zeichnete der Illustrator der «Kronenzeitung» die Abschiedsszene, eventuelles Thema für den Maestro Tino Percoli oder einen seiner Nachfolger.

Was das Welt-Bioscop-Theater betraf, so durfte es am Tag nach der Abreise der persischen Majestät wieder aufmachen. Mizzi Schinagl saß zuweilen an der Kassa, mit Perlen behängt. Manchmal dachte sie an den Prozeß, der ihrem Xandl bevorstand. Manchmal ging sie ins Untersuchungsgefängnis, um ihm einige stärkende Sachen zu bringen, Käse, Salami und, hinter dem wohlwollenden Rücken des Aufsehers, auch Zigaretten. Niemals kam sie mit der Empfindung zurück, daß Xandl ihr Sohn sei und sie seine Mutter.

Sehr selten, aber dafür auch immer heftiger, dachte sie an den geliebten Taittinger. Dann wurde sie traurig. Da es aber keineswegs in ihrer Natur lag, traurig zu bleiben, zwang sie sich mit fröhlicher Gewaltsamkeit, an die zweitausend Gulden zu denken, die sicher in der Postsparkasse lagen, und an das gute Geschäft, das sie mit dem Welt-Bioscop-Theater machte. Sie war gesund, munter, manchmal auch ausgelassen. Sie gehörte zu jenen Frauen, die man ihrer knusprigen Fülle wegen «resch» nennt. Und sie hielt manchmal Ausschau nach einem Mann.

Der alte Tino Percoli, der dem Welt-Bioscop immer noch Wachsfiguren lieferte und der die Geschichte der Mizzi Schinagl kannte, pflegte manchmal zu sagen: «Ich könnte vielleicht Puppen herstellen, die Herz, Gewissen, Leidenschaft, Gefühl, Sittlichkeit haben. Aber nach dergleichen fragt in der ganzen Welt niemand. Sie wollen nur Kuriositäten in der Welt; sie wollen Ungeheuer. Ungeheuer wollen sie!»

Nachwort

Es beginnt wie ein orientalisches Märchen. Ein Hauch von Heiterkeit und Jugend liegt über der Geschichte. Frühling in Wien – die glanzvolle Metropole der österreichisch-ungarischen Monarchie ist zur Legende und zur Parodie ihrer selbst geworden. Wehmütige Erinnerungen werden wach an eine Zeit, in der «ein satter, behäbiger, übermütiger Frieden in der Welt» herrscht. Aber in die heiter-exotische Fabel bricht langsam und unabweisbar die «fade», grausame Wirklichkeit ein. Das Märchen vom Glanz und Glück einer vergangenen Epoche verliert sich in der Alltagsbanalität einer «Affäre», wie sie im kaiserlichen Wien gang und gäbe war. Am Ende bleibt das winterliche Gefühl der Ohnmacht, der Lähmung einem Schicksal gegenüber, das von einer fremden, unbegreiflichen Macht «beschlossen und besiegelt» ist.

Zwanglos verknüpft sich die ironische Behandlung des Märchenmotivs mit der ironischen Reminiszenz an ein Thema aus der österreichischen Literatur um die Jahrhundertwende. Die Figur des Barons Taittinger erinnert an die reichen Müßiggänger und Lebemänner in den Stücken Arthur Schnitzlers, und folgerichtig endet das Verhältnis zwischen dem leichtlebigen Aristokraten und dem «süßen Mädel» aus der Wiener Vorstadt so, «wie es in jenen Tagen die Sitte befahl». Aber mag die Pfeifenhändlerstochter Mizzi Schinagl aus Sievering sich der gesellschaftlichen Konvention eher anpassen als ihr widerstehen, ihre Liebe und ihre natürliche Lebensbereitschaft lassen in Alois Franz von Taittinger eine «unbegreifliche und unlösliche Beziehung» zurück, die Verwicklungen und Katastrophen heraufbeschwört.

In der Begegnung mit dem Mädchen aus dem Volk erhält der Baron eine Ahnung von der Wahrheit seines Lebens, die ihn aus seiner Ichbezogenheit herauslöst und seine Unbefangenheit zerstört. Aus der Leichtfertigkeit und Sprachlosigkeit dieser Beziehung erwächst eine Schuld, die die Existenz des Rittmeisters vernichtet.

Offiziere der österreichisch-ungarischen Monarchie stehen wiederholt im Mittelpunkt der Romane und Erzählungen Joseph Roths; in ihren Schicksalen sucht der Schriftsteller die Geschichte seiner Zeit nachzuzeichnen, sie macht er bisweilen zum Sprecher seiner politischen Ansichten und Sehnsüchte. Roth gab sich gern, vor allem während der Emigration, als Fähnrich oder Leutnant der alten Armee aus und ahmte in Auftreten und Redeweise den österreichischen Offizier nach. Gerade nach Ausbruch der Hitlerbarbarei in Deutschland betonte er seine österreichische Herkunft und seine Sympathien für die untergegangene Monarchie, die er zur Heimstatt des Humanen und des Weltbürgerlichen stilisierte. «Ich bin ein alter österreichischer Offizier», schreibt er am 28. April 1933 an Stefan Zweig. «Ich liebe Österreich. Ich halte es für feige, jetzt nicht zu sagen, daß es Zeit ist, sich nach den Habsburgern zu sehnen. Ich will die Monarchie wieder haben, und ich will es sagen.»

Tatsächlich jedoch war Joseph Roth nach dem Studium der Germanistik und Philosophie in Wien (von 1913 bis 1916) als Einjährig-Freiwilliger der österreichisch-ungarischen Armee vorwiegend im Pressedienst und als Redakteur einer Militärzeitung tätig. In dieser Zeit lernte er den Kastengeist der Offiziere kennen, ihren Hochmut und ihre Borniertheit, den selbstzerstörerischen Leichtsinn ihrer genießerischen Lebenshaltung. Die Symptome der inneren Auflösung und des Verfalls hat Roth an ihrem Beispiel immer wieder deutlich zu machen gesucht.

Taittinger mit seinem Charme, seiner Unbekümmertheit, der gänzlichen Inkompetenz in praktischen Lebensfragen wird zum Sinnbild einer sterbenden Epoche. Die Operettenszenerie einer überlebten Feudalwelt weicht der prosaischen Alltagswirklichkeit, deren Anforderungen der Kavallerieoffizier nicht gewachsen ist. Leute aus dem «Volk» treten nach vorn und zeigen sich mit ihrem robusten Lebensanspruch und ihrem nüchternen Menschenverstand allen Baronen und Rittmeistern überlegen. Der Gedanke an Alter und Tod, ein wichtiges Motiv im Werk Joseph Roths, erfüllt Taittinger ebenso wie die Bordellbesitzerin Josephine Matzner oder den Geheimen Sedlacek. «Ich glaub, er hat sich verirrt im Leben. Derlei gibt's manchmal. Man verirrt sich halt!» sagt der Oberstleutnant Kalergi über Taittinger und betont damit den nonchalanten Gleichmut, mit dem die Repräsentanten des alten Österreich ihrem eigenen Niedergang zuschauen.

Joseph Roth liebte es, manche seiner Gestalten mehr oder minder abgewandelt in späteren Romanen und Erzählungen wieder auftreten zu lassen oder autobiographische Elemente zwanglos in seine Geschichten einzufügen. Ein Rittmeister Baron Taittinger taucht bereits im «Radetzkymarsch» auf; dort dient er zusammen mit der Hauptfigur des Romans, Carl Joseph von Trotta, im selben Regiment in Mähren. Und jene Garnisonstadt mit ihrem Jägerbataillon, «das nicht weiter als zwei Meilen von der russischen Grenze stationiert» ist und dem der Leutnant von Trotta zugeteilt wird, weist Ähnlichkeiten auf mit der Geburtsstadt Joseph Roths, Brody, in die auch der zum Rechnungsleutnant beförderte Zenower versetzt wird, «weit weg von aller Welt . . ., an der russischen Grenze».

In der ostgalizischen Kleinstadt Brody, die nach dem ersten Weltkrieg polnisch wurde und heute zur Ukrainischen SSR gehört, wurde Joseph Roth am 2. September 1894 geboren. Brody zählte Ende des vorigen Jahrhunderts etwa siebzehntausend Einwohner, davon waren annähernd zwölftausend Juden. «Geboren bin ich in einem winzigen Nest in Wolynien», schreibt Roth 1930, «am zweiten September 1894, im Zeichen der Jungfrau, zu der mein Vorname Joseph irgendeine vage Beziehung unterhält. Meine Mutter war eine Jüdin von kräftiger, erdnaher, slawischer Struktur, sie sang oft ukrainische Lieder, denn sie war sehr unglücklich (und die Armen sind es, die bei uns zu Hause singen, nicht die Glücklichen, wie in westlichen Ländern. Deshalb sind die östlichen Lieder schöner, und wer ein Herz hat und sie hört, ist nahe dem Weinen).»

Die Stadt seiner Kindheit und Jugend hat Joseph Roth in vielen seiner Werke lebendig werden lassen. Ein wachsendes Gefühl der Unrast und der Heimatlosigkeit ließ den Schriftsteller immer wieder zu den vertrauten Bildern und Gestalten seiner frühen Jahre zurückkehren. Für viele Juden aus Galizien, die nach Wien gegangen oder durch die Kriegsereignisse 1914/15 vertrieben worden waren, bedeutete die Auflösung des österreichisch-ungarischen Vielvölkerstaates 1918 den Verlust der Heimat. «Mein stärkstes Erlebnis war der Krieg und der Untergang meines Vaterlandes, *des einzigen*, das ich je besessen: der österreichisch-ungarischen Monarchie», äußerte Roth 1932 in einem Brief. «Auch heute noch bin ich durchaus patriotischer Österreicher und liebe den Rest meiner Heimat, wie eine Art Reliquie.»

Nach dem Krieg begann Joseph Roth als Journalist zu arbeiten, zuerst in Wien, später in Berlin. In Deutschland bekannt wurde er vor allem als Mitarbeiter der «Frankfurter Zeitung», für die er von 1923 an Feuilletons und Reiseberichte über Deutschland, Frankreich, die Sowjetunion, Albanien, Jugoslawien, Polen und Italien schrieb. 1924 erschienen die ersten Romane von ihm, «Hotel Savoy» und «Die Rebellion», nachdem schon Ende 1923 ein Zeitroman über Inflation und aufkommenden Faschismus in Deutschland unter dem Titel «Das Spinnennetz» als Fortsetzungsdruck in der Wiener «Arbeiterzeitung» veröffentlicht worden war.

Einen Höhepunkt seines erzählerischen Schaffens erreichte Roth mit den Romanen «Hiob» (1930) und «Radetzkymarsch» (1932). 1933 emigrierte er nach Frankreich, wo er sich, die unheilvolle politische Entwicklung in der Weimarer Republik voraussehend und voraussagend, seit langem eher zu Hause fühlte als in Deutschland. Im Exil kamen unter anderem die Romane «Beichte eines Mörders» (1936) und «Die Kapuzinergruft» (1938) heraus.

Noch vor der «Kapuzinergruft» entstand in den Jahren 1936 und 1937 die «Geschichte der 1002. Nacht». Die 1935 aus Deutschland emigrierte Schriftstellerin Irmgard Keun, die Joseph Roth im Sommer 1936 in Ostende kennenlernte und die anderthalb Jahre mit ihm zusammen lebte, erzählt in ihren Erinnerungen: «Er schrieb an einem Roman aus dem alten Österreich. Wie viele seiner Bücher war auch dieses Buch von einer fast beklemmenden stilistischen Abgeklärtheit . . . In seinen Büchern versenkte Roth sich gern in die Welt der alten österreichischen Monarchie – in eine Welt, von der er mit verzweifelter Anstrengung und Inbrunst glauben wollte, daß sie ihm – zumindest früher einmal – Heimat des Denkens und des Fühlens war. Doch er wußte, daß er ewig heimatlos war und sein würde.»

Am 20. Juni 1937 zeigte Roth an, daß die «Geschichte der 1002. Nacht» schon gesetzt, aber noch nicht korrigiert und durchgearbeitet sei. Später verschob er das Erscheinen des Werkes, so daß die polnische Übersetzung des Romans vor der deutschen Ausgabe herauskommen konnte. Nach dem Tode Joseph Roths am 27. Mai 1939 in Paris fanden sich im Nachlaß das Originalmanuskript, zwei Maschinenkopien und ein Korrekturexemplar, und der Roman wurde noch im gleichen Jahr postum veröffentlicht.

Äußerlich verrät die Erzählung nichts von der Situation, in der sich der Autor befand, als er sie schrieb, verrät nur wenig von der politischen Lage in Europa am Vorabend des zweiten Weltkriegs. Und doch ist viel von der Schwermut, der Verzweiflung, der tiefen Hoffnungslosigkeit angesichts des scheinbar unaufhaltsamen Vordringens der faschistischen Barbarei in sie eingegangen. Das Schwierige und Heillose der Existenz des Barons Taittinger dient nicht nur als Gleichnis für den Zustand der österreichisch-ungarischen Monarchie vor Ausbruch des ersten Weltkriegs, es ist auch eine Spiegelung der seelischen Verfassung Joseph Roths, der während der Emigration immer stärker Zuflucht und Erlösung im Alkohol suchte. «Ich schrieb Ihnen längst, daß ich am Ende bin», heißt es in einem der vielen mit Klagen und Selbstanklagen gefüllten Briefe – vom 2. August 1937 – an Stefan Zweig. «Das Ende zieht sich leider. Das Krepieren dauert länger als das Leben.» Wenn Taittinger in den Stunden der Verlorenheit und Reue nur noch drei Auswege sieht, entweder nach Wien zu fliehen, «an die Stätte des Glanzes und den Geburtsort der Schande», sich zu betrinken oder sich eine Kugel in den Kopf zu schießen, und wenn der verabschiedete Rittmeister und ruinierte Grundbesitzer die letzte dieser Möglichkeiten wählt, so ist Joseph Roth seinerseits «zu jenem langsamen Untergang entschlossen, zu dem Trinker immer bereit sind», wie es in der «Legende vom heiligen Trinker» heißt, die wenige Wochen vor dem Tode ihres Verfassers entstand und die etwa gleichzeitig mit der «Geschichte der 1002. Nacht» veröffentlicht wurde.

Ein Märchen und eine Legende stehen am Ende dieses weiträumigen Werkes, das innerhalb von kaum zwanzig Jahren entstanden ist und das so viele märchenhaft-poetische Motive und Gleichnisse enthält. Angesichts der faschistischen Bedrohung und der Unzuträglichkeiten des Exils war das Leben für den heimatlosen, ständig von Schulden bedrängten Schriftsteller zunehmend unwirklicher und traumhafter geworden. Die «Geschichte der 1002. Nacht» mit ihrer Heiterkeit und Melancholie gehört zu den schönsten und traurigsten Erzählungen der deutschsprachigen Literatur in neuerer Zeit. Wie jeder echte Märchenerzähler mag Joseph Roth es mit der Realität und mit den Zeitbestimmungen nicht allzu genau nehmen, doch hinter den Bildern und Gestalten seiner Phantasie wird die Tragik und die Komik menschlichen Schicksals in einer von Krieg und Katastrophen überschatteten Epoche deutlich.

Fritz Hofmann

ISBN 3-373-00416-0
2. Auflage 1990
Verlag der Nation Berlin
LSV 7311
Einband: Hans-Eberhard Ernst
Satz: (52) Nationales Druckhaus Berlin
Druck und buchbinderische Verarbeitung:
Druckerei Märkische Volksstimme Potsdam
Best.-Nr. 697 049 1
00880